百年文华

——铜仁幼儿师范高等专科学校（思南师范）师生作品选

冉贵生 主编

復旦大學出版社

本书编委会

编委会主任

彭远斌　冉贵生

编委会副主任

朱保贤　李以盛　邓　川　付万福

主编

冉贵生

副主编

李以盛　杨廷树

执行副主编

安元奎

责任编辑

黄尚霞　包兵兵

目录

诗 歌 卷

小 说 卷

[序言]　精神家园的一片青翠

杨德淮

一

在这个星球上，唯有人有两个世界——物质世界和精神世界。物质世界是这个星球上所有动物都离不开的客观环境，而精神世界却只为人而存在。正是这精神世界，把人从动物界剥离出来，也把人和动物区别开来，由此也道出了这一事实：同样离不开物质的人，其本质是精神的。

在物质世界里，人，要饮、要食、要穿、要戴、要住、要行，一句话：要生存。但于人而言，这远远不够。人，更要思、要想、要爱、要憎、要说、要唱，一句话：要发展。这便出现了人类独有的精神世界——唯有人才配的精神家园。

精神家园的确立，使这个星球有了人类文明。学校，因精神家园而生成，而发展，而强壮；学校，为人类文明而设立，而坚持，而付出。学校教育，既要守护精神家园，更要打造精神家园，以推进人类文明。文学，是精神家园的青山绿水。有了它，精神家园就不再是荒山废水，而是风景如画的大好天地。文学让精神家园生机勃勃。

建校于20世纪初的思南师范，于21世纪初搬迁至铜仁市内，并升格为铜仁幼儿师范高等专科学校(以下简称"铜仁幼师")。从乌江之滨到锦江之畔，学校已有百年历史。为展示学校的文学风貌，以说明这所学校厚实的文化底蕴，说明这所学校精神家园一片青翠，由冉贵生担任执行主编，精选了出自该校的30余名师生的百余件文学作品，辑为《百年文华》。这既是校园文化建设的阶段性小结,也是学校精神家园的概括呈现。

二

认真说来,《百年文华》里的百余件作品,都是出自该校后40年里的30余名师生之手。

百年中,第一个30年(1919—1049)因文献缺失而无法弥补,第二个30年(1949—1979)因学校多变而有待增补。到第3个30年开头,正遇上千载难逢的改革开放,学校也因此有了起色和气色。1984年“新星文学社”成立,既为师生在精神家园里徜徉开辟了应有的场地,也为校园里的文学爱好者们的自由表达提供了宽阔的平台。

生活在物质世界里却独享精神家园的每个人,由于本质是精神的,无不怀有表达的渴求。如果说饮食的吃喝是人在物质世界里的第一需要,那么精神家园里的第一需要则无疑是思想的表达了。思的、想的要表达,爱的、憎的要表达,说的、唱的本身就是在表达了。

这表达,虽属于这个星球上不同年龄阶段的每一个人,却更关乎青少年。有生理学家和心理学家证实,青少年时期是表达欲望初盛时期,显然也是创作欲望高涨时期。青少年学子正处在这一时期中,如果给以正确引导,适时推动,他们的表达欲望就会化为创作热情,继而产生创作冲动,持之以恒,便会在文学创作上有所作为。“新星文学社”无形中成了这一转化过程中引导和推动的力量。于是,越来越多的青少年学子,其表达欲望被激发为创作冲动,进而创作出一件件作品,校园文学很自然地有了长足进展。

岁月不断推移,师生不断努力,铜仁幼师(思南师范)逐渐造就了一支充满活力的文学创作队伍,这所学校的精神家园也一片青翠。

三

这本《百年文华》向我们展示的便是出自这所学校庞大文学队伍的主力军作品。这支主力军,也是这一时期活跃在铜仁市黔东文坛上的有生力量。其佼佼者如田永红、安元奎、刘照进、王晓旭(笔名末未)、陈丹玲等人,不仅是黔东文坛上的领军人物，更是贵州文坛，乃至全国文坛榜上有名的作家。

这支主力军里，有的是市文联的领导，有的是县区文联的领导，有的是市作协主席，有的是县区作协主席，有的是市、县诗词楹联学会领头人。而活跃在县区文学园地的出自这所学校的师生，就难以计数了。

当然，也毋庸讳言，他们在学生时代的习作，同样是那么稚嫩。不同的是，他们受表达欲望和写作兴趣的驱使，没有停留在原地，而是把欲望变成兴趣，把兴趣变成习惯，继续前行。通过包括阅读在内的生活积累，以及心手历练，逐渐变得成熟，并形成了自己的风格。

读他们的作品，我们感受到自己既生活在黔东这片土地上，又置身于这片土地以外；既生活在今天，又思考着昨天和明天。读他们的作品，我们的眼睛既看到了事物，也触到了事理；既分明了形形色色，也留意到点点滴滴。读他们的作品，我们的心灵看见了别人，也反观了自己；既不得不思考他们，也不能不考虑我们……

这就是铜仁幼师（思南师范）精神家园青山绿水果树上的成熟果实，这就是成熟果实给我们的滋味。

四

如今，铜仁幼师雄踞于铜仁市教育园区，肩负着培养幼儿师资的重任。“新星文学社”在学校的统筹安排下，正步入第 2 个 30 年。

学校坚信，幼儿教育将影响孩子一生；幼师教育培养的是幼儿师资，半点马虎不得。人的本质是精神的，人的精神就不能不是本质的。精神的人需要人的精神支撑，人的精神才能支撑起精神的人。物质条件再丰富，都不能放松人的精神，“亏待”人的精神。文学，这片学校精神家园的青山绿水，不仅要守住，而且要美化，要让青山更青，绿水更绿。为此，学校对“新星文学社”特别关爱、特别呵护，既划出专门的办公室，也选定了专门的指导教师，以便在校学生能与文学为伴，有一个自觉表达的宽阔平台。

在全体师生的继续努力下，有理由相信，铜仁幼师的精神家园这片青翠会变得郁郁葱葱。

2015 年 8 月

散文卷

百年文华

心在乌江不肯归

杨德淮

人,有时真是怪得稀奇。心不在焉,便属这种情形。按理,心随身在,身因心存,不可分为两处,可偏偏又总有心与身无法合在一起的时候。能说不奇怪吗?

不妨谈谈自己。

从龙年秋冬之交到蛇年深冬之际,我调到铜仁市郊的锦江之滨已一年多了。可自己的心,竟离身远在400里外的思南,牢牢系住乌江而不肯归来。也难怪,在那里,我生活了整整二十五年,那是生命年华中“日出之阳”与“日中之光”的二十五年。

二十五年里,春风秋雨,夏日冬雪,朝夕与乌江相伴,有欢心也有愁心,有顺心也有伤心,有潜心也有苦心,有热心也有寒心,有舒心也有痛心,有痴心也有酸心……虽不能说整个的心都融汇在乌江里了,但完全可以说,悠长的乌江无时不牵系着我整个的心。

一

首次见到乌江并横渡乌江,是癸卯年秋冬之交。

长途客车经过一整天的雨中行驶,把我载到陌生的思南。当客车在迷蒙暮色中停下来待渡时,恰巧雨也停了。经受了洗礼的山城和乌江,以其独有的肃穆和宁静来接待我这位远客。我虽无受宠若惊之感,却有以身相许之情,一见面就动心了。

下了车,呆呆地站在渡口,但我凝视的并非岸上的城,而是身前的江。是的,比起我涉足过的舞水、锦江、清水江、南明河来，眼下这江面的开阔，江波的气势，江风的声威，以及江帆的众多，江峡的奇雄，都是我不曾目睹过和感受过的。

惊望着，领味着，也沉思着。情不自禁地，我蹲下去掬起一捧江水，那凉意一下子沁进了心头。于是，我竭力想象这江从何处而来，又往何处而去。当然，地理书上的示意图和文字说明很快给了我一个轮廓，但并没有给予我具体的答案。渡轮靠码头的汽笛声打断了我的探寻，我却毫无失望，因为年轻的心与奔腾的江终于联系在一起了。

跨入思南中学，我被安排在一间木楼上的房间里。一床灯草席和几箱图书，填补不了满屋的空虚。夜里，常常被一种莫名其妙的声音唤醒，仿佛有意除净我的孤寂。我有些迷惑不解。老校长知道后，笑着对我说道："那是乌江的涛声，他只呼唤和他息息相通的人。"这番风趣话，显然是对我的宽慰，却也是对我的叮嘱。

不过，我却当真了。从此，或去江滨散步，任江风陶冶性情；或去江边洗衣，让江水涤净污秽。更能体现和乌江密切联系的，是夏天去江中游泳。我的水性不算出色，总还勉强可以，渐渐地，泅渡对岸打个来回，已成家常便饭。感谢乌江，我们之间从未发生过不愉快的事。

也有那么一次，曾让我虚惊了一场。当时，就我和一位年长的先生在麻柳林沙嘴外凫水，兴头上，我们决定泅过滩口去白鹭洲。途中，过猛的浪头竟将老先生推得很远很远，幸亏他水性过硬，最后冲出漩涡游到了岸边。我毕竟年轻，在预定地点登了陆，回头得见老先生已登岸解"危"，才松了口气，但仍然不免在热天捏一把冷汗。

最有意思的是那年盛夏参加县里举办的横渡乌江活动，头两天一场大雨，使得乌江洪水猛涨到齐平河街。活动开始了，江水还在上涨。运动员谁也不愿让人看作懦夫，都不肯退下阵来。我也一样，并把它当作在大风大浪里锻炼成长的最好时机。凭着自身的年龄优势，也凭着与乌江的深情厚谊，我下水了。滚滚洪涛竟将我从小桥沟口护送到椅子山下。那距离，总有三四华里吧。上得岸来，我已四肢无力，望着浑身黄泥，还是暗自笑了。

二

江水日夜流，江风朝夕吹。有十余年时间，我虽然就在江边，却与江有着不可言喻的隔膜，自然也就多了一层不堪忍受的眷恋。是的，那些日子，分明听得清乌江的呼唤，却看不到乌江的形影；有时又分明看得见乌江的流动，却触不到乌江的脉搏。

那是刚刚“触之灵魂”不久，我被特殊地保护着，便于更好地“静以修身”。移居至土砖围砌的房间，夏凉冬暖，外加专人守卫，舒适而又安全。只是看不到我那乌江，我那十分热切的乌江，心头总不是滋味。一天下午，一个胆大的学生卫士居然趁他值班时，贴近窗前问我需要什么。我请他为我提一壶乌江水来。他虽疑惑，但第二天轮到他值班时，到底还是给我偷偷送来了一壶乌江水。我用一口大把缸盛着，就放在供我写反省材料的书桌上，从早到晚望着，想着，触摸着。虽不准与乌江为伴，但这样悄悄与乌江水相聚，不也是顶畅心的么？可惜后来去营盘头劳动了一个月，再返回自己的房间时，那缸乌江水已经陈腐发臭了。我的心不禁悲凉起来。

有段时间，我被安排在龙洞门前的大寝室里接受批判，沉寂中颇有些热闹，嘈杂里更有着忧愤。清澄而晶莹的龙洞水，固然也给我冷静。但唯有脚下的乌江，能以他百折不挠的追求点化我赤诚的心。被人为舀起来的成年累月禁锢着的乌江水会陈腐发臭，奔流不息的乌江却永远不会陈腐发臭。即使你把人间的污秽全都投进他的怀里，即使你把自身的肮脏统统倾在他的身上，他也不会陈腐发臭。因此，我好几次请求去乌江洗澡，以便领受更实在的感化。当然，我没有一次被批准，因为在这之前，已有好几起投江自杀而遂愿的实例。我虽然从未想到自杀，更从未想过要投江自杀，可总有人会推导我会自杀，自然要严禁我下水了。不得已，只有被带去以黑牌突出个人、以钢钎表示亲热地招摇过市，让城乡广大群众认清我的“真实面目”时，我才能在往返的渡船上用手轻轻一撩乌江水，算是接受洗礼。就算是这样，也往往会招来关照的喝斥：“把手拿出来！你不要命啦！”

高墙内的囚室里，江涛只能是依稀可闻，但正如老校长所说，那是乌江对和他息息相通的人的呼唤，只不过这时的呼唤更低沉、也更悲哀罢了。黑夜里，是那隐隐的涛声引起我心的共鸣。老实说，我并不想追问乌江是否听到了我心的回声，我知道，凡是给予人力量，促使人进取的事物，是从来不计较别人的回报的。后来，我有机会去江边挑砖，终于又可以看一眼我的乌江了。装砖时，我特意放慢速度，以便多领受一些江风。实在耐不住了，我以太热为借口，犟着移到跳石上用双手捧水洗了个脸,真是既清爽又舒坦。

这之后,住地离乌江远了一些。从马蹄石到邓家坪,凭耳朵是听不见乌江的涛声了。好在约束中也有了点自主权,横渡乌江时,再也不需有专人保护,我可以在沙坝徜徉,也可以在码头伫立,还可以蹲在水边戏浪。但我不得久留,允许的假日是有限的,我还得在规定时间里赶路。这就免不了要加深我对乌江的牵肠挂肚,叫人格外难受。为弥补这过多的遗憾,有一回,我竟在一艘汽船上住了一宿。乌江以最深厚的情意把我轻摇了一个通宵,也让我的思想激荡了一个通宵。真不知该如何感谢乌江。

三

重又返回乌江之滨,是80年代的第一个仲春,虽然头上的青丝换成了白发,额前的深深皱纹时时提醒我韶华不再,我却非常坦然。这不仅是因为我已由年纪轻轻时的一个人化为现在终于团聚的四口之家的一份子,也不仅是因为正遇上80年代的第一年的第一个春天乔迁,还因为又来到了新的思南师范,来到了我的乌江身边。

不分季节,我又可以去江边漫步了,我又可以去渡口凝视了,我又可以去沙滩纳凉了,我又可以去白鹭洲拣鹅卵石了……

尤其难能的是,我又可以去江里游泳了。不仅我去游,而且还带了孩子去游。有一回,尚未从五老峰隐去的夕阳,正留念地望着水码头在江里游来游去的男男女女。我和孩子也加入了那野鸭似的游泳队伍。孩子初学游水,要我一手托着他的下巴。殊不知拥挤的人让我失手,孩子喝了几口江水。我见他先是很难受,继而居然"噗"的一声笑了。看来,就连孩子也知道喝乌江水是一件令人高兴的事。

"爸爸,乌江流到哪里去了呢?"孩子的问题,不正是我首次见到乌江时的问题么?大概为解开这个并不是谜的谜,一个暑假里,我带上孩子,坐上汽轮,借助乌江之水,去追寻乌江的去处了。顺水行舟是轻快的,不到两天便抵达江口。站在涪陵码头上,望着乌江融入长江,望着依稀莫辨的彼岸,孩子欢跳起来:"啊,乌江到头噜!"我并没有向孩子说明乌江并没有消失,而是继续顺江东去。我深信,当他长大之后,他一定会懂得:浩渺波涛展示的宽阔江面足以说明乌江还在,同时说明只有汇合才有远大前程。不错,我们在那里换乘的是长江轮,行的是长江道,但也分明感受到乌江的推动力。就这样,从乌江口到长江口,又特地买票从上海到宁波。完全可以说,在茫茫大海上,也有我的乌江的合力。虽说如此,那融汇在长江、大海里的乌江,毕竟不等于我朝朝暮暮相依偎的形态鲜明的乌江。不久,便又匆匆乘火车返回贵州,然后坐汽车赶回思南了,孩子的心比我还要急切,车入太平关,就惊叫起来:“爸爸!看!乌江!”

思南乌江大桥的修建与竣工,无疑是一件大事,也是一种骄傲。在这之前,我多次跨过遵义乌江公路大桥。沿河乌江大桥,我也亲眼目睹过彭水乌江大桥与白马乌江大桥,它们都那么壮观,那么坚定,那么一视同仁地背负车马行人,把前程给予每一个勇敢的进取者。思南乌江大桥,自然也具有同样的品质,于我也多了一份亲近、一份亲热与一份亲密。记得大桥刚刚合龙而没有举行通车典礼时,我们一家人便从桥西头走到桥东头,又从桥东头回到桥西头。那是春节,农历新年的开头,大好春天的开始。面对乌江,以大桥为背景,还择了个大吉大利的节日照了张全家福。是的,难道我们一家人的命运不都是与乌江紧紧相连吗?

如今,我和我的家人安居在铜仁市郊。这里,“江水湾湾漾碧波,山岚冉冉映青螺”,自然环境并不算差。一直在追求宁静却疲于烦躁的心,对幽静之地理应自得其乐。殊不知“人有时是个怪物”也落到我身上,那本应安谧的心居然躁动不安起来,硬要去到乌江,系在乌江,久久不肯归来。

有什么办法呢?不肯归就不肯归吧。谁叫我将四分之一个世纪的年华交予乌江并与之息息相通呢?

乌江,你说说!

1989 年 12 月 12 日—13 日写于磨刀湾

杨德淮,男,侗族,生于 1940 年,1963 年毕业于贵州大学中文系,20 世纪 80 年代曾在思南师范执教,进行语文教学改革,并创办新星文学社,对思南师范语文教学产生深远影响,后调任贵州广播电视大学铜仁分校副校长、副教授。毕生热爱文学,著有诗歌、散文、杂文、随笔等作品集近百种。

陶或易碎的片段

刘照进

一间泥敷的矮房侧隐在村庄边缘，看上去有几分古怪。

长筒形的泥屋正面密封，只在两侧各开一扇小门，作为进出的通道，有些像小壳虫滚的泥巢。屋后残存着一排窑孔，四周荒草丛生，窑火熄灭。零碎的陶片散落地面与尘埃为伍，装帧了岁月深处的模糊记忆。

主人一家正在吃午饭，两个小外孙和老外公趴在三只脚的简陋木桌上，静静地啃着骨头。听说他们的小猪昨天得了瘟病死了，舍不得丢弃，汤来做了美餐，灶上还盛着半锅黑糊糊的瘟猪肉。我们的唐突显然打乱了他们的生活节奏，失去童真的安谧与老年的落寞在一间昏暗屋子里同时凝固，倘不是惊惑之中筷子偶尔碰在碗沿上的轻响，几乎就是一幅大师级别的静物画。当然，还可以附上《静静的午餐》之类极有诗意的标题。太阳背着手，始终高高在上，正午的阳光走到屋檐下，就停止了踱步，只将一条黑白分明的线划在门外，仿佛是对现实做出的某种暗示。

就有些失落。

眼前这个委顿而昏迈、土不溜秋的老人，就是我们要寻找的土家烧陶人冷朝树师傅？似乎与想象中的形象相去甚远。回想起刚才在路途中，询问几个小孩，居然不知道冷师傅的住处，村人的回答也均是“那边”。那么当然，这个“边”，确乎在向我们做出这样两层涵义的暗示：除了居住偏僻以外，当初赖之以生存和扬名的陶艺以及他今天的处境已经确实走到了尴尬而落寂的边沿。是什么慢慢让这个世界变得失忆：时间？繁华？追逐？名利？

大约半年前，一位搞摄影的朋友拿来一组照片，要我编点文字，说去参加一个什么大赛。那是一组反映土家烧陶人的生活照片，显然经过了艺术加工，很有感染力，给人极美的享受和联想。我欣然写了文字。三个月后，这组照片果真获得了联合国教科文组织与中国民俗摄影家协会联合举办的大赛大奖。也就是从那时开始，土家烧陶人冷朝树成了我记忆中的一个亮点。

在民间，陶通常被称作窑罐。其实这称谓不很准确，有些泛指的成分，比如坛和钵，就没有分开，是否暗示了它在乡间大俗一统的命运？土里土气，缺乏金属的色泽和亮度，老气横秋，粗劣的外表，简拙，平实，暗淡，不着任何色彩和修饰，就是这陶。

一件普通的陶通常昭示了它命运的浅薄：隐身底层，与泥尘和寂寞为伍。一只煨茶的陶罐在粗劣的泥灶上随遇而安，平平淡淡，默默终老，慢慢加深滋润的厚度。腌菜坛静静躺在灰暗角落，免不了蛛网密布。大肚子酒缸被埋进地窖，等待着时间的漫长煎熬，十年、百年之后，过滤出醇浓的酒香。一只碎裂的瓦罐隐身陋檐，以一只残缺而瘦小的手掌，捧住一部分生活的风风雨雨……

我见过许多上了年纪的农村老人，尤其是妇女，她们并不喜欢使用精致的瓷器。她们嫌那些东西价钱昂贵，过于花哨，距离平实的日子有些遥远。一双筋骨突兀老茧斑斑的手，端着粗糙而不失泥色的陶碗，内心才会感到踏实。

泥色，泥味，泥香，与一双沾满泥尘的手，在生活中找到了某种割舍不断的默契。就是这陶。

向前一步，就是瓷了。

精致的瓷看上去总有些耀眼，美丽的花纹掩饰了内在的单薄。一件瓷器经过不断磨损，釉彩脱落，青春消逝，露出沧桑的面目，似乎比陶更加难看和难堪。

天生丽质，瓷的向往似乎与民间无关。但在通往富贵和荣华的道路上，免不了被人挑剔和把玩。双手在反复挑选之后一无所获，瓷，就此注定悲剧的一生。

所谓的坚硬与坚强，其实是一种声势的虚张。有时禁不起生活轻轻一击，瓷，依旧碎了。

步入冷师傅栖居的泥屋，我们有一种恍如隔世的感觉。极低的能见度几乎隐去了屋子里的杂乱，从窗台上斜射进去的一抹光仿佛来自遥远世界。好一阵子，我们才勉强看清屋里到处堆着的陶坯、大的缸、中的罐、小的碟，七零八落。

这些陶坯已经堆放了好多年,静静等待一场窑火的煅烧。岁月落在上面,蒙着厚厚的尘埃。似乎经过漫长的等待,梦想已经残碎。

冷师傅领着我们在陶坯中间慢慢穿梭,当他弯曲着身子,默不作声地隐于其间,我仿佛看见一只黯淡的陶,在落寞的空间里梦游。那一时刻,我的心灵深处突然涌现出了无限的悲凉和哀痛,就像一个人面对坠落的陶却无力伸出双手去捧住,只能眼睁睁地看着它落地粉碎。

20世纪60、70年代,可以算作冷师傅烧陶的黄金期。生意红火时供不应求,他也因此远近闻名。那时,他烧的陶不仅走进了附近的村寨,承载起人们各自不寻常的生活,而且幸运地坐船沿着乌江,顺流而下,一路抵达大都市,成了土家人的一份荣耀和骄傲。风华正茂的冷师傅带着一帮徒弟在窑场忙碌,房后的窑孔整日燃起熊熊火光,每天前来背陶的人络绎不绝,场面极其宏大和壮观。

山里不通公路,全靠人力运输。背负是土家人特有的一种运输方式,而装卸一个个光溜溜的陶则充分显示了他们化繁为简的智慧。他们用一根绳子将出窑冷却后的陶层层叠叠捆绑在简陋的背架上,每只背架多则十几个,少则七八个,紧紧地捆在一起,任你走多长多艰难的路也丝毫不会松动。

背夫们脚穿草鞋,腰里吊着牛卵形的烟荷包,若干人结伴而行,背着沉甸甸的陶罐走在莽莽苍苍的大山深处,身子匍匐在羊肠小道上,汗水滴落到草丛中。饿了,就取出随身携带的干粮充饥;渴了,就着山中的泉水猛灌一顿;困乏了,就席地而眠,天当被,地当床,星月当灯光。

尽管日子过得清贫清淡,但他们的内心同样充满了期待,装满了对爱情的渴望。成家立业的男人会在背完一趟陶罐领回微薄的"脚力钱"后,为家里的婆娘买一束头绳、一把木梳,为儿女们买几粒糖果;光棍汉子也会为心中暗恋的情人买一盒廉价的雪花膏。而当路过水边,面对陌生的浣衣女子,他们往往也会兴奋地扯开嗓子吼几段山歌野调:

太阳出来照白岩
白岩脚下晒花鞋
妹的花鞋瓣瓣香
哥的大脚走四海
哎嗨哟,哎嗨哟……

静静的陶无言，时间仿佛回到从前。站在当年那条无数背陶人走过的山路上，我的耳边依稀萦响着他们背负时苍劲缠绵的歌谣。

但那段辉煌的历史只将他的生活擦亮了一部分。十年前妻子去世后，原本要将烧陶的手艺传继给相依为命的儿子，可是儿子却嫌这活土气，费力而不挣钱，最后去了广东打工。屋里堆放的这些陶坯，就是当年留下的，不知要等到什么时候才能够烧窑。言谈间，老人充满了淡淡的失意和忧伤。他说，现在的年轻人，一心一意留恋着外面的光鲜世界，已经没有几个人把这些土里土气的东西放在眼里啦！

我感觉一种民间文化在曾经滋养它的土地上逐渐衰落，而且速度之快令人惊讶。

和所有民间手艺一样，烧窑前也要敬奉祖师，据说这样烧出的陶才少有废品。冷师傅的屋子里也供奉着祖师牌位，尽管多年未曾开窑，但逢年过节依旧要烧香祷告。当问起烧陶的渊源时，老人一直暗淡的眼里忽然有了一丝亮色，仿佛曾经亮堂的窑火，精神为之一振，一扫先前的颓废。

那是一个美丽的传说。很久以前，人们吃饭还是用手抓，那时也没有碗。一次，皇帝得了一种怪病，御医用尽各种办法也无济于事。外出寻医的宫廷卫士遇到一位正在种田的土家老人，老人用田里的湿土捏成一个碗状的泥器，放进几棵草药熬水，竟将皇帝的怪病治好。皇帝很高兴，诏令人人必须用烧制的泥器吃饭，以示对老人的纪念。后来，这位神奇的土家老人就成了烧陶人的祖师。

我有充足的理由相信这个故事的真实性。在历史发展的漫漫长河中，正是那些普通劳动者闪光的思索和顿悟，打开了智慧的天窗，才使得人类从茹毛饮血的蛮荒时代向现代文明一步步过渡和迈进。

昏暗的屋子中央，静静摆着两架坯床，已是蛛网密布，显然好久没有转动过。冷师傅笨拙地转动坯床，想给我们做些演示，可他毕竟上了年纪，有些力不从心，始终无法掀动那根曾经得心应手的车轴，便停了手，在一边傻傻地站着，很失落的样子。

最后，当他察觉我们要离去，就有些相送的意思。只是依旧默默跟在身后，步子有些零碎和杂沓。但他终究没有出门，倚在门墙上看着我们。他的嘴里还咬着一截旱烟，一张饱经沧桑的脸隐藏在浓浓烟雾里，表情甚是模糊。

狭窄而且低矮的门洞几乎吞掉了他的整个身子。

那门洞,显然也几乎吞掉了他的一生。

阳光顺着椭圆形的泥房斜照,将他的影子钉在斑驳的土墙上,仿佛一张在时间深处存放太久的老照片,泛黄的背景是房后那一排熄火的窑孔。

依照最初的打算,我是要将这次采访写成一篇美妙的文章,下笔时却感到有些力不从心,正如老人面对多年未曾转动过的坯床却力不从心一样,那些隐身暗处的陶坯以及残碎陶片,我始终无法还原它们当初的完美。不光如此,岁月中多少美好的故事,譬如一次痴痴的爱情,一段刎颈相交的友谊,一场生离死别,那些曾经爱过也哭过、痛过也怨过、悲过也欢过、笑过也泪过、恋过也恨过的记忆,当时间的尘埃纷纷落下,繁华消逝,悲喜与哀愁散尽,一切均如这易碎的陶,一片片散落在时光中,零落成泥。

(原载《青海湖》2005 年第 3 期)

空鸟巢

刘照进

一只鸟巢，两只鸟巢，更多的鸟巢，仿佛用旧的过时的荷包，邈远的时光中，满载落寂和空荡，让我们回首时窥见了一些曾经被忽视的细节。

春天，总是在繁花绿叶间看到一些被遗弃的空鸟巢，像是村子的角落里失去烟火气的破败茅屋，房檐上蛛网密布，主人已不知去向。枝桠间斜挂着一面丝织的锣，椭圆形的表面暗藏杀机。精明的杀手总能在瞬间抓住某些细节，来完成他的周密部署。此刻的宁静不过是一种伪装。小小杀手早已隐身暗处，侧耳聆听猎物踏向险境的信号——来自蛛网任何一处轻微的震动。除了阴谋得逞，不幸似乎还在加深，一只空荡的鸟巢再也无力承载昨日的温馨和爱情。

屋檐下同样挂着一只旧时的泥巢，回归的主人却失去洒扫的兴致。似乎一切都有必要重新开始，昨天的故事永远不能被今天重复。早出晚归，燕子用小巧的嘴啄来点点滴滴新泥，墙壁上的工程在不断完善，直到精巧的房子做成。一对情侣住进了它们的新房，美妙的婚姻终于拉开序曲……

大多数鸟儿并不选择去年的旧巢孵蛋育雏。一棵树，一处房檐，石壁间长满荒草的缝隙，都有可能成为鸟儿暂时栖身的村庄。它们在这块地域上衔草筑巢，构筑临时的家园，培育孩子，然后又匆匆地搬迁——这成了鸟儿世界难解的一道谜。

或许有一个词能够解开这样的谜团：安全感。飞翔在空中的鸟儿，早已洞悉了脚下的危险。一棵树似乎总是逃不开这样的宿命：风摧，雨打，雷劈，火烧，砍伐……倾巢之下,岂有完卵?! 树的命运的不确定性让鸟儿失去准确而明智的判断,逃离是唯一的选择。灾难来临,飞翔的姿势已无所谓优不优美,像战乱时期的难民,鸟儿匆匆从一棵树逃离到另一棵树,卑小的命运里饱含许多沧桑和流浪感。

细小的鸟巢依附树身,凌空危悬,仿佛警惕的眼睛。

几乎无人知晓鸟儿的仇恨,它们内心的悲恸与哀怨常常被暗藏花香的语言忽略。

小时候,总喜欢上山去寻找树丛中藏着的新鲜鸟窝,这几乎是整个童年的乐趣和向往。小小年纪,隐含许多成年的狡谲。拇指大的几枚鸟蛋,颜色雪白,或者暗褐中夹杂着斑纹,婴儿一般地安睡在巢里。一对幸福的夫妻携手在林间觅食,全然不知灾祸降临。

一双幼嫩的小手取走了鸟蛋,仿佛偷摘邻家未成熟的瓜果一样随心所欲。

肇事者并不逃逸,仿佛有意滞留现场,观看伤心欲绝的父母怎样扯开喉咙怒骂。强者的霸道遮掩了制度和道德的约束,弱者只有通过一张相对自由的嘴巴远距离地发泄愤慨。

"大林鸟"体型肥硕,嗓门宽大,有一股孙二娘似的泼辣悍风。它的骂声使人想起那些勤恳而泼辣的农妇,面对凭空而降的灾难和恶作剧,她们总是气得又哭又骂,顿足捶胸,粗鄙恶毒的语言让人心惊肉跳,却又隐隐生出几分同情。

作为"人类的朋友",燕子的亲近是一种假象,亲密里渗入了可疑的成分。春日里借助你家的屋檐,啄几嘴清香的田泥,仿佛,燕子就要安居乐业了。但是,屋檐下依旧有这样一双觊觎的眼睛,暗中蓄满了不怀好意。有一天,孩子避开母亲的监视,举起一根扁长的竹竿,轻而易举就捅掉了头顶的泥巢,幼小的燕子在纷飞的落尘中坠地而死。

恶毒的举止来源于对未知事件的好奇,对悲惨结局的出现毫不在意,人类的心灵永远无法装下对弱小生命的尊重。

家毁子亡,一春的希望瞬间化为乌有,燕子的伤心不亚于老年丧子的悲恸哭,凄楚的哀叫电线一般绵长地划过那无边旷野……

但是,燕子深谙与人相处的哲学。燕在屋檐下,不得不低头;谁的屋檐都是屋檐,低头才是出路。燕子很快就从悲痛中醒来(或者说隐忍了内心的仇恨和悲哀),重新衔泥筑巢。燕子的行动更加小心翼翼,试图用婉转的歌唱来取悦主人。

于是，人们渐渐忽视了燕子的伤悼，举首抬目之间，原谅了它的靠近，并且被它的殷殷之情打动。他们试图从年关开始，期望燕子早早到来，屋檐下的蛛网和尘灰被打扫干净，破损的旧巢仿佛某一级文物，依旧安置于被仰视的角度。

然而，燕子从不相信人类的大度与承诺。在完成一季的传宗接代任务后，燕子举家远迁了，只是把一只毫无意义的旧巢抛给幻想的主人，仿佛行军途中布下的一只迷惑敌人的土灶。

燕子的形态常被人比喻成剪刀。的确如此，精明的燕子就是凭借这种巧旋和颇具黑色幽默感的本领，张手剪开了人们内心深处的企图与欲望。

小小少年总是醉心一只弹弓。

一截正在成长的树杈被人掐断，大树失去完整。修饰之后，树杈成了另外一双手里的工具和把柄。精巧的木杈两角朝上，握在手里，仿佛一个倒立的小小的人字，欲望通过暗中施放的力量抵达不远处的目标。

橡皮来源于那些破旧的胶鞋、废弃轮胎。作为远征者的同伴，它们最终厌倦了行走，对远方失去信赖，灰头土脸地退回起跑线，把剩余的几丝力气交给弹弓。

借助木杈的稳定，橡皮的张力得以充分展现。一颗欲望的石子在掌心紧紧相握。人的目光被规范在两角之间寻找最佳射击角度。蒙在鼓里的鸟儿对身后的潜伏一无所知。欲望，霸权，目标，当三者被扯在某一条直线上，简洁明了的几何原理便促成了悲剧事件的产生。

年轻的表叔是一位乡村补鞋匠，一只木质挎箱里面总是装满各式各样的橡皮。那些橡皮已经不再属于纯粹意义上的胶鞋底子或圆形轮胎，它们被锋利的补鞋刀剔去了边缘的废料和臃肿，薄薄地摊成几块，或被削成面条似的长丝。嵌进灰尘和泥土深部的力量得到挖掘，不再受腐朽部分遮掩，更加灵巧而张扬。

中午时分，补鞋匠在村口的老皂角树下摆开了摊子。一只旧木箱，依旧藏着许多不为人知的秘密：污腻的表面叠加许多掌纹，细密而清晰的纹理已被风尘盖住，铁锁上的锈迹渐渐加深开启生活的难度。因为干燥和磨损的缘故，木质的个体之间不再配合默契，彼此加宽猜忌的缝隙。

补鞋匠的出现让闷热的村子生出一丝鲜活。孩子们听见吆喝，小鸟一样地飞向村口，迅速围住鞋匠。那个时代，一角钱一副、被切成面条一样细长的橡皮是做弹弓的材料，成了孩子内心最强烈的奢望。需要修补的永远是那些贫困的家庭，一大堆过度残损的旧物，哪怕是目不忍睹，依旧不肯轻易抛弃——并非一味体现对旧物的热爱,日子的确需要一种力量来支撑。补鞋匠让一双鞋从绝望的边沿转身,重新找回行走的信心。

年轻的补鞋匠还是一位捕鸟的高手。冬天,他来到我们家里,在厚厚的雪地里扫出一块,用竹片支起旧竹筛,竹片上绑一截细绳,远远站着,看鸟雀走进底下,一拉绳子,贪食的东西就被罩住了。天下没有免费的午餐,欲望的一头总是拴着危险。补鞋匠的绝活是省去绳子,用一根短短的竹筒制成捕鸟的机关,离开现场,只在暗中静观,等待收获。最终,那些无法逃避的鸟儿被捉住,褪去外衣,露出婴儿似的细小身体,被穿上一根铁丝,抹了食盐,在熊熊的烈火上炙烤,成为饕餮者嘴里的一道佳肴。

火铳总是喜欢在夜间偷袭。这种传统的捕猎工具浑身充满了粗暴激情,不需要太多精确的瞄准、计算,与简单实在的乡村生活理念保持一致。

竹林高处的窝里住着一对斑鸠,它们是一对恩爱的夫妻。一只欲望的枪管贴着夜色悄悄靠近,"砰"的一声枪响,子弹擦身而过,空气中弥散着火药灼烧的焦味。沉醉在爱情之中的一对鸟儿,仿佛黑夜里陡然遭到土匪的袭击,惊恐中弹起瘦小的身体,朝着漆黑的夜空逃窜。但茫茫夜色遮掩了安全的方向,彼此再已无法呼应和照料。"夫妻本是同林鸟,大难来临各自飞。"求生的本能使鸟儿在陡起变故中别无选择,与爱情的忠贞、至死不渝、海誓山盟无关。

村子里有一位打鸟的老者,斑驳的土墙上常年挂着两支乌黑的火铳,弯月形的牛角里装满火药、铁砂。老人一生嗜酒如命,许多鸟儿成了下酒物。

死于非命的红锦鸡,身子下了油锅,最后连骨带肉成为老人嘴里的美味。红羽绒毛则被小心褪下,妇女们拿它做成了孩子帽顶上的装饰。当年,这种帽子成了乡村衣物的一绝。

再次见到鸟巢的时间是今年三月。阳台的花盆间不知什么时候悄悄筑起了一只鸟巢,妻子发现它的时候已经完全成型。饭碗大的体积依旧做工精巧,仿佛记忆中某只鸟儿的手艺。已经无法确切叫出这只鸟儿的姓名了。玲珑小巧的身体,擅长飞翔,灰褐的羽毛,两翼有一抹雪白,像流线型的飞机,每天升降于我的生活周围。惊喜之余,居然没敢告诉女儿,担心女儿毁了它的家。幼时掏鸟蛋的一幕,依旧历历在目。每一天,怀着期待暗中观察鸟儿下蛋、孵化小鸟、嘴对嘴地喂孩子们虫子,直到它们长大,把身体完全交给飞翔。

一只鸟儿从旷野迁徙到喧嚷的城市,是不是对高楼如林的城市的误读?空荡荡的鸟巢并不能给予答案。好在，它依旧置于我家阳台，作为怀旧时抵达疼痛的路径。

每次回到老家都要惊叹故乡的变化，只是屋檐下再没见到燕子的新巢，地里迷惑鸟兽的稻草人也不见踪迹，曾经被祖母用来驱赶麻雀的竹制响器早已变成灰烬。房脊上挂着几滴细微的鸟鸣，但那声音与儿时听到的鸟声大合唱简直无法相提并论……

尚记着许多鸟儿的俗名：红肚儿，水鸦雀，啄木官（啄木鸟），地麻雀，夜老鼠（蝙蝠），牛屎雁，鬼鬼阳（阳雀），薅草苞谷（布谷鸟），扁茶罐（脚鸡）……像幼时一同玩耍过的伙伴，多年之后，依旧能够轻易喊出他们的乳名。

是人的欲望打断了鸟儿的飞翔。那么多的鸟儿已被死亡收藏。那么多的鸟儿，像宝贵的眼泪，被我们随意挥霍。

天空是一只倒悬的巨巢，衔着地球这枚鸟蛋——一枚病变的鸟蛋，正在加深天空的空度。

（原载《散文》2006 年第 3 期）

散落的碎屑

刘照进

是春天或者冬天，也可能是夏天和秋天的某些比邻地区，记忆收留了那些忧郁的碎屑。时间流淌着时间，沿途已成历史。关于四荣公、才表叔、拣瓦匠老何的故事，庞杂的腰身也许早就顺水漂流，而在我笔端扎根下来的不过是一些简明的线条，仿佛纸面上扼要的构图，但它们同样身背可疑的"成份"。

我们家与四荣公、才表叔家连成的直角三角形，多年之后，我运用几何学的原理，轻而易举得出这样的结论：处在边缘的才表叔家是一个三十度角的顶点，它所对应的边是我家到四荣公家的距离，大约十分钟的路程。事实证明，四荣公给我的民歌启蒙远比才表叔提前了根号三倍长的时间。他们共同构筑的面积盛满我的整个童年时光。作为游离不定的一个点，拣瓦匠老何的家始终充满虚飘、未知、难测的气息。

四荣公的土屋没有倒塌之前，顺着童稚的目光望过去，我看见一支唢呐在土褐色的墙头开成倒立的喇叭花。花茎上缠着红绸，那是某个春天一场喜事的馈赠，爱情的余韵依旧埋藏花朵深处。

一棵酸枣树胡乱站在他的院子里，年年开花，但不结果。乡俗验明正身的结论是一棵公树（对它的性别命名是否暗示了一场爱情的长久缺席?）。作为名义上的果树，酸枣树在孩子们眼里已经失去了向往的价值，它的存在只是为我们预留了攀爬的方便。

时间多半是在某些闲散的下午，四荣公一个人躲在屋子里睡懒觉。屋檐下的大花狗被阳光捆住了手脚，慵散的形态使我想起“蜷缩”这个词汇，但它这时的身体一点也没包含疲态。是什么勾起了四荣公梦中的怀想，唢呐声忽然从土屋里飘出，带着呜咽和缠绵的相思。村庄被他的吹奏淋湿，但是嵌进土墙的木门未曾开启，额头落满尘埃，它的另一面背抵现实，保护了一个幽闭场所的全部隐秘。我们就在这时爬上了酸枣树的枝丫，试图依靠树枝来提高目光的海拔。土墙裂开的缝隙提供了窥探的道路，一个秘密最终恍然出现。

土屋是他的父亲开龙老祖留下的唯一遗产。开龙老祖当过国民党的保长，解放后受到了人民政府的镇压。传闻枪毙他的前夕，上级已经有了宽大的政策，开龙老祖也在宽大的范畴内（据说他没有一桩恶案，他用自己的身份保护了一方百姓的平安，更重要的是我们村没有一个人被拉壮丁，他的正义和胆识赢得了乡亲们的尊重）。然而因为通讯落后的缘故，公元一九五〇年的某天下午，在大西南边僻的山村，一颗毫不知情的子弹怀抱过期的政策，划出一道仇恨的弧线，将山墙般健壮的开龙老祖削为平地。四荣公的母亲已经去世，那一天的枪声删减了年幼的四荣公生活中重要的部分，将他的未来道路引向不可预知的沼泽。族谱记载他生于一九四八年（也可能是一九四九年），自幼父母双亡，吃百家饭长大，终身未娶……

一条河在他这里断流。

四荣公是一位唢呐高手，民间的音乐在他的嘴里野草一样疯长。多少个日夜，他用唢呐探触爱情、表达欲望、释放心怀、消解郁闷。唢呐成了他的知己，他的红颜，他抵抗寂寞的武器。他的一生不知道替别人吹奏过多少迎亲曲，但是至今依旧没有一支唢呐愿意为他吹奏爱情的乐章。大红喜字挂在别人的洞房，每一次开放都充满了对他的打击。在欢乐和幸福面前，他无数次成了陪衬的音符。

四荣公天生有一副好嗓，他的山歌和唢呐一样远近闻名。他没有进过学校，那些民歌是他在山路上捡拾的，带着牛粪的气味和露珠的清香，充满十足的野性，与教科书保持着毫无关联的距离。年轻时他是我们村的歌手，他和拣瓦匠老何联唱的《薅草锣鼓》曾使一个乡村充满了理想主义和浪漫主义的色彩。

是锣也不要打也，鼓也不要敲，听我歌郎上前说口号。口号，口号，是随口就到；口才，口才，是随口就来。师傅说过不成口，我来说过端起走。弯刀斗木头，听我说个转角楼，弯刀斗木把，听我说句老实话。有三十斤的鱼也，四十斤的鳃,滚下万丈深塘,是半天都爬不起来。请各位男女老少齐得力,我们喊句号子扯起来哟,喂——

咚哐,咚哐,咚咚哐!

四荣公提着一面铜锣,亢奋的激情在圆面上扩散,拣瓦匠老何胸前的半边皮鼓棒槌般翩舞。他们站在劳动队伍的前列,歌之,舞之,唱之,蹈之,一场锣鼓伴奏的民歌大雨顿时倾盆而泻。那歌声飘荡在上个世纪七十年代的乡野,带着明显的抒情和憧憬,撞击着一个时代的神经,让兴奋的锄头和劳动的汗水忘记了偷懒。

然而,当岁月在他的头顶逐渐结成白色蓬乱的蛛网,粉碎了他对爱情的展望,土墙上的花朵终于枯萎,预示他的人生遭到了彻底失败。晚年的四荣公门牙脱落,佝偻着腰在村庄上行走,他像一阵无关痛痒的风,徐徐停在一些人家的门外。但他是沉默的,他几乎关闭了所有声音的开关。他戴着一顶旧毡帽,肮脏的帽檐遮住两只浑浊的老眼,泪液堆积的黄色尘垢封住了他对命运的最后瞭望。

当我试图从他嘴里撬开那些久违的民歌,他摇了摇头,连说"不能唱了,不能唱了"。不知什么时候,民歌已从他洞开的牙缝里悄悄溜走,成了失散多年的游子,回家的路已被时间记错。

很长一段时间,拣瓦匠老何一直在他的五个女儿中间为养老送终的人选举棋不定(他的大女儿长秀因为先天性痴呆而被排除)。老何是我们寨上唯一的外来户,他的籍贯和他晚年的行踪一样始终充满可变的因素。他以拣瓦匠的身份首次到达我们村寨时,一位刚死去丈夫的赵姓女人为他提供了填空的条件。从此,他在一个简陋的括弧里定居,结束了漂泊生涯。

除了拣瓦,老何还懂得一些驱神送鬼占卦算命的小邪术。也许正是因为对神秘世界的盲目敬畏,加深了他对现实的猜忌,他把人生的失落完全归咎于宅基的错误选择(所谓"人穷怪屋基"),为此,他搬过三四次家。但他显然缺乏对人生的正确判定,事实也远不如他在房檐上面对每一块瓦片时那么从容。

他以为疯狂地挖坑就可以填补前面的漏洞,但是,一个新的深坑随即产生,并最终迫使他的双脚远离现实的地面。他的第一个错误是被游手好闲的三女婿骗光了家产。在紧急情况下修改的方案却更加糟糕,他从亲戚家收养的义子一开始就与他水火不容,并鸠占鹊巢。他和年迈的妻子不得不过上了漂无居所的流浪生活。恍惚听人说起,他在附近一个县城捡垃圾,偶尔也到农村重操旧业。

他在我们村的拣瓦史到此结束。

现在我要叙述的是另外一条直角边的顶点，它在距离我家大概五里的山坡停下来，并最终浓缩为外祖婆家一间土墙与木屋混杂的农家小院。整个童年时期，这里成为我频繁活跃的一个点。我在这条根号三倍长的直角边上往复行走，除了外祖婆十分疼爱的缘故，很大程度要归功于才表叔的笛子和他那些充满野性的山歌。那时我已经上了小学，之前不止一次听过四荣公和拣瓦匠老何合唱的《薅草锣鼓》，对民歌多少有些浅薄的印象，譬如拣瓦匠老何喜欢犁地时独唱，听众是空旷的山野和一头老牛，或者干脆就是他自己。他的唱腔悠扬婉转，赋有极强的韵律和节奏感。

如果才表叔的求学之路不是因为公社临时初中的停办而断折，我敢肯定，他的音乐天赋还会得到更大程度的发挥。几乎没有学过什么乐理，他的笛子吹奏全凭自我摸索，依然达到乡村高级乐手的水平。

才表叔很快就成为一名年轻的补鞋匠，他的摊子在离家十里的乡场上每隔三天重复一遍。若干次，我在乡场上看见，通过他的两手，一双双憔悴的旧鞋得到拯救。空闲时他也背着旧式的木箱，走村串寨地招揽生意。木箱的隔层还装着一支竹笛，小小七孔暗藏许多乐谱。

没有鞋补的时候，才表叔就取出笛子，蒙上竹膜，小心地横在嘴边，试着开始吹奏。从新鲜竹节里取出的竹膜依旧带着竹子的体温，纤柔，灰蒙，薄如蝉翼，像一段敏感而忧伤的情绪，似乎风一吹就要香消玉殒，但被修长的竹笛留住。乡村简拙的舞台，此时笛音漫漶。

其实我比较痴迷才表叔在自家木楼上的吹奏，笛声在幽暗狭促的房间自由起伏，几乎不受外界的干扰。房顶上的瓦总是这样遮蔽时光的流逝，外祖婆的责备也不在院子的某个角落响起，属于我们两人的世界宁静而单独。他吹《刘三姐》，吹《梁祝》，也吹《正月赌钱》。后来，我在他的歌词本上发现很多歪歪扭扭的文字，依稀觉得是一些男欢女恋的对歌：

男：这山望去（耶）那山平（喽歪），对门有两个（耶）好女人（喽歪）。大的就是（那个）大姨子耶，细的就是（那个）管家人哟。

女：小兄弟（耶）你莫聊白（注：扯谈），你的家庭我晓得。那年那月往你门槛前过，你瓢瓢铲铲都没（读作 mao）得。

但是,对于“走到竹林头,皮背两石头,哪个龟儿怎忍手”之类的歌词,我就有些不甚了了,只是清楚地记得那接下来的一段:“下河去吃水,遭盘海(注:螃蟹)夹一嘴,这回哟这回,打失悔!”

我必须要做这样一点补充说明,大舅公的左脚踝和大舅婆的右脚踝先后在一次事故中骨折,它们在接受农村医疗的简单处理之后,最终成为一种变形的符号,拽住了他们的正常行走,夫妻间共同的苦难在他们的左右脚上形成严密的对称。

作为长子,才表叔需要在父母倾斜的身影下及时成为家庭有力的支撑。于是他不得不尽早结束闲散的补鞋生涯,摞上一副崭新的担子。他的肩膀一头挑着艰辛,一头挑着沉重。作为闲暇时翻阅的经卷,笛子和山歌则被精简,留在了生活的后方。在大舅公的张罗下,才表叔很快就结了婚。一位素不相识的女人打乱了他对爱情的计划,之前,他抄写在算术本上的那些优美情歌一句也没有派上用场。

没过多久,大舅公的愿望就遭遇落空,他亲自选定的另一根支撑木很快就坍塌。才表叔的女人在一次大病之后精神失常,胡言乱语,又唱又跳。她把黑夜当成游走的道路,她的内心世界变得神秘而可怕。按照民间的诊断,她是“撞了鬼”,身上附有鬼魂,需要巫师的驱赶。那段时间,巫师在大舅公家里频繁往来,半夜,时常响起法器的敲击声和阴阳怪气的唱诵。通往他们家的道路上撒满了新鲜鸡毛,像一场骗局的零星线索。事实上,那些敷衍鬼神的祭物一开始就充满了悲剧色彩,它们经过一番徒劳的挣扎之后不明不白成了刀下鬼。

后来她的病情有所好转,只是表情变得痴呆。那些丢失的东西,巫师并没有从神灵的手里给她讨回。欠了债的才表叔离开村庄去了外地,多年没有音讯。不知道他是否带着那些缠绵的山歌一同上路?还有那只修长的竹笛,它们在城市的屋檐下有没有暂住的户口?

若干年后,我以一位文化工作者的身份试图寻找民歌的去向,我希望在那些历史瓦砾中翻找出它们的一点蛛丝马迹。但是结果令人失望。四荣公自是忘记了《薅草锣鼓》的唱词,捡瓦匠老何已下落不明,才表叔早就隐身滚滚的打工洪流……民歌,带着它们可疑的身份隐匿于生活的某个角落。时间使它们面目全非,加大了寻找的难度。

曾经以为那些野生的民歌会停留于我生命的某些场景,成为寂寞时与之怀旧叙谈的邻居，至少，能够成为我身边暗香残留的某些恍惚的影子，事实却并非如此。摆满柜台的“经典民歌”带着虚假的身份，它们的灿烂笑容同样令人生疑。而离我最近的“民歌手”——一位文化馆的退休老头，他唱的《望牛山歌》也总是被当作招待客宾的果品。像事先灌制的唱片，一次又一次地反复播放，充满复制和雕饰。

在灯光朦胧的舞台，民歌，远离了牛羊、牧草、山川、河流、阳光、风雨，直抵生活的部分已被连根拔起。

终究无法打捞那些沉没于时光中的岛屿，那些遥远而忧郁的碎屑，它们翻飞、飘逝、散落，仿佛伤感的流浪，它们将去往哪里，又停驻何方……

（原载《海燕·都市美文》2006 年第 9 期）

暗　示

刘照进

相对于短暂的个体生命而言，死亡显得更为恒久、冷静、隐匿。一座孤独的坟茔总是闭口无言，任凭岁月的野草在头顶疯长，在时间深处带给人缠绵的哀思和无尽怀念。一切抵达预示着新的开始，死亡留给我们的窥探总是不可言说。

事实上，我一直相信，县城后山满地的坟茔是一种暗示，它未说出的话语同样意味深长。后山是高于现实的一只眼睛，它无所不知的洞悉力神秘而广袤。从某种意义上说，后山提供了县城人们的最终归宿。

五年前，刚到县城，一次和一位教语文的中学老师去爬后山，见到满坡光秃秃的坟墓，不禁心存疑问：人们凭什么要将后山列为县城的八大景观之一，并且写进县志，作为后来者探究历史的一种见证？难道这其中果真隐含了他们对死亡的景仰和敬畏?!

小城人至今依旧沿袭的是土葬，几乎每隔三天就有一人在黄烟滚滚、鞭炮齐鸣和亲友的哀哭声中走向后山。亡者的遗像被放大，随灵柩绕城半圈，加大的镜框努力向人们暗示此人曾经的价值。作为一种纪念物，遗像最终会被墙头留住，继续提供死者生前的印象。坟墓上的碑文也是，两者有异曲同工之妙。粗糙的石头表面被反复打磨，发亮，凹凸感完全消失，像一张整洁素净的脸，之后，精彩的文字就站在岁月里替代墓主说话。一个人的辉煌、价值、地位、富贵、权威，全部被一笔一画精雕细刻，而他的暗晦、阴险、虚伪、肮脏、卑琐则被文字之间留出的空白忽略。

不知从什么时候开始，小城来了一支外地的西洋乐队，专为做红白喜事的人家演奏。在长长的送葬队伍前面，留着披肩长发的鼓手动作有些张扬，吹三簧管的乐手更是将腮帮鼓得老高，似乎有意要引起更多人的注目。于是唢呐的哀哀清唱便被流行而且霸道的西洋鼓乐替代，在县城污浊的空气中演绎出一场不洋不土的闹剧。

春天去后山观景。雨后初晴，空气里弥漫着野花的清香，沿着陡峭的石阶缓步上行，偶尔穿过半山一些人家的屋檐。这是县城通往后山的唯一道路，让人想起，在那些溜光的路面上，覆盖着多少人的哀痛与抬灵者淌下的汗水，而死亡也正是通过这条道路被抬进坟茔。

高仰的后山暗示了一种形而上的审视与俯瞰。我在回首中看清了来时道路的细节、芸芸众生、穿城而过的河流、环城路。湍急的河流被距离改变了速度，缓慢的节奏仿佛掉在纸张上的一段漫不经心的句子中的副词，其中心语意早已被书写者抽走。但那些弯曲的想象还存在，给人留下更加清楚的猜测和暗示。写在大地上的河流，凭借天生的柔韧（失去硬度的无限宽容）、弯曲（有时何尝又不是委曲求全）、对秩序的绝对服从（超出河岸时被人们称之为灾难）越走越宽阔。环城路的不同之处，恰恰在于它是城市的掌纹，暗含着设计者的野心和智慧：以其周而复始的步伐、日常经验消解一切可能出现的异端，让思想在一个固有的圈子里重复，最终训练出转圈者对命运的默认。

在这里，一切人为地精心雕刻的文字都将被茁壮的野草省略，时间记住的只是道德者和英雄的名字。从那些坟墓占地面积的大小、修建的精致程度，我们读出了死者生前的身份：高贵或者卑微。坟墓是死亡的通行证，更是此人生前的一张脸。有人想把生前的辉煌带进历史，但时间并不认账，一抔黄土最终掩埋了一切。有一篇小说，题目叫作《向上的台阶》，大意是讲一个小职员在人生的仕途上一步一步小心翼翼地往上攀爬，后来，他终于得到了想得到的东西，譬如权力、地位、名声、富贵，但也失去了他人生中不该丢失的一些东西，譬如道义、良知、诚信、责任感。有一天，他志得意满地带领家人去游中山陵，当他沿着石阶缓缓爬到高处时，不经意回头一望，看到的尽是遍地坟茔……死亡在一瞬间暗示了生命的全部定义。

后山让我思绪飞扬。我一直在想，在生与死之间，似乎有一条秘密的通道，让相关的人去穿行。小时候，我家堂屋的神龛上总摆着一只名叫“磬”的罐形铁器，敲击时会发出低沉肃穆的声音。它常年神秘而孤寂地躺在神案的灰尘之中，只是到了年关或“七月半”这样一些节日,才会被祖父敲响。那声音总是充满无限的神秘感。祖父很虔诚,目光柔和而温暖,像是在和人默默对话。出于好奇,我也跟着祖父在神龛下向逝去的祖先们磕头。但我没有太多的牵挂,他们在日子的另一面栖居,离我很远,也很陌生。

我对死亡的认识一直很浅薄,没有太多的记忆和感伤,死亡也没带给我任何恐惧。五岁时,曾祖去世,满灵堂的哭声没能勾起我的眼泪,我只是喜欢热闹的场面带来的乐趣。出殡的早晨,我被叔叔背着,随一路飘飞的纸钱送别曾祖。叔叔告诉我,你曾祖去了。但我不知道他要去哪里,为什么会有这么多的人来相送。从此以后,我就再也没见到曾祖,我的家人也不准我一个人到他生前住过的草屋里去玩。多年以后,曾祖的气息依旧弥散在那间堆满杂物渐渐衰腐的草屋,我在没有灯光的夜晚总是感觉屋子里居住着一位无言的影子。

外祖婆的去世同样如此。外祖婆是一位娇小而慈祥的老人,走路一颠一簸,很是吃力。我们小时候总爱取笑她那一双被缠裹的小脚。后来,当我知道她那双残疾的小脚里面包含的悲苦命运时,我为当初的幼稚感到忏悔,可惜外祖婆再也无法知晓。

外祖婆笔直而静静地躺在一张木板上,穿着整洁的老衣(寿衣),沧桑的脸被一叠草纸盖住。外祖婆的忌日犯了“重丧”,死亡的时间不对,需要一场“道场”来消灾,舅公请来的“阴阳”先生在跳傩还愿。“阴阳”先生的本领神通广大,能够在阴阳两界来去自如,他们翻手为人,覆手为鬼。屋子里香烟袅绕,法器敲击的尖利声与法师沙哑的唱词,更加增添了几丝神秘。外祖婆被人扶起,端坐在油亮的柏木老椅上,亲人们团团围住,法师一边吆唱,一边在她的脸上盖着大印。暗红的大印肯定是外祖婆在另一个世界游走的通关文牒。外祖婆仿佛安详地睡去了,脸上没有一丝痛苦、遗憾和委屈。

两年前的夏天,同事的一次意外事故,让我感到了死亡的逼近与突然。好像死亡一直就在我们身边,静静地如一个影子,收缩在命运深处。或者如多年以前结识的朋友,一直在暗中默默打探你的消息……也许某一时刻,譬如宁静的深夜,清寒的早晨,敲门声突然就在你耳边出现。

同事的死亡带有很大的偶然性,他是在下乡途中遇到山体滑坡遇难的。奇怪的是,在出事的前几天,一位自称会“算命”的中年人跑到他的单位,要给他算命,并指出他的脸膛暗晦,说有灾祸发生。而在更早的前几个月,他和家人去后山玩耍,曾指着一处地方说这里风水很好,表达了将来要到此处居住的意愿。是否这一切，都是死亡提前发出的一种暗示？冥冥之中，到底有多大的力量在左右人的生死，除了死亡本身，我们无从知晓。

出殡的早晨，我跟着送葬的人群，手里提着做“道场”的纸马，心里默默为他祷告。在后山，同事的遗体被一铲一铲的黄土掩埋，哀伤留在了表面。一座新的坟茔渐渐隆起，像大地拱出的眼睛。又一道暗示的目光在后山种下。手机响了，是朋友从另一座城市的医院里打来的。同一天他也遇到了车祸，幸好只是与死亡擦肩而过。朋友安慰说，千万小心，好好活着！心一颤，眼泪跟着就出来了。

无法确定同事的死亡到底跟宿命有多大的联系，那位“算命”先生已经走远，我们也失去了探究的兴致。新的一天又要开始，这成了我们习以为常的一部分。

有人说，生命是一只易碎的瓷器，稍不留心，就会落地粉碎。但我们缺少捧住瓷器的手掌，那双手只属于冥冥之中掌管万灵命运的上苍。我们唯一能够做到的，就是避免碰撞，小心轻放，让生命在颠簸的途中，延长与死亡相遇的时间。

死亡有时比生命本身更有意义。人们习惯于记住一些有价值的片段，对纪念碑的瞻仰来自英雄的壮举。灵魂比肉体更容易安放和保存，有时它和时间的长度保持着惊人的一致。

许多对命运的假设、推演、论证都被死亡带到一个未知的领域，留下死亡本身，作为一种简单的符号，被一部分相关的人牢记。只有死亡是永恒的，它紧贴着白天的亮度、夜晚的黑暗、时间的翼翅超低空飞行，并不时停驻一个人的肩头。

像一片雪花静静落在头上，宿命般地。

（原载《中华散文》2006 年第 11 期）

刘照进，男，土家族，1969 年出生，1989 年毕业于思南师范，现供职于沿河报道中心，系贵州省作家协会会员。在《散文》《中华散文》《人民文学·副刊》《星星诗刊》《青海湖》《散文百家》《山花》《贵州作家》《西部》《散文诗》《牡丹》《当代小说》《花溪》《阳关》《吐鲁番》等刊发表文学作品 20 多万字。作品曾获《人民文学》征文奖、贵州省报纸副刊奖、铜仁地区文艺奖等。出版散文集《陶或易碎的片段》(贵州人民出版社)

书 法

袁景波

书法，我觉得是很难弄懂的。

留法著名雕塑家熊秉明先生说，书法是中国文化核心的核心。对这句话的理解，也是需要仔细琢磨的。文化的核心是哲学。书法，在中国众多的国粹艺术中，最具有哲学意味，与诸多艺术形式有关联，反映和承载着最丰富的文化信息，具有活跃持久的生命力，是唯一以汉字为表现对象并被世界所公认的抽象艺术。而且，这种抽象是具体的抽象，是可视的，是可读的，是中国诸多艺术的浓缩和概括。

在中国古代，诗书画印，合而为一。琴棋书画，是文人的基本功，书法与书写，形影不离，是文人的看家本领。文房四宝，笔墨纸砚，是文人打发时光的把玩之物。仅此一项，就承载着丰富的文化信息，笔有狼、羊、兼、貂、鼠尾之分，墨有松油之别，砚有端歙之异，纸，或者说书写的介质，有甲骨、青铜、竹简、瓦当，丝帛、玉、绢、宣纸、皮纸、手工纸，等等。书写的内容极为丰富，铭文、碑文、砖文、诗文、题画、楹联、匾额、写经、信札、判牍、造像，不一而足。

古时候，文、史、哲、美学、宗教是高度统一、密不可分的。政治家无不与书法有关，莫说王右军、颜真卿、苏东坡、赵子昂，只提李世民、赵佶、乾隆、毛泽东这几个名字就足够你思考。你随手翻取一本任何人编写的书法史或书法简史，都可以找到他们的名字。可以说，一部书法史，就是一部政治史，一部文化史，一部哲学史，一部文学史。因此，我们可以说，书法是打开中国文化的一把钥匙，是触摸和探寻中国文化的一条捷径。

我们常说，书法最具禅意，在中国书法史上，有两位禅师最具代表，一位是智永，一位是弘一。李叔同是留过洋学过西洋画的，琴棋书画，无所不精，但最终皈依佛门，诸艺皆隐，独书法终其一生，可见书法之魅力。其实，什么叫禅宗，我是不懂的，但禅的一个最大特点与书法是相通的，那就是“悟”。无论是学习书法还是欣赏书法，都要靠一个“悟”，有的人三五年就可入门，有的人可能一辈子也无法得“道”，这都是很正常的。

眼下，常有传统与现代之说，尚古与流行之争。在我看来，其实是“文革”之祸，文字一再简化，破四旧扼杀书艺，文脉皆断。上世纪80年代，出现了书法热，但由于印刷和认识的局限，也就那几本颜柳欧赵，算是启蒙，被我们很多人奉为圣经，称之传统，而对二王手札，苏黄米蔡，乃至明清书家的东西都知之甚少，以至出现将羲之手札隐去其名与视之被判为流行书风的笑话。而今，碑帖印刷之精良，版本之丰富，琳琅满目，令人目不暇接，历朝历代之文物披露和考古发现，加之民间书法的借鉴，书法营养之丰富是空前的，山珍海味，五谷杂粮，呈现在书法界的东西异彩纷呈，这应当是幸事而非偏离传统。

然而，而今，“一手好字被电脑废了”，“字是打门锤”的时代已经基本结束，书法的实用性、工具性已经淡亡，书法似乎失去了她原有的土壤。书法与文学一样变得更纯粹、更艺术化了，甚至成了书者之自恋。但对于书法本身而言，不知这是坏事还是好事。在我看来，对书艺的发展大可不必担忧，一则我们有庞大的从业队伍，随便一个全国性的书画展都有上万人参加，何况还有韩日和世界各国的认同；二则书法已根植民族的血液，已扎根各个阶层和民间；三则书法已进入艺术院校专业，学院派无疑为书法的传承和研究发挥了骨干或主导作用；四则随着经济的发展，国民素质的提高，抑或富人的附庸风雅，为书法提供了广阔的市场。令人担忧的是书者自身人文素质的不足和缺失，不少书者成了写家，技术的东西可以学得，字外的功夫却难于弥补。因此，在当代要出现传世的大书法家，是很难的。书法当随时代，创新与探索，应当是一个几代人的大课题，而不是口号，更不是贴标签和自封。

书法，作为艺术，与诸多艺术关联，反映了众多艺术的普遍规律，蕴含了中国文化的核心内容，学习和欣赏书法，可以成为一条提升人文素质的捷径，她的艺术美和哲学美是探求不竭的。书法是流动的建筑，是以线条为表现形式的空间艺术。字的结构空间,章法的结构空间,变化无穷:单就幅式而言,有横幅、立轴、斗方、扇面、手卷、册页数种。书法是无声的音乐,是看得见的节奏。字的独立与映带,具有诗的韵律,笔断而意连,行云流水,笔走龙蛇,行气一以贯之。平静者,如羲之"天朗气清,惠风和畅";悲愤者,如颜之"子陷父死,巢倾卵覆";悲切者,如东坡"空庖煮寒菜,破灶烧湿苇",一如吟诗抚琴,皆达其情,皆泄其绪。

书法是哲学,是诸多艺术矛盾的统一体,是艺术的辩证法。枯湿浓淡,乃是大家熟知的基本规律,欹与正,虚与实,主与次,气与韵,神与质,拙与巧,丑与媚,生与熟,疏与密,行与留,疾与徐,渴笔与涨墨;不工到工,工到不工;粗不言重,细不言轻;知白守黑,计白当黑;若即若离,不即不离,亦即亦离;神采为上,形质次之;由生而熟,由熟而生;心手相映,物我两忘;师古不泥,道法自然。

书法艺术,艺术书法。不是简单的文字游戏,而今书法的工具性已经退化,余下当是纯艺术的了。因此,对空间的突破,对章法的探索,对墨色的强调,对质感的要求,对形式的创新,以至新材料的运用,都达到了空前的程度,这就是我们常说的"流行书风",也许有人说这是舍本求末,但应当看到,这对书法的创新是极具推动力的,何况,书坛还有书写性灵、回归传统等等主张和流派,多元,正成为当代意识的基本特征,技法的探索是无止境的。

技法不是万能,但没有技法万万不能。当然,书法与经济一样,拼到最后还是拼文化。

小　屋

袁景波

妻子是中学教师，去年结婚前才分到两间小屋。

小屋是学校从农家买来的旧木房，已经有四位老师搬进搬出了。每位老师搬进时都用废报纸糊了又糊，裂缝处的报纸像农妇用来打鞋底的布壳一样，卷了起来，黑色的缝隙就像父亲冬天手上开裂的长口子。两间小屋不足20平方米，但对我这个在城里工作的农家子弟还是很满足的，本单位连这木屋还没有呢！

从拿到钥匙那天起，我便与未婚妻打扮起小屋来。我建议不糊废报纸了，报纸太厚、太黑。结果找来八开白纸，妻说这纸太小，难糊，我说不要紧，慢慢糊，纸小糊来牢实。于是我站在板凳上贴，妻给我递纸和米汤。我不慌不忙地、整整齐齐地贴，做到横竖线条拉直。妻常常提醒我、监督我斜了歪了，我赶紧纠正。贴顶上的时候，头酸手软，米汤常常滴下来，有时掉在身上，在时掉在头上，有时还掉在嘴里，有一次落在了妻的眼镜上，幸亏眼镜保护。就这样，不到一周，大功告成。邻居一进门："哎，糊出来还要漂亮呢！整齐的白纸重叠成'井'字形，还有点异国风味呢！"

小屋打扮好了以后，我就请来木匠师傅打家具。我反复比了小屋的长、宽、高，自己设计了一张"组合家具"图纸，要求师傅照图纸打。师傅说我是内行，其实我心里有数，就我那点木料得精打细算。

婚期将近，家具如期竣工，在小屋里按我的要求放好，笔直的线条，淡蓝色的装饰板，显得有些"豪华"。可墙上还是空空的，于是我麻烦师傅用剩余的玻璃糟和我那块破玻板做了两块镜框,一块装我书写的“澹泊宁静”横幅,算是艺术品,一块装我与妻在北京的留影,算作结婚照。果然,两个小小铝合金镜框一挂,小屋便有了文气。后又托人从贵阳带来了个造型抽象的壁灯,好友送来了一盆文景,把蚊帐上的彩灯取下来吊在屋中。于是,小屋又有了喜气。

结婚那天,父亲从乡下赶来,一进屋,很惊讶,说儿子有本事。就在这间小屋里,在墙上的双喜字下面,我和妻在父亲的面前拜了堂。小屋便成了我们的家。

想起那封情书

袁景波

和妻子吵嘴了，想起那封情书。

给妻子的第一封情书，不是我的第一封情书，却是我一封很难写的情书，一封很珍贵的情书，我整整打了一年半的腹稿。

她坐在教室的最前面，从开学第一天起，每堂课我都用一定的时间阅读她的背影。她跟我同是团支部的成员，常常一起组织些活动，比如舞会或郊游。读她我都不放过这些机会。就这样，我读了近三个学期。

不知怎的，好友庄哥、河兄发现了我的心里秘密，都怂恿我写一封情书。我终于下定决心动笔了，写了十几个开头，写了十几天。庄哥等不及了，下了最后通牒，我只得按时交卷。

而今，情书的内容我记不得了，只记得当时数了数，共 83 个字，其中无一“爱”字，也无一“情”字。

这 83 个字，还管用，一周后我们就约会了。我也从作报告到答记者问到闲侃到亲密无间了。她说，庄哥那天给信，没看就知道是我写的。我说，何以见得？她说，组织舞会，你与班上所有的女生都跳过舞，唯独没有与我跳过；到梵净山，到张家界，别的女生的东西，你都帮助拿，就我的你不帮助拿。当时，我听后哑然。

尽管恋爱期间，我什么都谈，她总是说我不会谈恋爱，倒很会写情书。要不是受那 83 个字的骗，还真不会和我结为秦晋之好。

婚后,我好几次问及那封情书,妻总是笑而不答,或说不见了。想是已沉入心湖了。

婚后的生活,总不像情书上说的那样美好,总有些磕磕绊绊的事。

好在有那封情书,想起那封情书,我就不想与妻子吵嘴了。

书生气·书卷气

袁景波

有朋友到家来玩，见我摆在“书房”里的两个书柜装满了书，便引出些慨叹，说我这屋里还保留着一些书卷气。我很欣赏朋友用的保留一词，因为书柜上只有七八百册像样的书，再加上读书时的教材和近年订阅的杂志之类，不过千余册，实在谈不上“书卷气”。只是，对如今的青年人，恐怕连有我这点藏书的人也不多了。因此，“保留”一词，颇令我这个读书人欣慰了好一阵子。

阴差阳错，我居然改行进了机关搞行政工作，起初很不适应，写计划、编简报，常常是“文气”有余，而“精神”不足，给人“文绉绉”的感觉。但不知怎的，五年过去了，至今也还没有多大进步，常得到“书生气十足”的评价。期间，有的是随意和善的，但有的或许有潜台词：“百无一用是书生”。我清楚这一点，我也清楚这一辈子干不了大事业，但心甘情愿地接受这一说法，有时还生出些快意来。

与朋友笑谈改行的一些感受，他对我说，你至今还是一个“士”，还没有进入“仕”的行列。我知道这是朋友对我的抬举，其实，离古时候“士”的要求我差得很远，不过，我倒是得到了知识分子补贴。至于“仕”，那倒是真的，我永远进入不了那个阶层。

做了行政，一天无事之后，就坐下来对一些社会现象进行思考，比起教书时，是有些不同的深入的认识。有了想法，不吐不快，于是就拿起笔涂抹于纸，诚惶诚恐羞羞答答地投向报社，没想到还能发表。这一发不可收，就源源不断地写。

知道我爱舞文弄墨的人多了,难免对我形成某种定势。这或许也是说我“书生气很浓”的原因之一。

说我做人“书生气”亦罢,说我为文“书卷气”亦罢,我欣然接受,只是我觉得离“书生气”“书卷气”还是太远,这两个词于我未免太“雅”了些。不过,书生气、书卷气对我来说还是很有吸引力的,这是我的追求,也是我的一种境界。

黑白的魅力

袁景波

随着社会的发展，世间的色彩越来越纷繁和丰富。而真正流行和具有永恒意义的色彩，恐怕莫过于黑白了。

著名作家冯骥才在他的小说《阴阳八卦》中开篇就是一句："要算有能耐，还是咱老祖宗。"道出了"老祖宗"用"阴阳"来概括世间万物内在规律的本领。我以为，最能体现"阴阳"色彩的当首推"黑白"。黑和白本无什么色彩，而又是最强烈的最原始的色彩。自从"盘古开天地"，世间最大的黑白——夜与昼便诞生了，从此，人类就与黑白结下了不解的缘。

翻开我们祖先的文化史册，书法、国画、木刻、剪纸，无不显示着黑白的魅力，烘云托月、遵章布白，阴阳交错构成了神奇意境，对比反衬、欲擒故纵、相克相生、悬念回环、阴阳统一，乃黑白的内涵深化和哲学升华。

这是个黑黑白白的世界。自然中的仙鹤、斑马、当属黑白的精灵。也许人类见到它优美的舞姿与激烈的搏斗，才开始学习语言、艺术和游戏，才会有体育的诞生。我们的祖宗发明了围棋，黑黑白白的棋子在这一尺见方的361个点上厮杀布阵，所构筑的黑白世界奇妙无穷，千变万化，其间所蕴含的哲理和艺术是人类探索不尽的。

在黑白交错的另一面，有人同样发明了一种黑白相间的棋，人称国际象棋。所不同的是，黑白的不是棋子而是棋盘，不知这种由点到面是不是人类的一种进步。

在我们体育教科书中说源于“祖宗”的踢毽子而实际上诞生于英国的现代足球,也是黑白构成的,所不同的是,它不再是点和面,而是立体的,因而更具魅力、更让人陶醉、更富有现代韵味。

黑白的足球与黑白的围棋,诞生于两种不同的文化背景下,代表了两种不同的文化价值观。足球:热情,奔放;围棋:深沉,含蓄。这两种不同的价值取向构成了新的东西方意识上的“黑白”,相互映衬、相互渗透,构筑着这个奇妙的世界,推动和丰富着整个人类的里程。

阴阳,老祖宗的“能耐”;黑白,缺一不可的色彩。黑白的魅力正在于它具有这种辩证统一的意义。因而足球和围棋的魅力当是永恒的。

闲读碑帖

袁景波

闲暇时，除了读书以外，便是喜欢读帖。

阅读碑帖，是我中学时便养成的习惯。读师范后，又迷上了柳公权的《玄秘塔》，为其筋骨所倾倒，临其于纸，不想在县里书法比赛中获得一等奖，从此就爱上了书法，迷上了碑帖。

不过，那时只是重其形，真正能悟出点书道还是靠后来的读帖。由于工作的原因，很少提起毛笔练字，但读帖的习惯始终未断。随着读的多了，对书艺门道终有所体悟，并逐步有了自己喜爱的风格和倾向。如今，我再不喜欢《多宝塔》的结体，反倒陶醉于《勤礼碑》的点画，不再喜欢《曹全碑》的灵秀，反倒追求《张迁碑》的朴拙。怀素的癫狂，羲之的天然，山谷的飘逸，始终萦绕于心，润情于指。

最近，又对碑帖所书的内容感兴趣。怀素的"为其山不高，地亦无灵；为其泉不深，水亦不清；为其书不精，亦无令名"，王羲之的"天朗气清，惠风和畅"，李叔同的"一即是多多即一，文随于义义随文"，精妙无比，其趣无穷。其间，我体悟到的美不再是字迹的神妙，仿佛从字里行间体察到一股淡淡的闲情雅致和深奥兴味的哲学意韵，就像品一口龙井，意味绵长，令人沉醉。

摹碑读帖之妙，或许正在于此，笔画于指意藏于心，这正是读其他书不能比拟的。在品味刀刻笔润之余，还能从中领悟到书家的智慧和思想。同时，读帖的过程，喜好的选择，往往就是自己鉴赏能力提高的过程。从工整规范，到玲珑秀气,从癫狂诡怪,到古拙稚朴,最后归于自然天成,筑成一条通往美的通道。俯首回头,顿悟“大味必淡”之机理,朦胧中又好像体悟到了人生的某种必然。这就是帖之妙处:美不仅是发现和最终的所得,更是发现美的这个过程。

袁景波,男,贵州思南人,毕业于思南师范。中国书法家协会会员,贵州省作家协会会员,著有随笔集《有聊无聊》等,曾任铜仁市文联副主席。

与一块土地的对视

陈丹玲

我站在风里对着它观望，那是一块棱角分明的土地——父亲耕种的土地。葱绿、翠绿、碧绿、墨绿，深深浅浅，顺着汗流的姿势屈伸、铺展。庄稼们过分自由和幸福，因此过分繁荣，留住了风和时光，轻轻摇晃。

海椒成熟时，吹过的风也带着浓郁的辛辣味。一柄锄头梦幻一样横在地里，呈现的姿态如清教徒一般虔诚。我站在田坎上，父亲弓着背隐没于苍翠的海椒丛内。绿叶中零星闪现着洁白、细碎的花朵，在晚来的风中有一种凄艳的美丽，如父亲恍惚的欣喜。

父亲说摘海椒要摘老的，嫩的再让它长一段时间，摘了很可惜，又卖不出价钱。而我总以学不会的名义理直气壮地站在田坎上偷懒。我确实看不出老辣嫩苦的区别，只看见绿的、红的或红绿相间的生命在地里蠢蠢欲动，亲耳听见它们脱离母体时啪的一声脆响，让我有些头晕。

外面正下着雨，空气中有一层薄薄的湿。坐在堂屋的门槛上，透过一条摇晃着的狗尾巴，我看见父亲把浸湿的被面轻轻盖在那堆海椒上，明早要运进城的。够不着的地方，父亲跪下双腿，探着身子，伸长手臂把它盖上。半夜的时候，门吱呀一声开启，父亲打好包，插上扁担，扛上肩膀，挑到村子外面的公路上等进城的车，目光徘徊在车子远来的途中。他一直希望有一辆自己的三轮车。那些似醒非醒的半夜，父亲的心事如海椒肚内的籽粒，鼓胀着熟透在每场蒙蒙细雨中。我总是梦见父亲跪着的样子。

正午的时候,太阳直射进院落,白花花地乱颤。我坐在门槛上为屋前屋后一些脱水的植物浇水。一只蜜蜂带着别人的花粉和自己的声音独自离开,而我在幻想阵阵蝉鸣滴落成片片雨声。树荫下,一只黑猫忍不住打了一个长长的哈欠,整个村子在正午时的懒懒睡意似乎就从那个哈欠开始传染。我甚至能听见更多人如歌如诉的鼾声,看见如丝如缕的梦口水,还有酣畅的睡姿。父亲在地里,太阳很毒,他没处乘凉,影子矮小而孤独,重重跌倒在庄稼的叶片上。终有一天,会有一口井能让父亲在草木和庄稼的根须下乘凉,我们摸着麦穗和豆秧在无助地痛泣,又是一个丰收年。也许父亲看见的与我们在地上看见的是同一场丰收。想着这些的时候,太阳正刺痛我的双眼,差一点滚出泪来。

天高气爽的日子,父亲在向阳的坡地里挖红苕,双臂一抡,锄头吃进土里,再使劲一掀,几块红苕裹在泥块里忽闪着面孔。父亲丢开锄头,弯腰,双手掰开泥块,取出红苕,像给大地接生,幸福得自己快要哭出来,而风挟着鸟影在夕阳中归巢于身旁的那片树林。

我对红苕的美好记忆来源于由红苕提炼而成的硬实、金黄却香甜无比的麻糖。每场赶集,父亲都会带回来一块。避开弟妹,一个人到村口的田坎上手搭凉棚翘首等父亲归来,是我儿时最得意的狡猾。由于卖乖而分得一块最大的麻糖,我会在那晚为自己的狡猾偷乐得睡不着觉。

祖父的牙齿快掉光了,他把麻糖装进瓷碗里放到饭面上蒸成糖水,像饮酒一样有滋有味地泯。这种吃法着实让我在七八岁时羡慕了很久。麻糖多时,我会大块大块痛快地嚼咬,如雷贯耳,地动山摇。麻糖少时,我就舍不得地含着,让甜水流进咽喉,不咽,坚持到最后,再咕咚下去,就甜进心里。在同村伙伴面前,我让麻糖在牙齿间冲撞,左而右,右而左,声音震耳,咣当如擂响一面锣,旁若无人地炫耀。麻糖鼓在腮边时,少说话,嘴角漏风会把糖水漏下去,赶快“嗞嗞”抽气就能收回。麻糖吃多了,我的龋齿在七八岁的光景,甜掉了。有一颗滑进肚里,嘴角淌出血来,我一整天都恐慌却假装镇定,不说出这件事。晚上,忍了一天的泪水肆恣流淌在枕边。不知不觉我梦见一条菜花蛇在草丛中偷偷地笑,也在蜕皮,不出半点声音。我的泪水在梦中风干,而曾想复仇的目光在后来的成长岁月中被许多个温馨的月夜溶解。

村尾癞头叔家的二毛天生胆小、怯弱,从那次大伙拎毛虫的较量中我敢肯定是这样。他的这种性格注定了是被乡村游戏儿童鄙夷、贬弃的对象。二毛成天坐在门槛上啃红苕,一堆红苕皮像包装寂寞的外壳,而我们在他的寂寞之外昏天昏地地疯狂快乐。二毛不时被抢去饼干，头上还会被敲出一个包，我们照样高呼狂跳，直到癞头叔在二毛声嘶力竭的哭叫中操起菜刀冲出来。大伙作鸟兽散。我偏偏在慌乱中失足滚下他家的院坝坎，手臂上至今都有明显的一道疤痕，为那段天真稚气、无所事事的童年岁月留下刻骨铭心的见证。“人的天性也许不善于同情，更多的时候，对自己幸福的肯定源于幸灾乐祸。”如果那时我能明白，也许会给二毛多一些友好和团结，让他啃出红苕的真正味儿。

父亲开始挖井存储红苕。白天黑夜地蹲在井底，我们吊土时顺便吊下去食物。父亲有事了从底下喊一句话，瓮声瓮气的回声从井口冒出来，却变了调。我们把头探进去回应一声，听见声音落到井底。此时骨子里天生的那份对亲情的顾惜和依恋开始滋生我对井的恐惧，我怕父亲不再上来。那种恐惧沿袭至今，无法回避，也从没想过去回避。

太阳落山后，田地里漫开一层淡淡的幽暗。慈悲的母亲用火柴点燃一堆堆风干的豆梗、玉米秆、海椒秆、红苕藤。它们魂归自然。周围弥散开草木的烟火味，干燥、清香，让我想起凤凰的涅槃，凄美、希冀、激动。青烟从地里扶摇而上，直抵云霄。我站在地里仰酸了颈脖，相信那烟是它们的魂，在轮回中能化成一季春雨再回到这块地里找到它们的前生。晚风急急地在地里打着旋，想尽量多带走一些灰烬。我忽然莫名地想让自己也燃烧在一场风里。

火在灰里还没有熄尽。祖母说这种火灰最好烧洋芋。掏出的洋芋，由于滚烫就从这只手翻到那只手，翻来翻去的过程中，洋芋连皮带肉就被吞进肚里，只分把钟的时间。村东边的二叔公被一只洋芋哽死过去，亏得祖父铁锤大的拳头落在他背心，抖出了那只还冒着热气的洋芋。祖母说那是饿极了的日子，肚子是生死之途的唯一进口或出口。生命的脆弱在一只洋芋的大小或吃一只洋芋的快慢中演绎得淋漓尽致。小时候，我不明白那是怎样的一种苦难，而对于我们，现在依然如此，饥饿的恐惧不过是常挂在祖母嘴边的一阵风，随时都会无声无息地消散。意识中那只洋芋的香味从上一秒持续到下一秒，只是无法抵达今天的鼻孔。

收割后的田地，空旷、恬静、温馨，如一位生产后的母亲，来不及擦拭汗水，脸上就荡漾开微笑。在她面前站久了，有一些东西飘散了出来，它们如花瓣随风，气息的芳香直抵我心深处。

（此文刊登于《读者·乡土》2013 年第 10 期，入选《2012 年中国精短美文选》）

一棵草活在身体里

陈丹玲

短暂而急促的年少青春，一片花瓣就足以密实遮盖。真的就相信，这副女儿身的精魂与一株月月红花紧紧牵连。

那一刻，课堂上的任何一点声音或者任何一束目光，都能惊扰端坐于木凳上的我，惊扰端坐于岁月路上的青春。不能动，也不能喊，内心的羞怯和忐忑被夹紧、被压制、被藏掖，最终被木凳和裤子上那一块暗红黏糊的痕迹可耻出卖。尖锐的青春在肉体内开辟了怎样的河流，旺盛的日子，让生命沸腾。热腾腾的河流冲击我越来越细弱的镇静，一点点剔除童年最初的宁静，泥沙俱下的过程沉淀出厚重的羞耻感，将人掩埋。恐惧而担忧，意识里更明白没有谁会来拯救，只能以僵坐进行对峙。等下课铃声响，等同学们都离开，泪，也都等出来了。

疼痛，也尾随而来。长大了，会是这样的——妈妈的话语带着不可逃脱的宿命感，让埋进被窝里的我陷入绝望。似乎"长大"是神灵的词语，有无形的力量支撑起生命的高度，拓展开人生的空间，在这样的磁场里，我唯一能做的是告别、是剥离、是隐忍、是启程。声音、颜色、气味，多么热气腾腾的生命场域和词汇，是告别童年吧？这第一次的，无奈的，恶作剧般的，痛楚的告别仪式，喧闹里又隐藏着我不可言说的寂寞和忧郁——会不会慢慢冷却了，死掉。

在村子的药铺里见到大公，这让我多少安静了一些。中药铺其实是一间木屋，板栗色的柜台已经陈旧，棱角掉了漆色，在久经衣襟和时间摩擦后，依旧泛着细腻柔滑的光。大公银白的胡须和发丝，比记忆里的黑青要亮泽耀眼许多。一堵高高的分出许多小抽屉格子的柜子，覆盖在木板壁的价值之上。药柜久久地占据，木板壁久久地退隐，退隐到视线和日子之外，药柜便凸显在村庄的高处，同样突显的还有白发银须的大公——凡遇伤痛，村子里的人都能在这里求到一剂良药。成长的痛楚需要得到点化。我被让到了外屋的厅堂里，妈妈在我和大公之间，眼神闪烁，点头摇首间窃语不止，一番"望、闻、问、切"显得隐秘而高深。那一刻，身体仿佛紧缩成深邃的沟谷，不可侵犯和靠近，让我感受到一道圣洁的神光，轻柔照耀，温暖又安心。草色质地的一张处方单，纤细光滑的一管毛笔，白净瘦削的十指，墨汁在慢慢浸润，光线中轻轻悬浮着细小的尘埃，一切在慢镜头里缓缓穿行，我迷恋于那种宁静和安然，认为中药铺和大公身上的草药气息是特有的中国古典气质，宁静中给人以宏大宽阔，给人以精髓滋养——"最好在院角种一株红花(月月红)，用花瓣与两枚蛋黄煎服，活血化瘀，通经顺气，滋养止痛。"

春天的傍晚，爹到村外二婆家求来一株月月红花，种在院角，脸露笑意。

是月初，花期刚到。指甲盖一样大小的暗绿叶子，细碎而疏散，却是殷殷切切地粘在纤瘦的枝干上。枝叶间躲藏着刺，细细小小的，不易觉察，似女儿小脾气，如果粗心被它扎了，也是疼得痒痒的，不彻骨，不入髓。表面上看去，那些花朵似乎要受待见些，高高地挑在枝头，享受清风阳光，吮吸雨露月华。花朵小巧秀气，但却开得倔强，开得心痛——层层叠叠，死命地向着不同方向绽开，细看了也分不清花瓣的完整形象，内心情绪裹缠了偏又纠结着，像迸溅开来的一滴血，浸润在一层暗绿里。要说月月红花以这样的姿态呈现，那已经不叫绽放了，应该是分裂，到最后，终是不能再分裂下去了。一枚秀美、淡雅、细柔的月月红花就这样静静地站立在带刺的枝桠上，犹如小女初长成，美，恰到好处地掌握住了分寸。

从十二岁开始，妈每个月都要用两枚鸡蛋煎一杯粉红花瓣让我吞服。弟弟曾经为我能有这样的待遇表示极大地不满，妈只是狠狠瞪他一眼，不说话。这种享受特殊待遇的优越感让我缓解了成长的不适。羞涩、恐惧、疼痛、敏感被一朵花舍身珍藏和拯救。自此，我的身体里活着一枚隐忍的花朵。村庄，也成为我和一株植物共同居住的村庄。

村庄不孤独，始终热闹。走一圈就能发现院前墙角里的月月红、路边土坎上的车前子、安息香、狗牙草、苦蒿、茅根、蛇床子……这一个个在尘世上一路辗转轮回着的灵魂，它们饱含生命的汁液，单纯而神秘，静谧而明净，悄无声息地提供着邻居般的照顾和陪伴，甚至舍身相救。相对于树木的高大挺拔，引人注目，我喜欢统称它们为草，喜欢这种称呼里透出的卑微、隐忍、顽强和随意闲散、亲切和缓。

我是记得的——危险总在夜晚蛰伏，妈与那条蛇相互惊动，毒液从右手拇指肆意蔓延，疼痛、肿胀在肉体里弯曲穿行，扭曲了整个夜晚，分分秒秒地传递着更黏稠的死亡的浓黑。路途遥远，赶送医院已经来不及。情急下，三姨打着手电在村边寻来了一株七步莲，嚼碎，敷贴在伤口处。不知道，也无法看清植物的汁液是怎样在体内吸取和溶解毒液的，最终清楚铭记的是一株七步莲没了，而我妈活了下来。

同样，多年后，外公处于弥留之际，他的双脚已经水肿变形，凸起的左脚脚面上一道凹陷的疤痕依旧显目刺眼。那年，外公在地里收割白菜，神思恍惚间手起刀落，脚背血流汩汩，伤着了血管。山乡僻地哪来外科医生，只能自己医治自己。外婆急忙忙上山挖一种名叫灰包芦的草药，封血止痛。愈合是一个漫长的过程，许多株灰包芦在外公体内进行着一场轮回，以生命成全生命，最终活在自己的脚下。生命在消散，一些伤痛却始终铭刻于延续的生活，不变形不褪色。

在一阵凉过一阵的秋雨里，房屋左边石墙上的小雏菊嘻嘻哈哈地绽开了。裹紧的花苞口贲张，精巧玲珑，仿佛装满了从远古天空遗传下来的一个个清晨阳光和黄昏晚霞。妈说，花草是有心的，只是不会说话而已。一些芳香的心脏，跳动在那么小又那么大的村子，用来热爱这么多悲欢离合的生活，热爱某个过于短暂的春天，这匆匆的一生。石墙处，一大片雏菊的心脏柔软了身后石头的坚硬，激活石头体内的能量，源源不断地输出地气给予生命的滋养。

小小的院子是爹很私人化的村庄——月月红、风信子、韭菜、蛇床子、南瓜、青虫以及蚂蚁都长在他的心上。一棵橙子树在院子里已经有五年了。种树那年，女儿刚满月，爹说树会跟着外孙女一起长大，外孙女会跟着橙子树长命。树至今都没有挂果，似乎是守着和女儿的约定，一直享受着童年，守着不长大的快乐。爹也从来没有说半句嫌弃话。爹看护着他的村庄。在薅锄的时节，孙孙们也会兴致勃勃，越帮越忙，爹会放下菜们草们花们，放下锄头，伸出宽厚有力的大手，拉住小手，相互传递着幸福的粗厚和细腻。笑声四处溅落，肯定有几粒滚到了草叶上。

年复一年，这些草木简单地绿在乡村的底色里，发挥隐秘的功用，医治着心灵上的雀斑、疤痕和虫眼。它们活得耐心而诚实，活得安静而宽容，每每沉默，是因为，草木也正壮阔地活在乡村人的心中，支持着他们一以贯之的从容和淡定。

三门塘的时光色泽

陈丹玲

青　灰

深秋，天光明亮而晃眼。村口那座穿斗式悬山顶小青瓦木楼在细亮尖利的时光面前，惊讶地朝后使劲仰着身子，摇摇欲坠……清水江流淌不息，这些明清时代的遗物，衰残着、破落着而偏偏不倒不败，让我目睹了时光在三门塘冷却后的色泽——天青，抑或深灰。

高跟鞋敲击石板，声响突兀而直接，惊扰了满地阳光。石板路在房舍和菜园里宁静铺叙，尖利和粗涩从石头表面消退，隐隐地反衬出一种久远的青光。修炼的意味极其浓郁，能让一双奔波的脚平心静气，不至于错过风景，看细水长流。现在，十二条石板路就像十二道经文，在三门塘的肌体里被吟唱诵读——明朝末年，靠水上运输富裕起来的三门塘人捐资建义学，教化乡民，兴修庵院宗祠，修路架桥。遍布村寨的水井、鱼塘、石拱桥、卵石路，无不讲解着善行结缘、积德造福的深刻禅理与俗常人生。

跟随道路的指引，在石栏杆、石台阶、石台柱掺杂天光共同制造的深邃景致里，相机咔嚓按动，鲜活的笑脸被定格于青石的淡然，永生不消退。在三门塘，我们相信一块石头的静默和坚守。

屋顶，杉木皮搭建的斜坡简陋而沧桑，要不是偶然长出的几根蒿草和几片浅绿的青苔，就快要挂不住阳光柔滑的缎面了。暗哑的锈红糅合木板壁的黑褐，渲染成杉木皮木楼的深重底色。虽是楼房,但是它们矮矮地陷于一群高耸的马头墙下,表情谦卑,声色俱静。有的干脆远离繁华,顺着山势,踏实建造,悄然生存,最终慢慢衰老到孤寂。时光的刀锋亮出寒意,岁月不饶过的又岂止是人,杉木皮木楼也是手脚无措,怯生生地顺从。只是木格子窗前晾晒的衣物,明丽的色彩总在提醒生命的鲜活与不息。

那些印子屋的外墙高过屋脊,墙头平翘,瓦盖庑殿式,卷云马头墙欲飞苍穹,细致描绘的山水花草虫鱼能让每一处的墙头都活过来,并且丰富深刻。古人有耐人寻味的生活态度,比之当今时代追求的快捷时尚,他们把许多事情做得更人性,更精细,更抒情。而且,在三门塘古建筑群中,这种讲究似乎与贫富无关。比如,高耸威严的刘氏宗祠,门头墙角的细节里透着中西文化的交融生息,雕饰华美幻彩。在这里,斑斓与斑驳的建筑空间成为铭刻人生经历的标签,成为安放每个人内心神灵的台位,成为盛装怀念的精美盒子,也成为昭示祖辈教诲的书页。正午,阳光喧闹,歪扭的脚步跨进宗祠的门槛,一股敬畏而神秘的气息扑面而来,明亮照耀中,风来过,雨来过,平民来过,富豪来过,贵贱高低在合掌躬身中平等到同一高度,还原最初的肃穆,宁静。

印子屋的传奇色彩从深邃的巷子里慢慢透析出来。马头墙夹挤着巷道。高墙避不开巷道的跟随,巷道走不出高墙的阴影,仿佛一对纠缠不清的夫妻,互为依存,互为对照,久了久了,高墙旧了,巷子深了,偶尔冒出愁怨般的一撮青苔,在某个月朗星稀的夜晚,枯萎隐去。枯萎的还有最初的人面桃花。巷子深处,一抹阳光侧身进入,斜斜地切割出高墙的明丽与黯淡,一高一矮的身影刚好被巷子暗影吸入,是祖孙二人。老人的脸在一片深刻的皱褶里隐现,浑浊的目光浮沉于深邃的眼底,身子曲拱,也好,正适合地面木头上坐着的小孙孙的个头,伸出的勺子分厘不差地挨近稚嫩的嘴。小孩似乎更关心手掌里树枝与石子的游戏,饭粒老是从嘴角漏出来,掉在地上,还有一两粒挂在了脸上,老人只能挪移身子,花些心思将就孩子。“乖……乖崽。”逗哄的声音在深巷里寂寞回旋,逼仄,岁月的筛孔隔离了年轻时的清脆质感,饱含沧桑。小孩偶尔仰起来的脸,在时间的丛林深处,新鲜如一朵蘑菇,生长纯真,呈现童话般的喜剧色彩。

阳光清朗,靠着印子屋的青砖墙壁拍照,画面无一例外地朝向巷子深处倾斜,滑翔感带出事物的虚幻和邈远,深深的背景是一层青灰和寂静。恍惚中,这些屋子庭院成为盛装时间灰烬的容器。冷却后的青灰。永长春木行显赫商号镌刻在哪根屋柱上？那扇映照美人的木窗又消隐在哪堵砖墙里？眼前，木门半合半开，轻推，厅堂对天井，天井对天窗。阳光从天窗灌注下来，光点飞溅，落入屋檐和墙角，漫起一层淡淡的紫蓝。我们举着相机拍直愣愣的青瓦屋顶，拍被门框剪裁了的青山和菜园，拍濡湿的石缸，并记住上面的刻字——鲤鱼跃龙门。还真是有鲤鱼跃了龙门。鲤鱼是老人的孙子，刚考上北京大学。庭堂内，漫长的时光浸泡着漫长的老年人生，她开始不停地絮叨。年年都到宗祠拜请祖先和神灵，你看，奖状都贴满板壁了……老人慈眉善目，游弋在往事的江面，定格于自身的孤岛。天井之外，与她无关。墙上，排列张贴的奖状密密实实。仔细看了，后面的荣耀还色泽光鲜，前面的不知何时已经开始泛黄，烙上时间青灰的印杂渍。这是一种无以名状的静美，耐心提示着生命的宁静和淡然。

银　亮

“金壶酌酒银杯装，恩谢年年龙运好，三江船运财宝归……”轻盈水灵的侗歌，在三门塘的村巷楼阁里婉转脆响。侧耳聆听，清亮水质的歌声透出几许繁华昌盛，几多沧桑旧事。

清水江是三门塘的脐带。曲折奔波后，江水多出了一份靠岸的眷恋，在三门塘放下疲倦，抑或宽慰伤痕。时光垒砌的河岸边，三门塘成为明清时代的水运码头，木材营销集散地。物华天宝，热闹非凡。

是清晨的雾霭，江面已有波光混杂水意船声，嘭！嘭！嘭！木排接连靠岸，沉实的声响重击三门塘的浅细睡眠。“永长春的货到喽！永长春的货到喽！”粗狂而豪放的嗓门，撕裂雾霭，穿透疾风，仿佛喊出了一路风浪，一江险阻，一生沧桑。大门敞开，窗户轻推，灯笼的暗红照着一串奔向码头的人影，青石板击打出杂沓的脚步声，依旧带着湿漉漉的水意。这些风浪里生长的人，身子里全是涛声水响，久了，便沾带了清水江的脾性：苦乐参半，爱恨分明，晴朗无涩。一根根木材头接着尾，尾接着头，长长地顺着青石板路延伸，给当天集市的热闹烙下注释的破折号，下船卸货，上船装货，江面桨声船影往来不息。粗实的木材、精细的粮茶、名贵的丝绸和银饰中间插进嘈杂而浓重的方言。拥挤的商铺有声有色地兴旺。“全是上好的红木,××”,不知是谁赞叹着骂了句牛话,兴奋情绪只有在方言凝重的麻辣、油盐、葱姜味里才能狠狠爆炒。正午时刻整个集市热气腾腾。木行里,板材架设,木头重叠,垒建的高度一尺一尺测量膨胀的欲望空间,腐浊气味从枯死的木头体内刚挣扎出来,又搅进腥热的肉体气息里,只一会就被清风吹散,魂离山林,魄飞江面。人隐在其中,忙碌而低矮。日进斗金,岁月银亮,那是商号柜台的事情。眼下,找一家酒楼,就一壶米酒,快慰满心风浪,一生聚散,任门外热闹的声潮拍击浮生。

入夜的三门塘。逐渐清寂的五条主街上,木行、肉摊、布店、米铺、百货店依旧残留白天的热量和倦意。夜色浓稠,吸吮尽村寨上空稀薄的灰白。就在瞬间,一盏灯笼,两盏灯笼,一串,一排,一行,灯笼,闪闪亮亮,嘻嘻哈哈推开紧逼过来的暗黑,在饭馆旅店、酒楼茶肆喧哗闹囔。夜的三门塘,繁华背后是隐秘的暖意。斩恶浪过险滩,生意场中多聚散,最不确定的是一世浮华,最深刻的却是木楼上那张脸——雕花木窗轻开,侧脸,半是明晰,半是迷蒙,宁静而柔美。爱的情感像在江水里洗涤过一样,明亮而洁净,适合在七月七日那天唱出来。期盼清亮的侗歌能照见那张脸,那张已从木窗移出刻进心间的脸。眼神低垂,羞羞地一个人儿躲在门后,祈盼爹妈能喜悦地收下媒人递过来的几封糖。在繁华的三门塘,高贵而神圣的爱弯腰到寻常人家的高度,“讨碗茶吃”(男方请媒人上门提亲的说法)为爱的开始找到一份雅致而谦逊理由。作揖,过礼,讨要女方八字,祭拜祖先,对歌迎娶……男女双方裁剪日子,一针一线缝制爱的盛装,细致而耐心。末了,婚姻在叮叮当当的美妙银铃中,上路……

岁月飞渡。我们站在时光的彼岸。光影与声响热烈交织的三门塘渐行渐远,在绵延而宽阔的历史江面上,它是一只载满明清时光的轻舟。

眼前的清水江蓄满心事,却依旧敛容静美。玻璃似的蓝天与透明江面轻擦,闪现光滑的细碎银片。已经没有木排和货船来往穿梭,唯有一只渡船在江面踱步,有着乡绅般的悠然和不惊不宠。有人指给我看曾经装卸木材的码头,几块凸出的石头为了避免被抛弃的命运,时刻保持着对江水冲刷的警惕,主动与被动中,始终不能逃避的是时间的侵蚀。它冰凉的粗糙感让我变得无比真实,无比低矮。现在,有村妇将一块块萝卜片晾晒在上面,石头温柔承接。在萝卜雪白晶亮的光芒里,往事是否会恍惚如昨?石头,闭口沉默。房舍旁村路边依旧堆放着一捆捆木柴,阳光从树木疏密的枝桠间漏挂下来,轻轻落在柴捆上,让堆积的场面增加了几分整洁感。除了取暖做饭，这些细小木材已经派不上用场，更谈不上名贵，唯有三门塘人习惯了的经营气息还在一捆柴禾上轻易体现———凡事清楚明晰，物件井然有序，场景干净别致，性情大方热炽。道路延伸，有树木的质朴气息温暖相随，生活的细枝末节在三门塘被细心经营。

有人要过江。嘻嘻哈哈。是赶场回家的侗族妇女们——棉布衣衫黛蓝，腰间围裙青黑，头上丝线红蓝，银牙细碎，嬉闹声粒粒清脆。脚边的竹背篼填塞得鼓胀——可口可乐、雪花啤酒、康师傅方便面、雕牌洗衣粉……泡影腾升出的幻彩、快捷，这些日常生活中不可或缺的纷呈喧闹，倒是给一群侗族妇女制造出了真实的快乐。赶场晚归的满足情绪充盈船舱，密密实实。

在三门塘，羡慕俗常的幸福时光，岸边一块沙地里，萝卜清冽纯粹的味道也令人着迷。

暖　黄

正午，阳光多汁而澄明，在三门塘细致涂抹，耐心点染，那些日常生活的细节便多了几分亮丽和纯清。此刻，只要稍稍挑高视线，木楼上那束红豆就直逼眼睛，表皮瘪皱干涩，说不清具体是在哪一个夜晚或者早晨，它们褪去了最初的鲜红和青绿，传达出时间流动过程的舒缓、了无痕迹。

红豆煮油茶。油茶的醇香包裹三门塘，熏润着寻常人家的细密日子，梦里梦外香透了祖祖辈辈几代人。比起剔透单纯的米，豆子圆滑干硬，表情倔强，要是稍稍用力，它会从指缝里溜掉，像在逃脱，又像在逐渐麻木，但是它能洞悉一双巧手的温情与艰辛。

狭小的厨房里，热气缭绕，又低矮聚压。灶膛里的火苗亲昵而热烈，光焰在一张脸上烫热。穿过木格子窗，几缕阳光也加入这个升腾涌动的场景，雾气乳白，浓密得令人窒息。铁铲反复碰撞锅壁，声音也像被熬煮了一般糯软浓稠。炒糊的糯米，表情模糊，处事也稀里糊涂；泡胀的豆子，尽管被剔除了倔强劲，也要拼命蹦跶几下，偶尔嘀咕一声；切好的米豆腐，一开始还棱角分明，稍经煎熬和磨难就失去了方向和原则；憨厚的红薯，火烧眉毛了照样慢吞吞，憨乎乎地只顾裹紧怀里的香甜……熬煮油茶，像熬煮着各种形态的人生，暗香被一只圆木盖子密实地捂住。突、突、突，锅内冒起三两气泡，声音短促急切，是沉闷的生活表面偶尔出现的惊喜或者久违的心跳,停留仅只一瞬间。厢房右边,青绿菜地成为几位老人的寂静背景,他们围着石头玩纸牌,笑声爽朗,明亮的快乐情绪涂染了阳光般的暖黄色,真实可触。赤丽的时间在某只盛装人生的锅底尽情燃烧。一个水灵灵的娇娃何时熬成了煮茶娘?缕缕香味可曾抵达那些昨天和今天的鼻子?

那年那月的那一天,喜悦氛围像一层明晃晃的油,浮在三门塘的寂静水面,笑脸和人影也一圈圈晃漾开去,唢呐声清清朗朗,丝丝缕缕,挂满村前屋后的枝桠瓦阁。夕阳暖黄,进门第二天的新嫁娘要挑水煮油茶祭祖、谢六亲百客了。去往古井的路上,左邻右舍交织的目光可以铺成地毯,新嫁娘的脚步始终胆怯羞涩,路边居然又冒出几个小伙嬉闹逗乐。古井是要祭拜的,那是村子喂养生命的源泉。所有追闹瞬间凝滞,还原静穆。一张陌生的脸,直面古井的神性,不自主地写满敬畏和感念。小伙子们左右戏谑,进屋时,木桶里的水只剩一小半。煮油茶更不顺利,柴禾被小伙子们悄悄混进了芭蕉秆,灶膛里无法生火。端水给亲戚洗脸,旁人嬉笑怂恿,挑剔手法,一张脸反复擦洗,直到新嫁娘娇羞怯弱。油茶的香味满屋充盈时,首先要谢舅爷舅母,恭恭敬敬端一碗油茶送至面前,又被嬉闹的人一句"早生贵子,我们明年又来吃甜酒,是不是啊?"问得脸红娇羞。始终笑盈盈不生气。煮油茶,直面煎熬,时间哪能洞察一个人的脾性与教养。刁难成为庆贺的方式,像一份善意的提醒——婚姻在嘻哈追闹中开始,在平淡质朴中真实,在寂静感念中远去……有浓郁的香味和强烈的宿命感掺杂搅浑后涌上心头,漫进眼眶。这是一生对时光微妙而细致的体验。

阳光的汁液依旧畅快淋漓地涂抹,渲染,作为背景的菜地泛着寂静的绿光,部分光影悄悄地越过了木梯的第八级台板。厢房和天井里,四五张用餐的矮木桌已经摆放好,突然聚集起来的场面感激荡着三门塘的寂静正午和过往记忆。火炉简陋,土碗粗粝,桌椅陈旧,木盆朴拙,它们呈现的是一种淡淡的暖黄色泽,适合盛装时光细腻、柔滑、醇和的香味。捧一碗油茶,永远有他站在身后,将在炊烟袅袅的地方找到温暖,将在香味弥漫的地方喂养日渐消瘦的记忆。

(此文获得2014年贵州省乌江文学刊物奖)

陈丹玲，贵州省印江自治县人，土家族。1982年11月出生。在乡下度过6年快乐教学时光后，调入印江县新闻中心工作。对文字有着天生的敏感，闲暇喜欢涂涂画画。2002年开始间断性习作散文，2006年开始正式发表作品，认为“新闻是我的饭碗，文学是我的生命。饭碗要端好，生命更重要”，曾在《山花》《海燕·都市美文》《西部散文家》《贵州作家》《贵州日报》《青年时代》《岁月》等刊物发表散文作品。系中国少数民族作家协会会员、贵州省作协会员。

素心妩媚

张翊奇

纯　洁

雪是来自天堂的花朵，只因为内心那一点对疼痛红尘的眷恋，她在和平而宁静的夜晚，像一个唯美的梦寐，温柔地降临。

比流水缠绵，比火焰理智，她的脚步声仿佛神谕，落在梅花的心坎上。于是，怀抱中的温暖绽开，那清凉风中的暗香，引领迷途的灵魂回到童话里居住。

这尘世有太多的肮脏，雪落到地上会被玷污，一颗清白的心，也最容易被世俗伤害。极致的美丽往往很脆弱，这种忧伤刻骨铭心——那么，谁会在飘雪时整夜不寐，向渺茫的时空伸出双手，让她停留掌心，化成一泓真情的泪光？

把心灵打扫干净，聆听高处的圣音，我擎着初绽的一簇梅花，站在空旷的原野，昂头迎接一场大雪的到来。

看　云

眼光越过近处的事物，更高更远，那里是浩瀚而深蓝的天幕。

倘若日月星辰也有伤心事，朵朵白云就是拭泪的手绢，河流的内心珍藏着她的倩影，连鱼儿也会追逐这幸福的幻象。阵雨和彩虹从天空走过，云端似乎有庄严的神祇召唤。拍遍栏杆的人，是谁禁不住泫然而泣？

人其实是很可悲的，为跟上某些虚浮事物的速度，丢失了许多更珍贵的。自由自在的云，潇洒飘逸的云，让被俗事牵绊的我们羞惭。灵智的翅膀，承受不了太多欲望。美好的风景就在并不遥远的地方，只是我们往往更关注眼前的东西，以为抓紧这些，就等于握住了幸福。

悠闲地仰望苍穹，看云朵千姿百态，变幻莫测，如同阅读世间的沧桑故事，自然会有若干不同寻常的顿悟。

生命的智慧，大约总是涵蕴于淡泊宁静中的吧，在红尘中奔走得疲倦了，不妨暂时停下脚步，倾听自己的心跳，仰读一段宽阔天空的无字书。

安　静

喜欢安静，只因为热爱那份素淡的心境。

在喧哗与骚动中坐下来，如同回归飓风的风暴眼。或者，由色彩光影纷呈的舞台，转到观众的席位，你会发现许多以往疏忽的风光。

最好握一杯清茶，独坐风中，让过往的爱恨情仇，在手心渐渐变得冰凉。无论苦涩还是幽香，都是生命真实的体验，说不清是柔水成全了茶的精魄，抑或茶的芬芳只为水的青春绽放，历经的一切都无怨无悔。

脱掉华丽舞衣，卸下缤纷油彩，在安静的角落，裸露的灵魂如此亲切，连那些疤痕覆盖的伤痛，也已经云淡风轻，柔婉的乐曲淌过心灵的河床，枯裂的记忆便苏醒过来，沐浴空灵的月光，与午夜昙花轻舞飞扬。

当繁星注视世间的万家灯火，露珠抵达花蕊的梦境，风拂过流水的琴弦，我听见来自心房的驿动，仿佛骨朵绽裂的歌唱。

浪　漫

孟庭苇优美的声音在唱："一个爱上浪漫的人，前生是彩蝶的化身"。现实的沉重与平淡，让众多生命在操持柴米油盐的奔波中，日渐黯淡了青春的光彩，而在潜意识里，谁不渴望拥有浪漫的传奇？童话和传说的诞生，原本是为了慰藉无数卑微的灵魂。

暗蓝天幕上，那么多绚丽的烟花散开，像年少时斑斓的梦想，而在短暂的灿烂过后,一切都归于寂灭。盛宴终会散席,再动听的乐曲也有戛然而止的时刻。恋恋风尘,生本虚妄,能在淡水中品尝出美酒的滋味,无疑是一种境界。

花开花落,日升月沉,其实再平常不过,只有那些敏锐善感的心灵,会读懂苍凉的真相。

生命的底色是朴素和平静的,浪漫属于灵魂最精致的花纹,需要用许多心血来镌刻,对峙寂寞与死亡。丑陋的青虫变成蝴蝶的过程,是对美丽的皈依,同时也是对平庸的超越。

风中有朵雨做的云,谁看见月亮的脸偷偷在改变?羞答答的玫瑰静悄悄地开放,我为爱我和我爱的人,许下最坚贞的诺言。

故园遗事

张翊奇

绯　闻

敝乡旧俗，男女若闹绯闻，多吊于村首示众，拷问奸情，细枝末节，莫不毕供，更聚而痛殴，凌辱百般。若乃青头女子，则亲族尤觉颜面失色，以致时有沉河或俩俩殉情之事，令人嗟呀。

俚语多传神之句，譬如，对暧昧之情则曰：犯擂钵案。村妇相骂，常以此辞相攻击，以为利器。夫擂钵者，农家捣芝麻花椒之器，类舂谷之碓，盖以径尺之石，深凿成穴，内置拳粗之或石或木之茎而成。

曩有邻妇，儿女成行，风韵犹存。延年轻篾匠织晒席，竟与私。后捉奸在床，裸缚而跪，黄发垂髫，悉恣意唾挞之。余时尚幼，犹能忆二人呻楚不堪情状。虽然，事后竟私奔矣。

忽忽廿余载，风流云散，桃色之事，司空见惯。当日慷慨激昂之士，行径或有更逾于此否？

饕　餮

幼时家境窘迫，食不果腹，犹如饿鬼转世，屡有饥馁之患。其时最大理想，乃能饱食猪油拌米饭而已。

主粮不足,则瓜菜代,山蔬野味,皆争攫之。家父伐薪山中,得暴毙之兽,不知其名,或为豺尔。剥皮烧汤,折腾半宿,然肉粗味膻,吾姐弟四人,久不知肉味,竟也狼吞虎咽,风卷残云。

仲春多野菜,或凉拌,或以滴油炒之,微苦而气清。又以槐花为馅,裹以玉米面皮,蒸食之,亦清甜可喜;夏则遍山蘑菇,俯首可拾,花色多而味美。有名奶浆菌者,色如酪,划其伞则汁流若乳,可生食之,足大快朵颐。稚童捕蜻蜓,或蝉,或蚱蜢,以火灰烧熟,也堪疗饥;秋初野果熟,则可摘酸枣,采八月瓜,捶板栗,砸核桃,拾拐枣;冬日萧条,粮食归仓。然以锄掘土,偶有意外之喜,得遗漏之红苕洋芋,馋嘴者往往拾柴生火烤之,半生则不耐而食,灰烟满唇,又易使人出虚恭……

饕餮如我,而今一碟辣椒,一碗酸菜,即可饱足,始悟"良田千顷,日食一升;广厦万间,夜眠八尺"之含义。

食色,性也。既思美食,又囊中羞涩,则画饼充饥,购菜谱卧床而读,口舌生津,亦浮生乐事也。久之,烹调之书竟盈尺,也记得菜谱若干,不禁技痒,乃操刀临厨,依样画葫芦,有朋友食之,赞不绝口,故屡试之,厨艺为之大进。独乐不如众乐,偶尔兴起,则邀布衣之交二三人,烹炒数碟小菜,把酒临风,醺然自足。

子曰:君子远庖厨。吾不敢自诩君子,然也耻于为小人也。俗人翊奇,贫贱而不戚戚,故粗茶淡饭,也能尝出恋恋尘世香。

神仙豆腐

故里山野多有斑鸠占树,盖常绿灌木也,可入药,又名神仙豆腐柴。其叶碧若翡翠,边缘呈锯齿状,有异香,疑因斑鸠喜栖之而名。

春夏晴日,采斑鸠占叶盈筐,濯净,素洁薄纱备用。搓揉叶至糊状,滤其汁液置器皿中,筋络则去之。取枯枝焚烧,盖制碱也,茅草灰则次之。以其灰加碗水搅拌,待其沉淀,滗其水入叶汁中。待未几,豆腐成矣,依器成型,色若绿玉,脂嫩可爱,更晶莹剔透,宛如女子肤肌。切为小块,撒以焦辣椒,及葱段芫荽诸调料,秀色可餐,竟不忍下箸。既食之,幽香柔腻,心清气畅,妙不可言,凉意习习自腋生,几疑为仙家神品。

或云,昔有后生至孝,然蓬门窦户,其母沉疴,辗转床榻,思食豆腐。生愁肠百结,计无所出,怅恨欲死,踟蹰荒野,遇一绝色姝,授此法后忽失其所在,故名神仙豆腐耳。

吾素喜流连泉石间，今夏游山，邂逅阿嫊，邀我至田家，以神仙豆腐待之。嫊妙龄女尔，眉心有痣灿然，颦笑之际，风情万种。豆腐寻常物也，而食者乐，则无异神仙矣，至今犹忆。

傩 师

黔东德江，吾桑梓也，民间习演傩戏，或酬神还愿，或祈福过关，古风犹存，故素称傩戏之乡。

傩术中有面具之舞，剧目多忠义之戏，以堂屋为台，设香案，供神像，击法器，观者若堵。又以利刃若干置二立木上，以烧红之铁铧铺地，傩师负过关之童，念咒赤足度之，应刀山火海之兆。

傩师多四五人为一坛，平素则事稼穑。亦为丧葬之事，度亡魂，安宅第，卜吉凶，择旺地，开茔域。

乡邻某，面如冠玉，器宇轩昂。过目成诵，视功名若囊中物，然竟屡试不第，遂归田园。掘池养鱼，暴雨水溢而鱼亡去；开荒植果树，然后果贱，尽伐之。乃信运命，从傩师学，居然名动一方。

尝醉后云：暗藏葬人之买路冥钱，置枕中过四十九日，沐浴焚香祝祷，焚灰撒净水中，旦暮以洗眼七日，则可白日见鬼。然吾惧满目皆狰狞鬼魅，未敢试之。又语人曾捉恶鬼镇于井底，故夜深常闻井口有鬼呜呜哀哭。自诩法力高强，言人有患恶疮经年不治者，其施法移之，顷刻而瘉，而门前李树上，忽坟起巨瘤，同其恶疮状。云云。

某夕酒酣而归，无星无月，至松柏森森处，乱葬岗也，忽有细沙如雨，疑为鬼撒，忙念念有词，然词疾而沙也越急，慌不择路，踉跄而奔。更闻背后若有足声，或止或骤，回视又无所睹。肝胆欲裂，手中马灯不知何所失，归其家，冷汗淋漓，舌僵目滞，竟缠绵病榻，经日方瘉。

而后方知盖数促狭人所为，于其背篓后系笋壳，又先伏于彼矣。某也不恚，然此后则不再吹嘘。性喜读书，诸如《幼学琼林》《增广贤文》《五公经》之类。亦善书，村中红白之事，咸来相延，安神龛，写对联。造化弄人，某虽蹇于仕途，流落乡野，也算略尽其材，岂庄周无用之用耶？

花　痴

世间有痴癖种种，沉湎其中，人或嘲讪之，己则浑然不觉，忧乐自知矣。而情痴之溺尤甚，忽如沐春晖，忽如履寒冰，五味杂陈，望眼欲穿，柔肠寸断，而志不移焉。故蜜情最美，痴情最贵。

乡人某，粮站职工，英俊潇洒，鹤立鸡群之人物也。虽于僻地，鲜衣挺括，窗明几净，略无单身汉之疏懒也。上世纪七八十年代，物质匮乏，故为热门职业，多有暗送秋波者。而某独青睐一女，姿色平常，然某情有独钟。

如蹩脚之戏剧情节，女竟移情别恋，改嫁异乡。某倾注无数心血，孰料却秋扇见捐，朝思暮想，竟相思成疾。

初，某寤寐思服，五内俱焚，后渐入膏肓，成花痴也，其家四方求医，皆莫能治。遂囚首垢面，游村串寨，念念有词，人皆不以为异。饥则叩门乞食，困则倒头便睡，已不论宠辱。然见素衣红裙之女子，则必追逐强执其手。盖其旧日情人，最美形象已刻于心，难以磨灭矣。

《金刚经》云：由爱故生忧，由爱故生怖。情为何物，最是难解。某固当悯之，又岂不当敬之乎？尾生抱柱，岂浪荡子之朝秦暮楚可同日语哉。

尼　姑

去敝庐十余里有山，名曰仙山，余疑当为薪山之误，盖廿载前林木蓊郁，鸟兽杂居，而跃进及“文革”时焚林，伐薪撒荞，几成荒山矣。

山甚险，其巅曾有庵，数尼居焉，香火稀疏，不知何代所建。庵中供木雕佛像，眉目如生，衣袂欲飞。侧有野瀑，银龙奔泻，下数十丈有奇，声震林樾。庵前有古柏二棵，直摩云霞，已毁。

是庵也，寂寂无名，县志惜无可考。人言，庵尼或寡，或誓不嫁，或具宿慧，皆恭谨事佛。尼自火耨刀耕，汲泉饮濯，青灯黄卷，鹑衣蔬食，亦不移其志。

然后罹浩劫，破四旧时，佛像浴火，经卷成灰，尼之稍少者，悉为人强妻之，有性烈者，竟引刀自戮，血溅贞柏。而其时形势如风卷残云，岂弱小之尼可拒抗乎？清洁信仰，堕于泥溷，嗟呼！

或云，有俗名陶三姑者，为一老光棍所掳，至今犹在，年耄耋矣，儿孙成行，未知尝忆往事否。前尘旧梦，已成瓦砾。而当日所坏之兰若，今多重建，鼎盛有逾于昔者；曩毁林开荒，今退耕还林，白云苍狗，实无常也。历史若巨轮，苍生泯灭，不过埃尘而已。

遗 事

村夫野老，偶或以言辞攻讦，甚至拳脚相殴，头破血流，所由者，无非稚童不合，牛食禾苗等鸡毛蒜皮。脸红脖粗，也不至耿耿于怀，心存芥蒂。累世聚族而居，皆为亲戚焉。

有族叔某，性鲁直，尝因琐事与家君交恶，错身而不与言。其妻重身当产，临盆之日，盘桓久不下，医束手无策，乃来请家君。家君连夜寻草药，为之接生，诞一男婴。是余七八龄事也，故能忆之。某甚德之，后与家君结为金兰，以其子相寄。

家君通文墨，亦解医道，颇擅妇科，乃继祖母所传尔。祖母周氏，讳歆配，原籍重庆，未知何故流落于此，遂与吾祖结发焉，然无所出，以吾父为螟蛉子。祖母识文字，疑为大家女矣，初来，即事针石，时医者稀缺，闻名乡里。余四五岁时，祖母垂垂老矣，人或求之，以滑竿负以出诊。然祖母不喜敛财，有所得，悉餍口腹之欲，后米寿而终，身世终成谜矣。

天朗则月明，心清则意闲。张爱玲尝言，生之底色乃素朴。碌碌浮生，若心淡然，虽贫贱也自可忘怀得失。今夜于网上，偶然得参《药师琉璃光如来本愿功德经》，云："愿我来世，得菩提时，身如琉璃，内外明彻，净无瑕秽，光明广大。功德巍巍. 身善安住。"

醍醐灌顶，予若有所悟。

歌 哭

旧俗女子出嫁，必唱哭嫁歌，几逾月，其风至今存焉，然常自于归礼前三日始，谓之开声。此风缘自何时，难考也，或因古时包办婚姻，女子多不幸福，乃作歌哭之。其辞成套，父母兄嫂，姑舅甥侄，皆具也。

其辞多用比兴,朴素直白,而情深意切。然哭媒人之词,则多嘲谑,有“媒人是条饿嘴狗,这家吃了那家走;媒人是根拄手杖,过河扔在河坎上”之句。

俗以之判女子之贤愚,聪慧之女,自拟其词,述诉身世,腔调哀婉,引人下泪,若是长辈,虽泥泞亦须下跪,亦有擅此之妇,必挥泪陪哭。被哭之人,当赠以金,名曰泪钱。惜如今此风已式微,盖婚姻自由,聊行如仪,多改为席上敬纸烟也。

又,敝乡土葬,丧仪甚厚,殓于堂屋,后辈女流当哀哭之,否则为大不敬。人言,如此则亡魂于望乡台上,屡屡回眸,记住阳世之亲人。

段成式《酉阳杂俎》续集卷四云:世说挽歌起于田横,为横死,从者不敢大哭,为歌以寄哀也。挚虞《初礼议》:“挽歌出于汉武帝,役人劳苦,歌声哀切,遂以送终,非古制也。”工部郎中严厚本云:“挽歌其来久矣。据《左氏传》,公会吴子伐齐,将战,公孙夏命其徒歌《虞殡》,示必死也。”予近读《庄子》曰:“绋讴于所生,必于斥苦。”司马彪注云:“绋,读曰拂,引柩索。讴,挽歌。斥,疏缓。苦,急促。言引绋讴者,为人用力也。”

庄周妻殁,鼓盆而歌,即挽歌也,由此观之,沿习久矣。而歌哭之际,生之悲喜,皆刻骨铭心也。

村　儒

乡党孔氏,自云为孔子后裔,先世避兵燹而入黔,卜居于此。堂屋长供文宣素王牌位,贡献甚恭,家道殷实,延塾师教授子弟,乃素以书香自诩。然人丁不旺,三代单传。常负手徐行,路遇之人,无非耕夫小贩,故双目瞻天,不结一语。窃慕班、萧诸辈,汗青著名,绘像凌烟,乃投笔从戎,后至国军连长。

孰料白云苍狗,家遂败焉。历次运动,皆遭批斗,虽残一足数肋,幸能苟延残喘。后毁祠兴学,僻地乏文士,乃以为教员,控制使用。苜蓿生涯,犹过于作楚囚,只是从此夹尾做人,再不作望天眼矣。

孔某逸事颇多,村人引为谈笑之资。土地承包后,孔初事稼穑,颇以为苦。春播之时,购种植之书,照猫画虎。先测得地积,除以行距,得其窝数,而不慎误差,竟拔去重来。

孔某终身未娶,然事母至孝,偶有佳肴,必先与食。其母堪称人瑞,米寿之年,无疾而终。孔烧香汤为之净身罢,殓以素洁衣裳。独自守灵,忆前尘往事,心下黯然，丧魂失魄。忽思母嗜糖，家贫而不可常得，及天明，入城贱市秘藏之玉镯，购糖而归，扶母饲之，自然不食，大恸，曰：汝竟不食，则吾食之！扶棺大嚼，泪堕无声。

篾 匠

桔花簌簌，暗香袭人。陈篾匠独坐自家庭院，挥刀剖竹，举重若轻。坚韧青竹，于指间柔滑如舞，恍若玲珑女子。稼穑之余，陈篾匠喜裁竹作器，或凉席，或桌椅，皆匠心独备，美观实用。亦作花圈纸屋诸冥器，镂金焕彩。逝者多为村邻，故薄取青蚨，权作沽酒之资。但求薄醉，佐以粗蔬野味，醺醺然，扶锄而归。

其性澹泊，不事求田问舍，竹篱不整，草庐欲倾。初，家道颇盛，然其父好博戏，产业殆尽，后竟因此划入贫农，幸而得免，遂金盆洗手，并诫子孙勿沾赌。

陈篾匠曾婚娶，然无所出。后妻与人私奔，人不知其详。其时正值盛年，一表人才，续弦本非难事，竟自甘落拓，茕茕孑立，形影相吊。

每岁正月，寨中皆扎灯为戏，以竹为骨，衣彩纸，饰锦帛，或花灯，或龙灯，或狮子灯，逐户演舞，谓之玩灯，酬神悦己。主家须焚香燃箔，备钱币相谢，讲究者，更炒肉设酒。上元之夜，方烧灯送神。花灯之精彩，盖在花姑娘一角，须唱做俱佳。而篾匠尤擅此，傅粉涂丹，眉目如画，轻挥水袖，款摆腰肢，宛若好女。启唇一唱，余音绕梁，腔调神情，莫不酷肖，满座绝倒。又间以插科打诨，俚语荤词，引得大笑哄堂。固一乡之名人也。

忽一日，暴亡于室，男根断落，血凝枕席，檐下冥器俨然，皆精工细作。村邻伐木作棺，葬之南岗。纸做之富贵荣华，付于一炬。或云，篾匠某日入城，酒后剪发，为暗娼魅惑，一时糊涂，做下苟且之事，破数十年色戒，故引刀自宫。然终不可证，人惟嗟叹而已。

憨 牛

村人某，隐其姓氏，幼失怙恃，邻舍怜之，施以衣食，乃无冻馁。心拙体壮，貌甚寝而健啖，力能举碓，然不识之无，人以憨牛名之。及既长，常袖手闲逛，破衣三月不洗，路人掩鼻，更油光可鉴，有如盔甲，几可防雨。

公社大抓计划生育,廉价雇憨牛为前锋,其本懒于农事,欣然而往。揭瓦拆门,牵猪赶牛,以致捆人殴人,毫不手软。一时人皆侧目,深衔之,然投鼠忌器,无可奈何。

其人愚钝,而背领袖语录,滚瓜烂熟,每临事则诵:下定决心,不怕牺牲;排除万难,争取胜利。实文革流毒之怪胎也。某岁末,公社发奖金,憨牛自然无份,好事者讥讪之,振然答曰:上级不管我,我亦不管上级!遂为经典笑谈,家喻户晓。

而立之年,犹不知女人滋味,故花朝月夕,寤寐思之。然其绳床瓦灶,无枝可栖,焉能招凤?有少妇某,饶有姿色,夫常年做工于外,性泼辣,喜谐谑,语憨牛曰:汝助我春播,若攒足银钱若干,则改嫁与汝!憨牛窃喜,甘为驱使。孰料羊肉未曾食得,倒惹一身膻骚。其夫闻之,呼兄唤弟,暴打一顿。

后土地承包到户,再无大锅饭可吃,遣返归家,庭中蒿草齐人,狐雀出没。万般无奈,只得出卖劳力求生。后娶一寡妇,有拖油瓶儿女一双,遂得享受天伦。

知 音

邻翁某,村夫野老尔,姓名不著。年耄耋,犹能每餐食斤米,砍柴担水,不逊青年。幼时出痘,遗麻点满面,人或嘲谑,亦不以为意。其性敏,善音律,截竹自为箫笛,幽婉冷冽,音色不俗。昔兴薅草锣鼓,翁于垄头,边舞边唱,振人精神。亲戚造新屋,乔迁之日,唱上梁歌,抛糖果米粑,翁亦大展身手。或在野劳作,兴之所至,引颈长歌,遍山皆闻。

又,翁擅唢呐,红白之事,人请奏之。令人或喜上眉梢,或痛断肝肠,如泣如诉。余少时尝闻其奏《百鸟朝凤》,见村前老树上数只斑鸠,竟翩翩飞舞,若朝拜然。

公社书记,忘其姓字也,亦喜民乐,故与翁善,引为布衣之交。其率众筑水库,修公路,建石桥,拉电线,人莫不德之。退休多年,犹称颂不已,偶来乡间,皆争延为贵客,设酒杀鸡作食。而书记性淡,不嗜荤腥,唯喜荞面及豆粥。翁深悉之,多以此相待。一碟芫荽拌辣椒,一碗泡菜,各自醉饱,闲话桑麻,或合奏一曲,胜似神仙矣。

然书记竟先仙去,翁得知时,墓木已拱,怅然若失。焚香相酹,席坐良久,横笛奏之,其时夕烟若血,野花燎岩。曲终之际,翁断笛归去,即卧床不起,病入膏肓。

昔伯牙绝弦，子猷摔琴，盖因暮云春树，落月屋梁，固然令人黯然神伤，而知交零落，实浮生之大悲也。

异　事

巫觋之事，由来已久，故古籍多涉鬼神，东西皆具。然人恒信疑参半，不知其所。

乡人筑室动土，必先焚香化箔，祈请五皇土地诸神退避，勿降祸灾。有邻妇重身当产，其夫葺猪舍，人皆诫之，弗从，及子诞，左颊即有掌阔赤瘢，若锄铲状，悔莫及矣。其子与吾同龄，人常述此事。

或有食鲠在喉者，则求于觋，念咒画符，取香箔之灰，削箸为剑，并置清水碗中，令饮之，顷刻而通。其情状甚骇人，然竟无虞，术亦神哉。

余六岁时，夏日薄暮，父母乘月植红薯，嘱牧牛于野。四野幽清，星稀月皎，若白昼然。蓦见一伟岸妇人，长发披拂，而面目模糊不可睹，自丈余处徐行而过，至一荒坟处，忽失其所在。予呆视良久，方惨然惊哭。竟丧魂失魄，郁郁终日，形销骨立也。家母忧心如焚，求于巫者，授以喊魂之法，依言而行，始渐瘉。或曰：其墓主即妇人尔。然既殁多年，岂凝气成形耶？吾至今犹百思而未解。

人云：少年心若赤子，目澈神明，故能见鬼。及既长，心窍为尘垢蒙蔽，失其能也。吾深以为然。

劁　匠

世间有营生，人多鄙之为贱业者，然不可或缺。譬如，乡间劁者，俗称割猪匠。盖阉牲畜也，废其生殖之能，以利肥壮。

吴某，劁匠也，不识之无，年五旬，犹未婚娶。家徒四壁，箪瓢屡空，而懒于耒枱。性喜嘲谑，常于女人堆厮混，作荤语，揩其油，博人一粲。

农闲则携刀具碘酒诸物，走村串寨，吹羊角号，招徕生意。其刀径仅一拃，刃薄如霜，是非之根，顷刻断离。其手甚疾，猪羊哀哀惨嚎，而吴某状甚乐，以割取之睾丸，煎以佐酒。余幼时，偶得之，投火灰中烧熟，也堪解馋。

俗以劁者所为，虽断绝牲畜之子孙，有逆天意也。私语曰：一饮一啄，皆是前定。故其无后云云。吴某常唬顽童，称将割其阳具，故小儿皆深惧之。某日，吴见数童玩透明小球,晶莹剔透,甚为可爱,疑为夜明珠,欲得之,巧言百般,倾囊易之,犹恐反悔,匆匆遁去。然实为跳棋之子矣。时物价尚低,其值逾百元,乃巨款也。事泄,人皆讪之。

邻有美妇,吴某子侄辈也,其夫常外出。有浮荡子,尤喜女色,多有为其辱者。屡挑之,弗从,倚其财势,欲强与交。吴某适遇之,暴怒,竟以刀宫之!人皆以其素弱,不解何来此胆?后,吴某被轻判,既出囹圄,重操旧业,然人咸刮目敬之。

忘 年 交

窃以为二种最惹人厌:后生而不思勤勉,饱食以嬉游终日;暮年犹不去贪相,汲汲而锱铢必较。盖年轻之时,当戮力以学有所得,而既长,智慧通透,应勘破世情也。

陈叟,吾忘年交也,原籍印江,曾为塾师,后作道班班长。年逾古稀,雪发直腰,犹亲事稼穑。暇则去水库垂钓,收获颇丰。极善钓团鱼,即所谓鳖也。曾与吾言曰:鳖性甚警,见人影则遁,故先以蓑衣作蔽体,鲜猪肝为饵,方易得之。义颇近赖昌星"就怕官员无爱好"之句,足称经典。更乐狩猎,负鸟铳,踏遍青山。余尝夜从之,竟得十数只野兔,热汗淋漓,而陈叟健步如飞,吾不及也。

喜读书,多借《聊斋志异》《东周列国志》之类,或置酒招之,闲话古时故事,谈甚欢。言及世风日下,礼义式微,廉耻丧失,慷慨激昂,若愤青然。鹤发酡颜,殊为可爱。

叟实素泊人也,自奉甚俭,而人有所求,莫不倾囊襄助。尝见其于春日,掐椿芽,拌辣椒一碟,则食一餐。见村中孩童,父母多谋生于异地,略无管教,遂令次子建幼儿园,名曰爱心,人皆德之。

性乐观,声甚朗,偶作谐谑语。善拟楹联,红白之事,乡邻多延之。一日,某人续弦,其妻亦再婚也,叟书联曰:一对新夫妇,两件旧家什。人皆大笑称绝。

张翊奇,男,77年生,德江县堰塘乡人。1997年毕业于思南师范,贵州省作家协会会员,发表诗歌、散文、小说多篇。

在故乡的土地穿行

冯泽军

一个人精神的最后归属地应该是故乡。

那些曾经熟悉的山水会让你倍感亲切，那些曾经熟识的身影会让你倍感温馨。很多时候当我们在异乡迷失了自己，会自觉与不自觉地回到故乡，回到自己精神的属地。去寻找土地上散发的温情，让乡村阳光的光芒照亮前行的路，然后收拾心情继续出发。

此时，我就在故乡的土地上穿行。

我是带着一身疲惫回到故乡的。我所居住的小城与故乡的直线距离不到五公里。但五公里之外的小城让我无法找到一种身份的认同。从地域上说它应该也是我的故乡，但我越来越感觉到我们之间存在着某种无法弥合的隔阂。我真正认同的故乡是一个叫大同岩的地方。一个承载了我所有童年时光的地方，一个让我一生无法绕过的地方。

我的精神的最后一块领地。

一、老　屋

很久以来就想写一篇有关老屋的文章，但每次拿起笔的时候我就感到一种沉重。况且这类文章实在写得太多了，题材的雷同，情感的雷同，让我每次动了念头又急切地放下。但是这一次我是如何也放不下手中的笔了。因为我就站在老屋的门前。

这是一栋老式的五柱四挂的房屋,看上去显得十分陈旧。与它周围的小洋楼比起来,它是那样的老气,甚至可以说破败。自从我父亲二十年前搬离了老屋,它就一直被闲置着。十年前当我真正意义上的离开故乡后就再也没有进去过。我与老屋之间有了一种若即若离的距离。屋顶上结着厚厚的蜘蛛网,瓦楞和椽子在岁月的风雨中腐朽了。这些都让我感觉到了它的孤独,它的衰老。这见证了我生命发端的老屋,孤零零地伫立在村子里,像一位饱经沧桑的老人。

三十年前,我在县城工作的祖父花了五百元钱从寨上袁姓族人手中买下这一房产,我的生命就不可避免的要与老屋联结起来。后来我父亲从祖父手中继承了这一房产,老屋便与我血肉相连了,我把这归结为缘分。

我是很相信缘分的。

虽然我没有任何的宗教信仰,但我始终认为把两个本来互不关联的物体和人事自然地融合在一起,除了缘分还可以用其他什么方式解释呢?就像我的出生就与老屋冥冥之中有了某种无法割舍的缘分。

一九七九年农历七月初七的中午,太阳像往常一样在大同岩的上空耀眼。一声清脆的啼哭打破了老屋的宁静。母亲痛苦而幸福地看着一个早产的孩子睡在她的身边,父亲则手忙脚乱地做着一些他从未经历过的事情。虽然在做着这些事情的时候他很羞涩,但是可以看出他在做这些事情的时候是那样的激动和满足。老屋里从此混杂了哭声、笑声,一个生命的到来给他增添了无限的活力和生气。

就这样,我生命中最无忧无虑的岁月留在了老屋。我的二弟、三弟相继出世。父亲刚好又新砌了一栋新房,生活的压力让我父亲曾一度动了卖掉老屋的念头,但每次与别人商议价格的时候总是无法让双方满意。老屋得以继续留存。后来一位略懂风水的朋友和我一起来到老屋,对我不住叮嘱说此屋无论如何也不可以卖掉。我把朋友的说辞讲与父亲听后,他一言不发地望着我。良久,拿起旁边的扫帚清扫起堆积的灰尘……

现在站在老屋的门口,我却无法迈进去,我知道这已经成为我心中某种精神的向往。就像当初我的祖父会毅然地回到故乡买下这栋房屋,让很多人感到不解,但他依然用自己的方式回应着人们异样的眼光。很多年后他的孙子站在这里终于明白了他的良苦用心,故乡才是人永远的心灵栖息地。

老屋依旧伫立，而我的梦却不再搁在乡村。我把这次回归当作一次出发，从老屋的石阶开始……

二、堰　　塘

堰塘只是一口小小的山塘，在村寨的东头。就像大同岩的一面小小的镜子，把所有的人情世故都吸纳其中。大同岩人这种包容的心态让他们心境明亮起来。

生活本来就需要一面镜子，我们需要它照亮别人，也明白自己。

如果山是一个地方的精神，那水就是一个地方的灵魂。大同岩一听这个名字你就知道山势雄伟，气度非凡了。那些匆匆流过的小溪就是这个地方的灵魂了。而堰塘把这些遍布山间的溪流汇聚一起，就好像灵魂有了依附。大同岩人能得山的精髓和水的灵性，实在是一件幸福的美事。

他们的快乐就是从堰塘开始的。

小时候一到夏天堰塘就热闹起来了。孩子们吃过早饭就聚集在一起比试水性。胆大的孩子把衣服裤子一挂，从围堰上一跃跳入水中，好长一段时间才从很远的水面钻出来，对着围堰上的人们做着各种鬼脸，然后挑逗其他孩子。扑通、扑通、扑通，孩子们赤条条地跳入水中，高高溅起的水花和笑声从堰塘开始，弥漫在大同岩的天空。稍小的孩子则在浅水区打水仗，寻找属于自己的快乐。也有调皮的孩子前来捣乱，他们把这些小孩引入深水区，然后放手离去，凫在不远的水面看热闹。大孩子欺负小孩子，大人们是不会太放在心上的，当然他们对犯错的孩子绝不护短。有一次，我和一些小孩在水里嬉戏，那时我连最简单的“狗刨骚”都不会，一个大男孩游过来把我拖入深水就跑，吓得我哇哇大哭。恰好这时我父亲路过这里，我原以为他会帮我扇那个孩子两个嘴巴，没想到他站在水边摇摇头，然后呵斥我不准再下水。就这样直到今天我依然不会游泳，被大同岩人戏称为“旱鸭子”。

很多时候我都在想，我性格里的这种懦弱和卑怯与自己的童年生活太密切相关了。我在深刻反思这个问题之后突然明白一个道理，暴力往往显示出来的是人的渺小和虚弱。倒是那些宽容的方式让人更加感动和佩服。

今年初夏的某个下午，我站在堰塘旁边。想看孩子们戏水，想寻找我儿时生活的真实片断,以抚慰我越来越疲惫的心灵。但是我失望了。曾经热闹的场面现在显得冷冷清清。孩子们远远地站着,我看见他们满是渴望的眼神。只有几个老人坐在水边迷茫地看着水面。我不解地问村人,他们指着乌黑的水面对我说:“谁还敢去凫澡!”我看见小小的堰塘上漂浮着许多死猪、死鸡、死耗子,还有其他一些让人觉得龌龊的东西。一种恶心的感觉涌了上来,我用手捂着自己的鼻子,不禁一阵心悸。大同岩的镜子不再明亮了。它和我到过的许多村寨一样,修起了很多小洋楼,表面上大家过上了富足的生活,其实人们很多的陋习还在不断地沿袭,并且越演越烈。更让我感到痛苦的是大家都还没有一种觉醒的意识,依然心安理得地破坏自己一直生活、并将继续依附的环境。

我惆怅地站在堰塘旁边,久久不愿离去!

三、操场上的阳光

我一直很感动于一缕阳光。

那缕1986年的阳光在秋天的下午落在了我的心头,让我借着它的光芒前进。很多年来我一直都在回味那个下午发生的点点滴滴。虽然随着时间的流逝,很多当时清晰的画面逐渐模糊,隐退在时间的背后,但我明显地感到那缕阳光在大同岩的上空是那样灿烂。于是,我把这缕1986年的阳光深深地珍藏。

我只记得那天下午我躲在父亲的身后。小学操场上有许多像我一样大小的孩子,他们有的在哭泣,眼泪和两条鼻涕在阳光下晶莹剔透,有的站在操场角落的桂花树下拉着父母的衣角不肯挪动脚步。其实,他们都和我一样在等着一个庄严的时刻,等着我们人生路上第一次接受别人的挑选。但是,我清楚地记得我没有紧张,我只是感到有点羞涩。之前我和操场上很多孩子一起在大同岩的山上放牛,那些健壮肥硕的牛在我们的招呼下很听话,他们在山上撒欢,我们就在山间的石缝里寻找我们的快乐。天将变暗的时候我们排着队把它们带回家,他们就乖乖地跟我们在身后。因为它们的鼻子里都有一条细细的绳子穿过。我们只要轻轻一拉缰绳,调皮的牛就埋下了高高的头颅。而现在听大人们说也要给我们“穿鼻子”了,心里肯定感到恐慌。但我听隔壁的一位姐姐说不是像牛一样从鼻孔里穿一条绳子,而是让我们到学校里读书,我就感到很高兴了,因为我喜欢读书。

年轻漂亮的女老师从教室里走出来了。我父亲把我从身后拉了出来，我记不清当时我父亲和她谈论了些什么，但她有时摇头有时点头，在摇头与点头之间她的脸在阳光下散发出诱人的光芒。然后我父亲把我左手举过头顶让我慢慢放下去摸右边的耳朵，我费了很大的劲才摸到右边的耳朵。女老师还是摇头，我不知道她摇头所要表达的意思，我只觉得这样好的天气应该不会让她的心情差到什么地方去。我随口说了一句“今天的阳光真明媚!”这句话是隔壁的那位姐姐在做语文作业造句时的一道题目，她做作业的时候我记住了这个句子。我只是随便说说而已，完全不知道在老师面前展示我聪明，况且我一直都谦虚地认为我不属于天赋出众的一类。老师惊讶地看着我，然后向我的父亲指指教室的门说：“进去吧!”

我就进去了。这些都是后来我的长辈们告诉我的，我知道可能有些夸大。但我一直觉得在学校里读书是一件很快乐的事情。所以那年年底的考试中老师居然发了一张漂亮的奖状给我，领奖的那天下午我感到很兴奋，拿着手里的奖状一路飞奔，我感到眼前有一缕阳光为我铺开了一条通途。

那缕秋天的阳光照着我一路前行。很多年后，当我回到老家看着我的侄儿在小学操场上飞奔，我就想起了1986年的阳光。我和我的朋友们谈论这缕明媚的阳光的时候他们都各自唏嘘。因为在我们每个人的心里都珍藏着同样的一缕阳光，都有着让我们感动和挂念的岁月。

1986年秋天的那缕阳光依然明媚。

无法拾起的米饭

冯泽军

首先听到的是金属坠落的声音，然后是孩子的哭声，继而看见的是落了满地冒着热气的米饭。在天气寒冷的冬天，我感到沉闷而压抑，感到来自米饭的重量。让本来沉重的心情显得更加无法平静。

事情的真实情况其实很简单。在我们到达这所学校的时候，学生刚好从教室冲出来，一窝蜂地奔向厨房，以最快的速度找到属于自己的饭盒，开始一天的午餐。一个奔撞的小男孩飞快地跑着，不小心把另一个男孩的饭盒撞落在地上，满满的一盒米饭散落在操场上。于是两个孩子扭打起来，其他孩子赶忙去叫老师，那个戴着眼镜，长得十分文静的女教师想强行把他们拉开，两个孩子相互拉着对方的衣服不肯松手，而且不约而同地哭了起来。这些孩子都是距学校几公里甚至更远的小学生，由于学校布局的调整，他们很小就离开了自己的父母和亲人到乡镇中心学校读书，开始体验一种漂泊的生活，一周只能回家一次，带回足够的粮食和菜。可以想象一个孱弱的身影在乡村山路上负重前行的情景。现在，中午饭被别人撞翻在地上，那个可怜的小男孩只能挨饿了，他拼尽全力想要从另一个孩子那里得到补偿，尽管面对一向害怕的老师也全然不顾了。毕竟，吃饭是人的基本需求和本能。所以当饥饿威胁到一个人的时候，再弱小的身影都会拼命地进行抗争和寻觅。

老师在为两个小男孩的纠纷进行调解。我看了看其他孩子的碗。他们的碗里没有什么菜，都是从家里炒来的一些咸菜或酸菜，油水在冬天凝结在一起，只能借助饭盒里饭的温度溶解。这些正处于发育时期的孩子每天的食物摄入却是如此的简单和潦草,使我想起了曾经在一所偏僻的乡村中学谋职的一件事,至今都还令人心寒。

和这些孩子一样,中学的孩子们也是每周回家一次带粮食和菜。他们在家把菜炒好后装入一些玻璃瓶内,放进自己的书包里背到学校。一天,一个女生因为下雨路滑不小心摔了一跤,把自己盛菜的玻璃瓶打碎了,油水浸进了书和作业本,或许是胆怯的缘故她不好意思向我说明情况,作业本交上来我批评了她。并让她重新做一次,当时她的眼泪就掉下来了。而我那时太年轻,全然没有顾及这些。后来,她在作文中说本来她准备请假回家重新带回一些咸菜,但由于怕就没敢请假,是同寝室的一位同学给她一罐辣椒让她度过了一个星期。后来我主动找到这位同学,向她表达了我的歉意。当时班上的学生以辣椒面当菜的很多,记得有一个男生连续一个月都吃辣椒面,后来连大便都解不出来。这些学生太艰难了,一个个都严重的营养不良,头发焦黄,皮肤干燥,我与现在的一些朋友讲起这件事时,大多数都把它当作一个笑话,于是,我不愿向人说及此事,让心酸深藏内心。谁都愿意幸福而快乐地活着。

冬天的风很快把孩子们的饭吹冷,但他们依然津津有味地吃着,我知道这是一种无奈。生活就是这样,很多时候我们无奈地活着,但还得装作若无其事的样子,尽量保持脸上无边的幸福笑容,面对着掉在地上无法拾拣起来的米饭,我只感到沉重。很多和我一样生活在小县城的人总是嚷着吃农家饭,说农家饭很好吃,其实他们哪里知道他们吃的农家饭是农民仅有的拿得出手的东西,这些东西平时辛勤的农民们都舍不得吃。事实上真让我们在农村生活,我们就不会有太高的幸福指数了。比如我始终都认为我是农民的儿子,这是不可更改的事实。但我却更喜欢生活在城市。或者说城市更让我有一种幸福感。

孩子们在操场上跳着、笑着。他们无法用文字表达内心的真切感受,但他们很快乐。这让我看到自己童年的影子。一碗米饭就足以感到幸福和满足。而现在我每天平庸地活着,在抱怨中虚度自己的生命,但面对这些无邪的面孔,我想,我应该满足了。

因为,知足常乐。

在故乡的土地穿行之五：风中的树

冯泽军

风从原野上吹过，院子里那棵老树上孤零零的几片叶子在寒风中簌簌发抖。

在瑟瑟的风中，我感受到了冬天的寒冷。

这棵曾经枝繁叶茂的树，在冬天的时候那些肥硕的叶子都离开了它，像长大的孩子远离了年迈的父母，这个时候不知道飘向了何方？剩下在风中飘摇的叶子是父母紧紧攥着的小小孩，不愿放手。风像一把锋利的刀子在冬天的原野里剥落了所有的绿意，也剥落了一个村庄的气息。我看不见一个人神情泰然地从村子里穿过。所有的人在冬天里都像被霜打一样的蔫了，他们此刻都偎在火边，不会在意一棵行将老去的树的感受。

一棵树有什么值得怀念的呢？包括那些留在记忆的往事都在风中散落。

或许树不需要记住什么，也无须忘怀什么。它只是作为树的形式站在风里，任凭时间的侵蚀，来完成它平淡的一生。它没有奢求，没有欲念，没有人的一切遥不可及的梦想，或者阴谋。站就站着吧，刮风了，下雨了，这个世界发生的一切与树何干？它早已把自己置身于风雨之外了。

我们小时候在树下嬉戏、游玩、捉迷藏，不会担心树会暴露我们的行踪和隐私。甚至有时候我们尿急了，掏出自己小小的东西朝着它酣畅淋漓起来，它也毫不在意。不会笑话我们，也不会指责我们。它保守了所有人和树的秘密，保守了一个村庄的秘密。

这些自然界中的树、野草、昆虫，才是我们至死不渝的挚友，才是我们的同盟。即使你有一段不可告人的勾当，你也不要担心它们会出卖你、会把所有的真相公之于众。它们只干自己的事情，不会东家长西家短的。但是，这棵树看着村子里一茬一茬的孩子长高，有了自己的孩子，有的已经和树一样老去。树替所有的人隐藏了很多秘不可宣的事情，自己只能在冬天的风中孤独地站立。

一棵树的孤独，是无人问津的。

我小时候最害怕一个人在黄昏的时候站在树下。因为，望着高高的树我总会有一些稀奇古怪的想法。比如我总担心有一天父母不要我了，把我送到很遥远的荒岛上。或许在某个赶集天被人贩卖到一个完全陌生的世界。那里的人们对我满怀敌意，从他们的眼里我看见了他们对于一个外来者的仇视和轻蔑，我看到了他们捍卫自己利益的凶狠眼光。然后，我会在他们奇怪的眼光中浑身疼痛。直到有一天，我对他们中的某一个人说，我的心中一直记住了一棵树，我会朝着那棵树的方向去找到我的故乡。我把所有寻找故乡的情节描述得很详细，设置了种种艰辛和困难。当我回到家乡的时候，我抱着那棵老树龟裂的躯干失声痛哭。那时我不知道这些奇怪的想法可以写成小说，只是觉得这一切让人感到痛彻心扉。

虽然，我少年时候那些荒唐的虚构没有在现实上演，但是我想，如果哪一天我真的在人群中走失了自己，在我潜意识里始终有一棵可以为我指明方向的树。

我已经把那棵树，深深地栽到了心里。

风，依旧保持着它的尖刻，保持着它特有的残忍。就让往事随风，说明了在忘却一些情愫时的决绝和果敢。但是，很多事情却是我们一直无法忘却的记忆。那些在风中远去的忧伤往事，那些在风中衰败的青春容颜，那些在风中飘零的孤独身影，让我们试图忘记一次，但却记住一生。只有一棵我们认为没有七情六欲的树，始终明白着一些人无法理解的浅显道理。它孤独地站在风中，像一位饱经沧桑的老人尝尽了世间的冷暖炎凉，面对所有的善恶美丑始终保持着不卑不亢的从容和大度。即使是十分顽劣的孩子，在它身上撒下一泡尿，它也装作毫不知情。

的确，在一棵树的眼里，每一个人都是它的孩子，它会平等的去爱他们，把自己的绿与树荫均等地给予每一个纳凉的人，它不会计较这个人是否曾经犯过错误，不会计较这个人是否曾经说过对树不敬的话。就像村子里的老人，不会计较孩子曾经的背叛和疏远。那些坚守在乡村的老人，他们始终相信远离泥土和故园的孩子,会在爱意浓浓的阳光下回归乡村,会在炊烟袅袅的黄昏里亲近故土。

很多时候,当我走近这棵树的时候,我的心里总有一种负罪的感觉,我每一次回到故乡的土地都是在赎罪。我一直为自己远离土地而感到耻辱。当我衣着光鲜地走在熙熙攘攘的城市的时候,我并没有一种心安理得的平静。土地才能给我提供生长所需要的养分。一个离开了土壤的人就会营养不良,就会发育不全,心智上就有许多无法弥补的缺陷。就像一棵离开了深厚土层的小树,怎么也无法高过故乡的天空。

所以,在我所有的身份标识中,都深深地镌刻着农民这两个最朴实的字眼。因为只有农民才会相信土地可以为自己提供源源不断的养分,才会珍惜身上的泥土气息,才会喜欢稻禾的清香。这清香的气息让我保持永不泯灭的良知,才会坚守在大地上,才会把一棵树栽在自己的心里。没有一个农民愿意把自己院子里的树遗弃。即使树早已枯朽、没有生命的迹象,无法为人提供诱人的果实,无法为人遮挡消暑的阴凉。他们会把这棵树小心地收拾起来,放在干燥的地方,让它不再经历日晒雨淋,给它一种起码的生命尊严。然后,在某个早晨或者黄昏的时候,当做柴薪放进炉灶之中,让树在生命的最后时刻依然展现出它的热烈和光亮,给这棵树一个完整的生命历程。也光照人的一生。

生与死,对于一棵树来说都是一样的平凡。

贫穷与富贵,对于一棵树来说都是一样的庸常。

高尚与卑贱,对于一棵树来说都是一样的微不足道。

所有的一切都会隐没在尘埃之中。从原野上吹来的风,只是一阵风而已。

让它吹吧!

冯泽军,男,苗族,1980年生于乌江之滨。贵州省作家协会会员,1999年7月毕业于思南师范,现供职于思南县委。

春天的第一场透雨

邓仕雄

春节刚过，四面起伏的山岭还顶着依稀的残雪，村里人就开始谋划做秧田的事了。若是能够尽早做好秧田，即便日后只是下些零星的小雨，也能积储在田里，就不必担忧该下稻种的时候秧田没水了。于是，村里人就念叨着盼望着这春天的第一场透雨了。

前些年月，这第一场透雨来得极早。刚过元宵节，往往大清早便从南山扯起了雨脚，哗啦啦的一路奔来，不一会儿地上便有了潺潺的涓流。村里人便披着蓑，戴着笠，扛上犁铧，赶着还沉迷在冬日的悠闲之中、显得有些慵懒的牛，走向雨雾迷茫的山野……故乡就坐落在一道狭窄的山弯里，村里人赖以生存的几亩薄田，就零零星星的或高或矮地散布在山坡上。

初春的风雨其实无异于冬日的霜雪，天地之间弥漫着彻骨的寒意。犁田的男人们，脱去棉鞋，褪掉布袜，撵着牛一起下了田。牛鞭轻扬，牛铃叮当，荒凉的山野便洋溢着无尽的生气。俄顷，犁田的男人终于禁受不住寒冷的侵袭，两股战战，沾满泥浆的腿红得就像刚从地里拔出的胡萝卜，又似乎更像他们胸中燃烧着的对于金秋的渴望。这时，他们便扯起有些沙哑的喉咙，唱起粗犷而野性的山歌。山上山下，蒙蒙雨雾之中，到处激荡着近乎嘶喊的歌声……仿佛蒙古民族的长调，虽有无尽苍凉，却又无比高亢。天地之间，因为这生命的壮歌而洋溢着温暖的春意。所有的山峦，所有的草木，都静默在沧桑的岁月里了。

有些年份，这春雨来得极迟，甚而在半夜里匆匆而来。村里人在忙碌一天之后,正沉睡在甜美的梦乡里,突然屋顶上噼里啪啦一阵急响,接着便有雨柱在屋前屋后敲击地面的声音。在如战鼓狂敲的雨声里,睡眼惺忪的村里人心急火燎地披衣起床,点上马灯,然后扛着犁,赶着牛,走向夜幕沉沉风狂雨骤的山野。远远的山坡上,那在女人手里挑着的用塑料薄膜蒙着的马灯,只透出朦胧的微光,在深沉的黑夜里就像一只昏花的老眼,确乎又像一颗闪耀着无限希望的明星。就在这尽管微弱却毕竟撕破了黑暗的微光里,村里人把疲惫甩进了黑夜,在雨中,在山野,耕耘着,忙碌着,直到乌黑的山脊上冒出第一缕曙光,直到已然干涸的稻田清水汪汪……年老多病的老人们,在这雨声里再不能安睡,也都披衣起床,坐在屋檐下,透过茫茫雨雾,遥望对面山坡上萤火虫一般来来去去的灯火,默默地等待黎明的到来。在成年累月的劳碌中,他们已然过早的苍老,虽然总想去山坡上帮着儿孙们做点什么,无奈体弱多病,爱莫能助。于是,当姗姗来迟的黎明,终于在东边的山岚上推开了黑夜的大门,晨光乍现,他们就开始点火煮饭,把鸡蛋腊肉之类家里最好的东西拿出来,做一顿最丰盛的早饭,然后用竹篮盛上,沿着狭窄而陡峭的山路,早早地给儿孙们送到山坡上去。

倘遇灾荒年月,村里人期盼的春天的第一场透雨,往往直到骄阳似火的夏季也还是迟迟不来。这期间,只是偶尔飘几丝如毛的细雨,却是远远不够做秧田所需的水量的。虽说村里人倒也因此免却了在寒冷中在黑夜里劳碌的种种辛苦,却不免要在更多的日子里承受焦愁的重压,以更艰难的劳作求取生存的所需。如果在黄连年,村里人就会吃尽草根树皮,甚至观音土,直到生命的最后一星光点熄灭在深陷的眼窝……据村里的老人们说,很久以前的某一年,村里的人差不多饿死了十之八九,却没有一个人去逃荒要饭,更没有人占山为寇,打家劫舍。一直以来,村里人的日子就如同山坡上随意而生的野草,只在岁月的风雨中自生自灭。得沾雨露,自然欣喜;然而日晒霜摧,渐次枯黄,甚至野火焚烧,化为灰烬,也无所谓痛苦与悲哀。在村里人看来,人世间所有的灾难,所有的生生死死,都是自然而然的事,就像野草有春天的嫩绿,就必然有秋天的枯黄和冬天的腐败一样。人生最要紧的,就是像草一样把根深深地扎进属于自己的那一方土地,把生命中所能拥有的每一点绿色都倾吐给世界!

似水流年,曾经不过十余户人家的荒村,如今已是几十户人家的山寨。四面高高矮矮的山峦,除了峭壁之外,都被挖成了荒地。绿色越发的稀少,雨水也越发的金贵了。村里人除了期盼之外,更添了几分无奈与忧伤。于是,人们在过春节的时候，那纸钱和清香的氤氲中，便多了更深的虔诚。遗憾的是，无论老人们怎样殷勤地焚香化纸，这第一场透雨总不能如期而至，他们忧郁的眼睛里便多了几许深沉的怀念。村里识字不多的年轻人，不顾长辈们的反对，都走出了山寨，成了都市里不免孤苦的流浪者。即便露宿街头，甚而乞讨为生，心里也还惦记着那片故土，也要为了家里人苦苦挣扎下去。只要有机会，再脏再苦再累的活也去干，一年之中，或多或少总能为家里寄回一点钱，略解家中的燃眉之急。于是，日子尽管艰难，村里人也还能在劳碌与期待中迎风送雨，苦度年华。无论如何，穷黄也好，苦难也罢，村里人的灵魂已经像草一样扎根于这片土地。哪怕天空不再有雨水洒落，哪怕生命的绿色将被饥饿挤干，也要化作尘灰，融入这宿命般不能割舍的土地！

大叔，你好吗

邓仕雄

冷雨敲窗的夜晚，在如泣如诉的秋声里，我又想起了大叔，落寞而忧伤的心境，多了几分沉重。

大叔就读于武汉高级军事后勤学院的时候，可谓风华正茂，意气风发。那时，我在家乡一所偏僻的小学教书，时常收到大叔的来信。他的信件一律用宣纸写成，行云流水般的行书，竖行排列，前后盖上一阴一阳两枚篆刻的印章，简直就是一件精美的艺术品，我至今珍藏。偶尔还会收到他的近照，一身戎装，英姿飒爽，眉宇间勃发一股豪迈之气，大有指点江山志得意满之慨！的确，大叔其时已是武汉书法家协会的会员，还经常在《长江日报》发表一些抒游子之情、咏英雄之志的美文，并且入了党，深得学院领导的赏识和器重。

一个阴雨连绵的日子，天地间迷雾愁惨。我跋涉数十里山路回了家。一进家门，母亲就有些沉痛地对我说，你大叔退学了，是两个带枪的教官送回来的。眼看只差半年就毕业了，你大爷爷气得当场吐血不止，都病倒半个多月了！我转身出屋去看望大爷爷。大叔不在家，大奶奶说犁田去了。大爷爷躺在床上，气喘不止，一脸沧桑与憔悴，早已失却了往常为大叔骄傲的红光，也不见了一直以来作为村长的那份威严。屋子里有些潮湿而阴暗，唯一的窗子也蒙上了一条大麻袋。我感觉十分压抑，劝慰几句，便匆忙作别。

晚上，我见到了大叔。他似乎并不如我预想的那样为此痛苦不堪，倒反过来劝慰我说，对于一个强者和智者而言，苦难与成就是成正比的。我得伤寒病住院，与精心护理我的护士有了爱情，结果一发而不可收拾，以至造成了今天的这种局面。这次，我是作为肄业处理的，学院领导们深表惋惜。唉，按佛家的说法，这段孽缘，注定只会结出苦果，我只能把它吞下去。狂热的爱情总让人变得没有理智，去做一些愚蠢的事情，我就因此连等待的耐心也失去了。不过，没有十磨九难，人是不能成大器的。“天生我材必有用”，你大叔的意志没有垮。我只是羞对父母，这对他们的伤害太大了。他们已然苍老的生命已经经不起绝望的重压了。说到这里，大叔的双眼有泪光在闪烁，而眼泪却终于忍住，没有掉下来。夜深人静，我辗转反侧，为大叔的境遇痛心。忽然，我听见了悠扬的笛声，知道是大叔在吹奏。读高中时，大叔在县城里遍访名师，吹得一手好竹笛。我听出那旋律是《十面埋伏》。这本是一首琵琶独奏名曲，大叔却用竹笛吹出，少了忧愤与杀气，多了高亢与清悠。我顿觉欣慰，大叔的确非等闲之辈，心志高远，襟怀坦荡。

时隔半年，大爷爷撒手西归。不瞑的双目，蓄满怨愤与伤情，死去半日，还有眼泪流出来。大叔在灵前长跪不起，已任泪水江河一般的流淌。他知道，自己的灵魂，将从此背负一个沉重的十字架，一辈子也别想卸下来。安葬了大爷爷，大叔带着一把故乡的泥土，踏上了浪迹天涯的羁旅。不久，我就收到了大叔的来信。这次却是用一般的信笺写成，字也很随意，只是叙述他自出家门以来所尝到的种种辛酸。还没到广州，他所有的证件连同仅有的几十元钱都被偷了。很久找不到工作，只好到小饭馆里找些残汤剩饭充饥，晚上则露宿街头，如有民警查夜，还得躲到桥洞里去。如果不曾有韩信钻人胯下，寄食漂母，终成大器的史实鼓舞他雄心不灭，他真想一死了之。听说海南将成为最大的特区，他打算千方百计也要到海南去。

两年后，我才收到大叔的信，又是用宣纸写成的。大叔说，他终于到了海南，而且站稳了脚跟，而今已是一家民营钛厂的分管销售的副厂长，月薪不菲。业余为周围的小店书写几幅广告，挣点外快，还说，日后发达了，一定资助我出版一本诗集，也让家乡父老走进诗歌的圣殿里去。我替大叔高兴——英雄终于有用武之地，这是古往今来的豪杰们最大的幸事！

在与大叔断断续续的通信联系中，时光也如山峦上的晓雾，悄无声息地远去了。大叔外出四年之后，第一次回老家，是来接他妹妹去海南的。我没有想到，大叔会跋涉几十里山路去学校看我，那是一个彩霞满天的黄昏，漫山遍野的枯草和石头，都涂满了亮丽的金色，大叔一身名牌西装，扎一条猩红色的领带，在乡村引来不少注视的目光。大叔要我找一家小镇上最好的饭馆,请我吃一顿。大叔叫饭馆老板有好菜尽管上,还特意要了一瓶瓷瓶装的乌江特曲。觥筹交错之中,大叔容光焕发,说他正在积攒一笔钱,打算三两年后,到国外去读书,争取弄个MBA,日后自家开公司,让家乡的读书人都到他的公司里去发展,也让都市人见识见识咱山里人的智慧和品质,就像当年朱元璋和他的那帮穷兄难弟一样,叫天下人都得刮目相看。那时那地,我对此并不怀疑,甚至想象着大叔坐在豪华的办公室里那份威严与儒雅。

后来接到大叔来信的时候,他已经置身于海口市一家简陋的私人诊所。大叔在信中说,他右边身子已完全瘫痪,医院确诊为脑偏瘫。在海口的一家大医院里医治月余,除了用去厂里补助的两万元之外,自己的积蓄也所剩无几,只好转到一家收费低廉的私人诊所继续治疗,如今只是能够勉强屈伸。恐怕这家诊所也不能再待下去,除了回老家,已是走投无路了。那年春节,大叔在他妹妹的护送之下回到了家里。一身风尘,瘦削的脸上爬满疲惫。只有那双已然深陷的眼睛,还依稀如炬如烛。

趁着大叔还能行走,大奶奶张罗着,匆忙之间,为大叔找了个一字不识的村姑结了婚。尽管大叔曾竭力反对,却终于在大奶奶的泪雨中垂下了头颅。婚后数月,由于得不到正常的治疗,大叔就瘫倒在病床上了。我去看望大叔,他已是骨瘦如柴。见到我时,大叔却笑了。对我说,上帝对我实在太好了,总把苦难作为最好的礼物送给我,想拒绝都拒绝不了。这次送的礼物更丰厚,让我成为一个废人,躺在这枯床之上,成了一家人的累赘。不过,我一定会好起来的,一定会!即使好不了,苦难也为我搭好了去天堂的梯子,那里会有天使做伴的。你不必为大叔担心什么。

人生沉浮。此后不久,我到了异地他乡的一所中学里任教,也就少有大叔的消息了。只是听说大叔要家里人买来银针,又四处求人借来关于针灸的书籍,自己扎针,自己开药方,历时一年多,竟然奇迹般地站了起来,还能拄着拐杖勉强行走。遗憾的是,大叔的病情,自此不再有任何好转,始终丢不开拐杖。迫于家人生计,他借款买了两套"哈慈五行针",一步一挪的翻山越岭,走村串寨,为乡亲们疗治一些常见病,换些薄酬,聊以度日……

窗外风雨依旧,间或有隐隐的犬吠鸡鸣。这风雨之夜,不知道大叔是否还能用残损的手,把《十面埋伏》吹走得那样高亢清悠?不知道他是否能够从风雨声里听见我的问候——大叔,你好吗?

独步黄昏

邓仕雄

也许是失意太多的缘故吧，心里总不能宁静。忧伤的心灵，形同乱石林立的荒坡，涂满了茫茫的灰色。日子也宛若浑浊的泪水，从久长的期待中爬过来，又在无边的失望里爬过去。于是，我开始迷恋黄昏，总喜欢在残烟落照中独自徘徊，在蒙蒙的暮色里找寻灵魂的栖息地。

时令既然是深秋，天地便弥漫着肃杀的寒意。虽然日悬西岭，洒下许多金光灿灿的余晖，照在人身上却没有丝毫的暖意。我独步蜿蜒于田野的马路上。渐次东移的夕晖，把我瘦瘦的身影拉得老长老长的，长得像迷惘的日子，像难舍的旧梦，像声声胡琴里总也倾诉不完的悲情。寂寞的天空，飘着些微云，支离破碎，颜色斑驳。不知是哪位仙女的衣裙，竟被撕裂成满天的碎片，在蓝得阴森森的背景上，演绎着残暴与罪恶的含义，昭示着美丽无情的毁灭。我不忍卒读，不愿去想象那位被摧残的仙姑，其血泪淋漓的惨状，尤其不愿把七仙女和织女牵涉其中，她们是何其真诚与善良！

四面高高的峰岭，远近矮矮的荒丘，都默不作语，似乎还沉睡在旧梦里。即便猎猎秋风如何千呼万唤，也不愿醒来。大大小小的山峦，也都灰蒙蒙的。林立的乱石之间，只有依稀的草色。极目苍山野岭，叫人不能不想起沙丘连绵的大沙漠，想起白骨横陈的古战场。我不知道这沉睡的群山，是在以永久的沉默显示大彻大悟的超然，还是在以无奈的沉睡逃避清醒和思想的痛苦？

远远的山寨，零零落落的青色的屋顶，飘起了丝丝缕缕的炊烟。淡淡的如同虚空,悠悠的就像迷梦,随即又如忧愁一样消融在苍茫的夕晖里了。这炊烟原本是生命的旗帜,但凡有炊烟飘扬的地方,就会有生命绵延不息。而我此时看来,那炊烟其实是一首朦胧的小诗,蕴蓄了太多的无奈与悲凉。如果说人生是一种等待,我们的人生又何尝不是像等待戈多一样的渺茫?!那飘荡的炊烟,恰如我们的生命,从一开始就不知道归宿何方,于是在茫然中等待,在等待中流浪,然后无声无息地消失……这一切,何其短暂,又何其沧桑!

独步黄昏,望断苍烟晚照,阅尽草色山光,只有伤情的风物,牵动忧郁的魂灵。有谁能敞开胸怀让我依靠,然后尽情地流泪,消释我心中的块垒?恍惚之间,颠沛流离的李清照迎面走来,苍颜白发,写满了寂寞与愁苦,她一路悲吟,"梧桐更兼细雨,到黄昏点点滴滴。"报国无门的辛弃疾踏歌而来,积满灰尘的衣衫爬满悲伤与忧愤,"落日楼头,断鸿声里,把吴钩看了,阑干拍遍,无人会,登临意!"背井离乡的马致远牵着一匹嶙峋的瘦马蹒跚而来,枯槁的双眼蓄满焦灼和困惑,怅然而歌"夕阳西下,断肠人在天涯"……我们越过岁月的荒原,在这黄昏不期而遇。同病相怜的我们,相拥而泣。落木萧萧,残花满地,我哭得痛快淋漓,仿佛此时才拥有了真实的生命。然而,这样的感觉正如同这样的黄昏,毕竟短暂得稍纵即逝。我仍然必须去面对漫长的黑夜,连同红尘喧嚣的白昼。我无处逃避,于是迷恋黄昏,把灵魂抛下深深的古井,啜饮井中的血泪,获取一时的麻醉。如此而已了,我的灵魂已无家可归……

夕晖褪尽,在大山的阴影中,暮色便有些灰暗而且沉重了。那些劳作了一天的山民,三三两两的,牵牛荷锄,沿着弯弯拐拐的阡陌,走向各自的家园。不知是哪位山民,扯起有些沙哑的喉咙,唱起了山歌。听不清山歌的内容,那歌声却仿佛鸣响不绝的河流,淌过我的心灵,激荡起天籁一般的回音。曾几何时,先民们在这荒蛮的山野燃起了第一缕炊烟。他们在重峦叠嶂与千沟万壑之间,茹毛饮血,刀耕火种,生生不息……从此,这里的岁月便有了颜色和感觉,有了代代传承的精神和文化。山歌成了最直接最方便的载体。

默默倾听不绝于耳的山歌,我想起了一代又一代的山民。他们在日复一日的劳碌中绷断了生命的绳索,只留下耕耘的田地和缠绵的山路,只留下没有墓碑的坟墓。他们或许曾在饥饿与疾病中痛苦,却不曾为生命的卑微与消亡而哀伤。活着,就永无止息地劳碌;死了,就心无牵挂地休息。他们无声地来,继而又无声地去。他们的心智无意于穷究生存的形式与意义,只化作血汗,融进土地里。如果时间确实有佛，那么他们就是真正的佛！他们超越了人生的迷惑，深入到生命的奥秘，为自己赢得了一片格外广阔的天地。我日日与佛同在，却兀自彷徨，困于物欲的压抑，囿于红尘的纷扰，让流泪的灵魂在虚妄的迷梦中苦苦挣扎，追寻迷幻的家园！这或许如昆德拉所说，是生命中不能承受的轻。事实上，生命无所谓轻重，一切意义都是我们赋予的。正如世间万物，其自生自灭，无非生命最自然的过程，文人墨客们，却总让它们或歌或哭，或哀或怨，不一而足。

走过蜿蜒的马路，走出黯淡的黄昏，一轮皓月，已然高悬在碧蓝纯净的天空，大地洒满了圣洁如霜的清辉……

邓仕雄，男，贵州思南人，曾任新星文学社社长，毕业后先从教、后从政，现为铜仁市委政策研究室副主任。

生命的航道

瞿爱红

对于一个在乡村长大的孩子，外面的世界无疑是神秘的，美好的，令人向往的。

小时候，经常与伙伴在跳皮筋的时候，唱那首童谣“坐船坐到思南，思南在开会，毛主席万万岁”。

思南，一个遥远而又亲切的地方，就这样走进了我童年的记忆。

冥冥中，十年后我的命运之航不知不觉的悄然驶向那里。

在思南师范的三年求学生涯是纯真的，难忘的。有撒满阳光的教室，静谧安宁的阅览室，有激动人心的春游，热血沸腾的运动会，也有朴实的同学，和善的老师。

特别难以忘怀的是每周一次的电影会餐，从学校到电影院的那条弯弯曲曲坑坑洼洼的街道，无论寒冬酷暑，刮风下雨，都能引导我们走向快乐的巅峰，那座朴素的电影院成了我们心中的天堂。少林寺，人生，苔丝，火烧圆明园，山本五十六，张铁匠的罗曼史等等。八十年代的小城，电影以它特有方式和魅力，开阔了我们的眼界，让我们认识人性的美善与丑恶，也让我们开始思考人生的真谛。那些经典的电影，像一缕阳光温暖着我们的心灵。

电影的魅力是梦想的魅力，但真实的人生永远需要我们清醒直接的面对。在乌江边，伸出手去捕捞着闪烁的青春岁月。我拼命阅读，用浅显的文字记录着我的成长轨迹。

转眼间，我已在这里度过了人生最美的花季。并且登上了人生最重要的一步台阶，那就是实现了我进大学的梦想。

四年以后的我怀着一颗感恩的心又回到水边的这座小城。一座大桥已赫然架在江上，“天堑变通途”，渡轮的日子终于结束了。

小城正焕发着勃勃生机，校园里也是欣欣向荣的景象。但此时的我心情却与它们极不相称，我的情感之舟第一次触上了冰山，那是心情最灰暗最无助的一段日子。幸好那时我还是五十几个孩子的班主任，整天把时间和精力全花在他们的身上。校园刚好开始大兴土木，两个还算宽阔的球场改成花园，师生一起挖土，植草，种树，栽花，这场轰轰烈烈的校园建设留下我们的汗水与欢笑。

就在极力遗忘与忙碌中，无意又收获了另一份情感，它是平淡而厚实的。慢慢地不知不觉走上了红地毯，伸出手去，牵住一段不了的情缘，把不可知的未来交给了另一只手。当第三只小手也搭在我们两手上时，感受到的不光是愉悦，更多的是沉重的责任。平凡而又琐碎的日子，有不满，有牢骚，有忍让，有宽容，细细咀嚼其中的甘甜与苦涩，平静地让水边的故事继续演绎下去。

校园生活永远是单纯的，自由的。校门前的两棵高大梧桐树下，成了我们生活不可缺少的乐园，是我们心灵休憩的沙滩。它是男教师的新闻发布中心，焦点访谈，体育纵横；它是女教师的美容沙龙，时装展台。春天，在这里尽收满园的五彩与芬芳；夏天，浓荫蔽日凉风习习；秋天，秋菊傲然鸟雀啾鸣；冬天，下雪打仗其乐融融。一年四季，每晚带着孩子校园一游成了我们每个小家庭的必修课。跨出校门，小城像章鱼一样，向空旷的高地伸出它长长的腕足。有五花八门的广告牌，有声嘶力竭的卡拉 OK 厅，游戏厅里是一张张或激动或疲惫的脸。无论是大酒店，还是小饭馆，无论是会议上的讨价还价，还是邻里之间的唇枪舌战，生活就像门前那条乌江河，起起伏伏，迂回往复，奔跑不停。

就在这种甜蜜而单调的生活里，我突然有一种想远离的想法，想放弃这条一眼能望到底的道路。也许，我们还可以去换一个环境试试自己的生存能力；也许，我们可以为孩子创造一个更好的成长环境；也许……尽管这里有太多的让我们留恋的人，有太多让我们回忆的事；尽管是这片土地给了我成长的土壤和力量；尽管走出这一步会很艰难；尽管以后的路会有更多更多的坎坷。但我想把握自己的心跳，倾听自己内在生命的呼声，去为自己寻找另一条航道，确定另一个流向。就这样，我选择了离开。走的时候，没有特别的悲伤，因为潜意识里，以为不过是去出差,还会回来。

当我住进了另一个城市,坐在拥挤的公共汽车上,走进一个陌生的单位,认识着陌生的新同事,心里装着几十个孩子的前途的时候。这时,我才意识到我已经远离过去的一切,我才感到自己对过去那块土地深深的眷念。

我知道这条航道已不能返回,以后,我还会经历许多冲撞和曲折,我得学会一切从头开始。

我相信:我的生命之河一定会走到一处开阔的谷地,去寻找一片浩渺的湖泊,过着丰富而宁静的日子。

走进大自然

瞿爱红

二十岁的时候，对四季的变化、时光的流逝毫不在乎，也许那时觉得年轻，年轻就是一种奢侈、一种享受，那种自以为是使我们轻慢万物，凡经历过的美景都如过眼烟云，随风飘散。在体验自然和生命的深广神秘时，我们只看到它们的欢愉、简单、天真的一面，却没有体验到它们的澄静、丰美、深刻。

记得去年带着孩子去外婆家，那正是烟花三月，田野里满是绿油油的麦苗，金黄色的油菜花，汽车在缤纷的色彩里奔行，近山青，远山黛，翠竹里面有人家，远处的桃花李花像一朵朵红霞白云，也许还有一些蝴蝶蜜蜂在花间忙碌，一层淡淡的炊烟弥漫在田间。孩子惊喜地叫道："妈妈，太美啦！那是哪个国家？"车里的人都忍俊不禁，那不过是一个普普通通的小镇。窗外的牛儿在山坡上悠闲地吃草，小牛依偎着大牛，孩子问；"妈妈，那大牛是小牛的爸爸还是妈妈？"我说那是牛妈妈，她又奇怪地问："小牛的爸爸到哪里去了呢？""牛爸爸下地干活去了。""我知道了，爸爸都是很辛苦的。"

孩子的话深深地印在我的心里，她满怀喜悦和爱怜注视着眼前的一切，让我感动和自惭。我们每天好像生活在一条狭窄的小河里，你拥我挤，匆匆忙忙，没有心情用眼睛看，用耳朵听，用心灵去感受。没有去注意草木的发芽、落叶的飘零、井上的绿苔、收割的庄稼。日子被生活压榨、为拼命地赚钱和无节制地挥霍，挥霍金钱，挥霍青春，挥霍生命。偶尔兴之所至，去一些名山大川、名胜古迹观赏旅游，到了那里，才叫一声："苦也"——人满为患，游客就像王府井大街上的人一样熙熙攘攘,摩肩接踵;自然风景在一天天被破坏,人工的痕迹却越来越重。

其实,我们哪里知道,真正的景,是那些人迹稀少的小径,是灿烂的野菊花,是连绵的秀峰,是树上的鸟鸣,是“明月松间照,清泉石上流”,是“绿树村边合,青山郭外斜”。记得郦道元在《水经注》中这样写道:“素湍绿潭,回清倒影。绝巘多生怪柏,悬泉瀑布,飞漱其间。清荣峻茂,良多趣味。”这种未经人类改变的自然才具有一种神奇的力量。古人说:“鸢飞戾天者,望峰息心;经纶世务者,窥谷忘返。”我觉得只有在真正静谧的大自然中,我们才能忘掉俗世的烦恼,开启心灵的窗户,倾听内心深处流淌的音乐,感受那春夏秋冬四季的嬗变。

在我们这个喧闹的小城里,没有什么有益的娱乐活动。每到周末,晴朗的日子我总会带着孩子去野外,漫步、嬉水、登山,去走纵横交错的田埂,去看峭壁上的青松,采狗尾巴草,吹蒲公英,捉蜻蜓,追蝴蝶,和那些农家孩子一起拣松果,耙落叶,有时也会去仔细观察牛角到底是长在牛耳朵前,还是长在牛耳朵后。也许她在这种不经意的游玩中会得到很多的童趣,他们的艺术感受和创造力就在这拥抱大自然的过程中长成。

而立之年的我,才知道如何细腻地观察大自然的种种变化,欣赏大自然的一幅幅奇妙美丽的画面,对万物产生至情至深的依恋和爱。我想,有了这份爱,我们才会真正用心去看,去听,去想,去生活。让我们时常看一看脚下的大地,望一望头顶的星空,那里会给我们不灭的智慧和精神。

(本文发表于2001年的《读写月报》,2003年又被南方出版社出版的《时文选萃》一书转载)

河流·船夫·号子

瞿爱红

读书的时候，看过俄国画家列宾的画《伏尔加纤夫》，画面上伏尔加河畔阳光酷烈，沙滩荒芜，景色荒凉，几个衣着褴褛的纤夫拉着货船，步子是那样沉重艰难，没有呻吟，没有哭泣，仿佛已被苦难压抑得喘不过气来，我的耳边似乎可以听到雄壮悲怆、压抑低沉的《伏尔加船夫曲》的回声。那时，我的心被这群忍受着肉体和精神双重痛苦的纤夫的命运所震撼了。

十几年来，这幅画在我的记忆里从没褪色，它还是那样深深的感染着我。当我有机会去接触在我身边一群活生生的乌江船工纤夫时，谛听他们嘹亮的号子声时，我有些惊喜，也有些诚惶诚恐……

那天，我们是坐船下去的，雨很大，风很紧，天地间一片烟雨蒙蒙，雨裹着风使劲往船舱里挤，使本来就狭小简陋的船舱更是一片凄惶，一片狼狈。两岸的景色被雨雾遮盖了，真有些雾里看花的感觉，朦胧，神秘。

在一个叫大溪口的地方靠了岸，岸边斜坡上是几座临时搭建的简陋的小屋。不一会工夫，就开饭了，那是一桌热腾腾的纯正的农家饭，洋芋炖猪脚，腊肉炒盐菜，豆腐拌辣椒，凉拌绿豆芽，芹菜炒肉丝，色香味俱全，真正的绿色食品。谈笑之间，我们便风卷残云般收拾了桌上的菜。另外一桌全是男人，他们豪放地喝着酒，不像往日那样端正肃穆，拘于礼俗，而是有了几分侠客那样的潇洒、意气、豪迈。

几位船夫冒雨陆续赶来，他们有些拘谨，但几杯酒下肚后，他们放松了，开朗了,也健谈起来。酒真是好东西,它是神送给我们人类最好的投入与解脱的方式,人们陶醉其中,就可以把深不可测的忧伤和漫无目的的喜悦全盘托出。酒不仅改变了水的形态,也改变了人的生存状态。从此,人们除了劳动、睡觉,繁衍外,还知道了什么叫“醉”,有了“醉”,才有了对生命和万物的崇拜,才有了对苦难的容忍,才有了眼前船夫的激情满怀,慷慨悲歌……

六位船工里,有两位是七十岁左右的老人,他们的性格反差极大。一位清瘦,背微驼,肤色黑里透红,脸上有一些小小的麻子,他的声音尖细而有穿透力,他是船长,做事专注、认真、执着,对从前的船工生活表现出极大的兴趣和热情。另一位老人脸方正,有些秃顶,一对耳朵很大,手指特长,面容慈祥,表情温顺,但他的性格坚韧、沉稳、不动声色,我想这位老人年轻时一定是有几分风度的。两位老人是主唱人物,一个掌船,一个扯船,一主一从,其余四位中年男子是喊号子的。二十多年前,他们在这条河上靠着柔韧而坚硬的背膊生活,脚下叠印出这条河的苦难史、搏斗史、开拓史。他们征服过这条神秘的大河,了解它的秘密,是一群可敬的长者。他们是一群完全不同于伏尔加的纤夫的船工,因为他们脸上不是灰色的、悲苦的、绝望的、麻木的表情,而是健康的、明朗的、平和的。

我们想听原汁原味的号子声,几位船工互相鼓励“就像在船上一样啊!”“好!”这时的激情由酒来迸发,由歌来张扬。船夫们常年被河风熏染,被河水浸透,被真爱驱使,他们想要唱出真正的号子,不是为了表演,而是一种释放,一种对往昔船工生活的追忆。

两位老人先唱起了上水号,嗨……吼……嘿……他们的号声节奏鲜明,声音质朴钝重,时高时低,时快时慢。我沉浸在那种原始、古朴、悲壮、苍凉的意境中。我仿佛看见那些赤裸上身的纤夫艰难、吃力地在河岸上行走,沙滩留下一串串深深的杂乱的脚印,阳光下他们古铜色的块块肌腱在起伏、在抖动……

平缓的河流他们的号声欢快、悠扬、婉转,偶尔遇到岸上的洗衣女,他们顿时变得挺拔伟岸,抖擞昂扬,尽展风流,河水因为与阳光相恋而激情飞扬,船工们紧张劳累的情绪也因为与洗衣女的打情骂俏得到缓解舒展。“金花银花我不爱,只爱情妹好人才。十朵莲花九朵开,还有一朵等郎来。”这时河流是他们的女人,是他们的朋友,是他们的父亲,温暖、亲近、慈祥。湍急的河流他们的号声高亢、激昂、磅礴,似乎在用整个生命与河水搏斗,汗水像盐一样溶于水中,倾盆大雨从天而降,号声变得急促有力,“大雨来了我不愁,蓑衣斗篷在后头,蓑衣还在棕树上,斗篷还在竹林头。”这时河流是他们的情敌，是他们的仇人，粗暴而无情。但这种搏斗却隐含一种发泄的快乐，一种强者的胜利。在船夫们热情的号声中，我倾听着他们对河流深沉的倾诉。河水流动着他们的喜怒哀乐，蓄满了他们的悲欢离合。河水因船夫的存在而生动、朝气；船夫因河水而变得坚强、奔放。河水，煽动着船夫征服的欲望；河水也表达着船夫征服的目的。

看着两位老船工苍老的面容，我想象着他们的人生，那肯定是我们难以体验的生命过程。在与河水九死一生的抗击搏斗之后，他们展示了一种自然平和的回归，一种真实平凡的生存状态：栽几棵树苗，种几茎绿苗，呷几口白酒，跟几个孙儿嬉戏。在理解和渗透了人世的奥秘之后，这难道不是一种最为深沉的幸福吗？一位老师忍不住好奇地向他们打听，在这条没有航标的河道上漂泊几十年，有没有过猎奇的艳遇，两位老人露出羞涩的样子。船长说：那时候，是毛主席的时代，没有那些事，我们肩上有伤，心里挂念着家，只希望家人有吃有穿。

是啊！那是一个纯真的年代。老人朴素而深刻的话使我突然想起朴树的歌：“有些故事还没讲完那就算了吧/那些心情在岁月中已经难辨真假/如今这里荒草丛生没有了鲜花/好在曾经拥有你们的春秋和冬夏/那片笑声让我想起我的那些花/在我生命的每个角落静静为我开着……”

其实，在生活这条河流中，我们每个人都是纤夫，在我们肩上扛着亲情、爱情、友情、家庭、事业，责任、义务使我们步履艰难，但它们又使我们获得人生最大的快乐和满足。人生就是“逆旅”，没有那么多的拱桥供我们悠闲轻松走过，我们不得不像纤夫一样“逆水行舟”，在岸上咀嚼生命的苦与乐、轻与重、得与失，在水声和星群里让眼睛放光，船拖得越远，看到的景象就越壮观越丰富，对幸福孜孜不倦的追求就更加坚定。

回来的路上，听着船上突突突的机器轰鸣，觉得是那样难以忍受，人类现代文明的噪音，与悲壮伤感的号声，我不知更喜欢哪一个？傍晚的河流与我一样陷入深深的思索中，但它更像一位睿智而博大的思想者，仿佛在思索东流而去的千古之程所负载的使命。

我钻出船舱，面对辽阔的江面，清风迎面扑来，两岸青山隐隐，白练条条。细雨，风声，水音，鸟啭，这是一曲多么和谐动听的交响曲。翠绿的山林，清亮的小溪，柔蓝的炊烟，可爱的小牛，飞翔的白鹭，这一切鲜活的生命，都因为水而灵动，而滋润,而成熟。我不再埋怨老天爷下个不停的雨,因为有了这些美丽的从天而降的精灵,才使我们的生命容光焕发,朝气蓬勃,才使我们的河流汹涌澎湃,生生不息。

(本文发表于2004年的《乌江文学》)

瞿爱红,女,新星文学社社员,毕业于思南师范后,保送进入贵州师范大学,毕业后任教于思南师范,后调入遵义,中学语文高级教师。

乌杨树的超越

李以盛

远远地看着你，是一棵四无倚傍的独树。因为不甘寂寞，你便以不屈的姿态向青天白云、向远山大莽、向滔滔乌江证明自己的真实存在。

你光秃的树干上只有少数青枝绿叶，其身斑驳、其枝苍枯。虽然无数次风吹雨打给你留下了风烛残年的印记，你却仍在向大自然展示着倔强的性格和顽强的生命力。劫难在即而不避不让，是已经对生命意识作出了彻底的洞察；面临绝境而义无反顾，是已经对生存方式进行了最高的选择。

在你前面是一条上千公里的高原河流，溶洞伏流和石灰岩质，大娄雄风和武陵逶迤使之谷深水急、险滩相接。涓涓细流汇成江河。在乌江流灌的 8.82 万平方公里的箱状谷地，彝族、回族、土家族、苗族、侗族、仡佬族融汇成几千年的生命长河。多少年来你为乌江水滋润繁衍的各民族长歌短哭，为他们的刀枪剑戟惋之惜之，婚丧嫁娶歌之泣之，仓廪丰实舞之蹈之。很多日子里的不同年龄的人们从迢迢之路敢来为你披红挂彩、顶礼膜拜，移情于斯而联类无穷，企求通过神与物游获得“超我”的升腾。正因为你四无依傍却又傲然挺立，才显得如此的超凡脱俗，才给人以从崇高的泛意。老朗吉驽斯如是说，崇高的东西“使理智惊诧，而使仅仅合情合理的东西黯然失色”。你正是这样，以自身持风挟雷的强力，如霆似电的气势摇撼着人们的全部心灵。于是人们在承认自身渺小的同时顿起无限景仰之情。如此，你才会成为乌江民族生命的图腾。你给人们展示的是：一种渴望征服的躁动，一种要实现自身价值的迫不及待。

春风吹动着你那几枝青翠的绿叶,似乎在诉说着那些久远而年青的故事。那时节你风华正茂、血气方刚,颇有望断天涯路的视野、伏虎屠龙的胆气、翻天覆地的决心。你手舞足蹈地为乌江里力挽狂澜的艄公呐喊助威,看艄公电火光石般的搏击,你曾生起过无数回狮吼虎啸般的豪情……往事不堪回首,一切都已悄然逝去。有时你脸上发出会心的微笑,因为你已品尝了人生的硕果;有时你挂起淡淡的哀愁,因为你正咀嚼难堪的记忆。经过无数年的挣扎,你明白前路只有消亡。但你认为那是一种决意挣脱羁绊的归途,一种"不自由毋宁死"的悲壮!你并未因了悟自然的更替而皈依天命。既然毁灭已注定则不抱任何幻想。因此,你直到死从容不迫反而消解死亡的恐惧。唯其如此,你才显出这般的洒脱和遒劲。

乌杨树,你早已了悟生命痛苦之本质。敢于正视挫折,于是获得了存在的永恒;敢于迎接劫难,于是完成了生命的超越!

爹的手

李以盛

我很幸运，爹撒手人寰的时候我陪伴着他，我紧紧地握着他的手，直到他的生命特征消逝，我也舍不得松开，企图用我的温暖使他的身体不会冰凉。

但爹还是撒手了，在2012年11月30日1点10分(壬辰年十月十七日丑时)。在爹生命的弥留之际我们陪在他身边和他说了好多话，他也一反常态，打破了他一生的沉默寡言、不苟言笑，兴奋地和我们交谈，但却超乎逻辑、漫无边际。似乎预感了生命的即逝。那一天我握着他的手说，我们父子俩来探讨下人生，问他，您这一生最满意的事是什么？他不言，只看着我们笑；我又问他，最遗憾的事是什么？他摇了摇头。问到他人生中一些比如结婚这样的关键的节点，他总是说，哪个记得清楚啦！其实爹就是这样一个简单的人，简单得连自己的身世也可忽略不计，只是在他死后我们才了解了个大概，从前来吊唁的一位小他七八岁的李世龙大叔那里。

爹的一生是在磨难中修行的一生。爹1926年冬月初三出生，从小随其父学习铧口手工铸造，少年时求学私塾，颂学六学诗书，十八岁时因父早逝，辍学继承祖业，到思南板桥马头山铸造铧口，成为远近闻名的铸铧好手。

1951年土改时，爹回到石阡中坝黄旌继续从事铧口手工业，1953—1958年应邀加入中坝手工业联社从事铧口手工铸造，是第一技术指导。生活困难时期，中坝成立综合机械厂，转入该厂指导铧口铸造。1963年中坝综合机械厂解散，回家务农，应邀参加村级集体副业铸铧小组。1983年成立自己的铧厂，直到

2001年,在我们的劝说下歇业。

我不知道,我出生的时候,爹是在屋外干着急呢,还是在床边陪在妈的身边,由于兄妹五人中只有我是在非闰年出生的,爹妈老是担心我在成长的过程中有什么闪失。据妈说,爹对我下手最"狠"的一次,是我三岁的时候,我未经大人同意,光着屁股在门前的河里洗澡,太阳落山,大人收工回家时,爹把我从河里"没商量"地拧了起来,并在我屁股上清脆地拍了一巴掌,那手掌印啊,五个手指清晰可见,妈说好几天才散。

但我真正感受到爹那大手的粗糙而刚劲是在上初中的一个暑假,那天艳阳高照,爹带着我去看他出嫁到很远的地方的妹妹,攀过一座山,下到山脚要趟过一条小河,往常小河河道宽阔,河水过膝,但这回河道变窄,河水没顶。爹不会游泳,我先顶着行李凫水到对岸试探水深,然后再来牵爹过河。我和爹"踩水"到河中间,水没过了爹的头顶,我拼命地向河对岸拽,也不知是爹牵着我的手,还是我牵着爹的手,上岸时爹淡淡地说"回去时我们走那边吧"。我知道爹说的那边在这条河的下游,河上有桥,但要绕好远的路。

是的,人生之路何尝不然。爹1949年9月19日娶中坝河东卓公礼举之女为妻,生育四男二女。其中一子夭折,三子二女成人。在那个唯成分论的时代,作为一家之主承受的重压可想而知。爹是地主,自然我们就成了地主崽仔。群众大会他不能参加,电影队来放电影儿,他不能观看。而作为他的孩子,我们总是在妈妈的叮嘱下活得小小心心。在我的眼里他的腰佝偻了,但是他并没有在"打倒地富反坏右"的口号和标语声中泯灭生活的信念。

爹被蛇咬那年,弟弟还未出生。下午收工时,爹顺路去了一次寨子边上的红苕坑,在红苕坑里他的手被什么东西蜇了一下,当时只见两个红褐色的小牙眼。到了晚上手肿得像大腿一样,人事不知。只记得当时全寨子的人都围在我家院子里,一些德高望重的人在爹的房间进进出出,天不见亮时,爹被抬出了家门,送去了县城医院,等我们再次见到爹的时候,已经是一个多月以后了,爹的那只手还在,但不灵光了,我牵他那只手,他的手少有知觉,揉捏他的手指,发现手指僵硬不能伸直。我的目光顺着手臂往上,只见手臂上方有两根深深的捆绑的印记,妈说是那晚寨邻们用头发绳捆扎时留下的——据说被蛇咬后用发绳捆扎可以隔毒。

爹回家后仍然一如既往地勤劳着,带着我们上山砍柴、进山烧炭、下地干活。

在煤油灯下、在我们写作业的时候，他也偶尔摇头晃脑地将屈原的《涉江》、司马迁的《鸿门宴》、韩愈《师说》和荀况的《劝学》等古诗文很熟稔地唱读出来，那么投入，那么忘我。也许是屈原的执着，司马迁的坚韧，韩愈的哲学思辨坚定了他对生活的信念。正是这份信念，使他从未放弃对我们学习上的严格要求，大哥当年考上了县一中，却因为是地主的儿子而被那场“史无前例”的大革命拒之一中门外，爹没有怪谁，而是想方设法将大哥送进了农中。明知当时“学而无用”，却长期坚持要我练好毛笔字和钢笔字，从不放松我们学习和做人上的要求，还时不时地布置一些古诗要我背诵。

现在，我们在各自的岗位上敬心敬业地工作，在爹妈去世前，我们带着孩子常去看望他们。离开时爹总要送到大门外，没有挥手。当女儿向他道别“爷爷，我们走了，您回吧”！每次我都会看见他那专注而深情的目光，像无数双深沉而遒劲的手紧紧将我们拥抱！

那目光，我常常在梦中想起。

李以盛，男，1965年出生，贵州石阡人，现任铜仁幼儿师范高等专科学校副校长，教授。

文学思南，这一季的忧伤

张子勇

一

对于关心思南文化的人，2010年的这个季节，注定要人言纷纷、话题难已。

就在这个夏秋相交的季节，有三个或老或少的人不期而遇，他们用自己生命的终结，为思南近来显得有些沉寂的文化写了一行可圈可点的字、谱了一首可歌可哀的诗。

他们三人，有老有小。老者是郭登敖，活到了105岁的人瑞之年；小的是毛头小子安然，刚满24岁的青春年华；而我唯一认识并熟悉的，是退休不久的才刚60出头的许义明大哥，众人口中的“许伯伯”。

俗话说：黄泉路上无老少。他们的年龄，差距是如此巨大，最长者比长者大四十来岁，而长者比最小者又大了约四十岁。但他们都在这个不冷不热的夏秋交替时节，或先或后地停止心脏的跳动，不约而同地向着另一个陌生的世界奔去。也许吧，这是上一世所结下的缘。

梳理手指间流逝的时光，我离开乌江边这座山城已经有些年月了，对于家乡的人事变迁，消息来源不是或断或续的道听途说，就是出自互联网上那些经过修饰的字和句。

他们三人的死讯，我是首先在网络上看到的。第一个通知我这个身在异地的家乡人的，都是那由同样在外的家乡人所办的《思南家园网》。

二

第一个噩耗是在突降暴雨的8月25日。

当天晚上，思南县城道路积水成灾，一位女教师不慎被路灯电杆的漏电击中倒地，24岁的青年安然恰好开车送人路过，在停车施救过程中，这位面带微笑的阳光男孩不慎触电，永远地倒在了暴雨中。

我认识英雄男孩的父亲，虽然交往极少，但对这位乌江作家一直敬佩，这倒不是因为他那教书育人的职业，也不是因为他那经营有年、小有斩获的广告公司，让我欣赏有加、羡慕不已的是他那些文字优雅、情感细腻、语言精练的锦绣文章。家中简陋的书架上摆满了书，其中约有百十本的作者是铜仁地区各县的人，屋头只有小学文化的老人偶尔也会去随便翻翻，一天她突然对我说：这本书写得好。我拿过来一看，正是《行吟乌江》。这一刻，我突然明白了好文章的标准，为什么古人说："但有井水处，皆能歌柳词"。

24岁的青年安然子承父业，接手父亲的"1＋1"广告公司已经数年，经济效益正逐年递增。小伙子刚开始大展鹏程，却又突然撒手离去，完成了从顽皮少年到英雄青年的化蛹成蝶，其见义勇为的壮举感天动地、可歌可泣。青年英雄的父亲正值能文能商、有位有为的年岁，已经是思南文化界的代表性人物，其中年丧子、悲不胜悲的惨痛情怀，自然让众多的思南文化人感同身受、黯然神伤。正如许义明的题词：惊天霹雳年少风华舍身大义，动地哀歌心清气正忘我精神。思南文化界人士纷纷作文赋诗、填词对句，歌颂逝者、安慰生者，那些白纸上、网页上、博客上的诗词一下子成为思南山城的文化风景。

三

第二、三个噩耗都是在9月底不期而至。

先是9月22日有人在"思南家园网"上说，许义明昨晚病了，突发脑溢血住院。我心里清楚此病的凶险，对此很吃了一惊。转天，网上消息说已送遵义医学院。很快，9月27日又传出消息，说许君已于当天病逝。

从发病到逝去，前后不过短短几天工夫。我不知道，这几天中间，他是否苏醒过，是否留有遗嘱，是否还有遗憾。但我知道，对于思南文化界来说，他骤然离去所留下的空白，恐怕短时间内很难弥补。

从家庭来说，我家与许家可以说是世交，特别是哥哥们与许家兄弟有数十年的情谊，来往频繁。但比较悬殊的年龄，使那些往来显得与我无关。我与许义明真正的交往是在2000年，当年，思南成立了民间组织——县诗词楹联学会，许义明以其能官能民、能诗能书、为人随和、诙谐风趣的独特风范赢得了一大帮子文人的认可，当选为会长。可能是考虑到红色娘子军也要党代表，而学会当时的会员以老年人为主，四十岁以下的年轻人不多，为了培养后续力量，就把学无所成、喜欢滥竽充数的我选为秘书长。几位副秘书长，除了我的同学凉草鞋外，其他也全是老同志。

此后，我与许义明就有了许多学会工作上的接触，慢慢地对许有了了解。其渊博的学识、诙谐的谈吐、雄健精奇的诗词、飘逸俊秀的书法让我钦佩不已。但是，最让我佩服的，是他善于团结人的气度和能力。自古“文人相轻”，在诗词楹联学会这样一个民间组织里，文人多而且老，脾气均有点傲有点倔，要团结他们很不容易。但是，许义明成功地团结了这一帮子人和谐相处，把个学会组织得风生水起，刊物《乌江流韵》一办就是十年。同时，他参与倡议、发动成立了县书法美术协会、收藏协会、乌江印社、老年书画研究会，均被推选为主席、会长，还有着全国、省、地多个文化团体理事、会员等众多头衔。这些民间职务的共同认可，注释了他在思南文化界的影响力。这一点，不是靠他曾经担任过思南县文化局长、建设局长的官身，也不是靠他长袖善舞、能化缘找钱出书的本事。靠的是什么？是他“言行如一，表里如一”的“两如楼”人品精神，是他与人为善而不偏私，多才多艺而不自傲的人格魅力。

可惜的是，他的本事我没有学到。不两年，我很快就调动走了，“凉草鞋”不久也去读硕士博士。此后，思南的人和事于我如浮云渐渐远去。

忽一日，许义明的《两如楼词笺》出版了，送我的签字本很快就转到了手里。一书在握，墨香透纸，沁人心脾。我对人说：那么多好作品，怎么只选了这么点？去年某日回思南，在一兄长家再次见到他，一身唐装，满脸阳光，依旧谈笑宴宴，交友抽烟搓麻概不耽误。唯大智慧能本色，是真名士自风流。交谈中，他提到了对自己收藏的那些文化宝贝命运的担忧，说正在准备回老家许家坝修建一个博物馆，以便把那些字画文物找个安身之处。我劝他说，这个博物馆建成后定将成为一道风景，从长远看，还是选点在县城为好，建在中学旁边，一来许家坝较偏，观众面较窄，文化氛围较淡；二来年纪渐大，家居思南，建馆许家坝，管理生活都不方便；三来子女对此如不感兴趣，一旦百年后可交由学校管理，继续发挥效益。他说：你这个建议很好，值得考虑。谁料，在这个心愿还未及完成的时候，刚刚退休一两年，平时身体看起来很好的他，就躺下再不起来了。

他这一走，留给子女、兄弟、亲戚们的，是无尽的哀痛、悲伤，留给思南文友、文化的，却还有难以填补的空白、遗憾。对于他的诗词文章、书法文物，也许还有思南文人在某一方面能够青出于蓝，但恐怕难找像他那样用自己豁达乐观的性格、团结聚人的风范来服众的文化领军人物了。他这一走，不知他的那些字画、文物宝贝的命运将会怎样？他的弟弟们都是有所成就的文化人，虽然是在外开花散叶，想来定会给它们一个暂时的栖身之地吧。

四

在许义明病倒后的 9 月 25 日，“思南家园网”又传来了郭登敖先生于 9 月 23 日在美国去世的消息。

郭登敖生于 1905 年，思南县兴隆乡人。他很早就离开家乡，由于时间和地域的阻隔，这个消息并不引人注意。不过，他虽然不在思南江湖，但他绝对是思南人在江湖中的一个传奇。

他这一生，可谓是历经沧桑，看过了清帝退位、民国登台、抗日驱倭、台海对峙、国共和谈、两岸包机。同时，他也做到了鹏程万里，在思南、在大陆、在台湾、在美国。12 岁时，他从思南小学毕业，告别故土敖家湾，徒步前往贵阳师范读书，学成毕业后，再次徒步远赴北平，就读于燕京大学。毕业后，他先后在北京商业高中与北京六中任校长，并长期担任国民党政权的各种职务，1948 年，他以职业团体身份被选为第一届立法委员直至 1990 年 11 月辞职，1976 年 11 月起被聘为国民党第十一至第十四届中央评议委员。

让人啧啧称赞的，是他手不释卷，勤学不辍，著述不停。抗日战争期间，他在重庆主办《千字报》《贵州建设月报》等，积极宣传抗日。退居台湾和美国后，先后著有《近代议事学》《各国议事制度之比较》《民权初步之研究》《议事法则大纲》

《鸦片烟之战》《太平天国之战》《中日第一次战争》《辛亥革命》《中日第二次战争》，以及中英文版《中国通史故事》等，特别是他102岁时仍出版新著，被视为奇迹。

这样一位远居海外的人物，我当然无福得见，他的那些皇皇巨著，我也无缘得读。我所认识的，只是他在思南的侄女、侄孙辈们。

今天，他情系乌江、热心桑梓文化的事迹已经少有人知了。

1987年，思乡情重的郭登敖已经82岁高龄，他在台北参与发起并成立了“思南旅台同乡联谊会”，由曾天曙将军任会长，成员包括曾任台湾贵州同乡会会长、台北贵州同乡会理事长的饶德俊将军等旅居台湾的200多位思南县籍人士。此后，不管是在台湾，还是在美国，他都一直心系家乡。一次，他与曾将军共同发起捐资修建思南图书馆。1990年春、1991年春，“思南旅台同乡联谊会捐助县立图书馆整建专款管理委员会”先后两次收到45位思南旅台同乡捐赠美金共26 255美元(折合人民币157 530元)，保证了当时全省最漂亮的县城图书馆于1992年5月在思南顺利竣工。还有一次，他响应重建县城中天塔倡议，发动40位旅台同乡捐资美金6 053元、人民币8 100元。这两次活动中，郭登敖都率先垂范，分别捐赠了美金4 000元和1 000元，为思南文化发展、县城古迹恢复贡献了力量。而捐款的时候，他离开家乡四十多年，已经从台北移居华盛顿生活了。

身为贵州高原走出去的汉子、最后一位辞世的“中华民国”首届立法委员，郭登敖始终情系故土，心念统一，被“台独分子”目为“统派大佬”，多次进行攻击。政见有别，党同伐异，成为郭登敖最终移居美国的重要原因。

“城上高塔接大荒，海天愁思正茫茫”“若为化得身千亿，散上峰头望故乡”。时间又过去了近20年，思南图书馆已经推倒重建，只有美丽的中天塔还矗立在椅子山巅，见证着台胞们那浓浓的爱乡之情。背井离乡60多年的岁月转瞬即逝，他们不管个人生活状况怎么样，大都是绿叶成荫子满枝，早已子生孙、孙又生子了。郭登敖生有4子2女，四世同堂共有50人，分别居住在美国和澳大利亚，有博士学位者19人，是世界上少有的博士之家。其中，儿子郭子斯博士、女儿郭子文博士曾于2003年代表父亲回乡探亲。

沧海桑田，虚为云烟。郭登敖的逝去，揭示了从乌江古城出发的老一代旅台思南人不可逆转的一一凋零。当这些老一辈人故去后，不知道他们的后人是否还记得，先辈在这一方故土的根？记得也好，不记得也罢，那些往事之外的往事，注定将随那流水浪淘风簸远去。

五

相对于那日夜奔流不息的浩浩乌江水，那一页页色彩斑斓的思南文化发展史，他们三个人的年龄不管有多大，生命的历程都是短暂的。但他们对这个世界都充满了爱心，以深刻的内容充实生活的一个个瞬间，无限地延长了自己的生命。

他们告别这个世界的方式，或勇敢，或突然，或安详。小伙子安然以文养商，却不为铜板而消减浩然正气，临险境而忘我舍身，平凡人做出了不平凡的事；老大哥许义明以文会友，德艺双馨、团结容人却又和而不同、个性鲜明，为培育本土人才、研究民族文明、宣传思南文化，做了许多提携、挖掘、创作工作；老先生郭登敖以文写心，少小离家而乡情不改，身居高位而笔耕不辍，历尽劫波而爱国之心依旧，谱写了一曲生命的传奇之歌。

陶潜说："亲戚或余悲，他人亦已歌，死去何所道，托体同山阿。"如今，他们离开了这个世界，但他们的精神却令人难忘。在他们身上，安然的见义勇为，体现了对他人生命价值的高度尊重；许义明的和谐聚人，体现了对地域文化发展的勇于担当；郭登敖的爱国爱乡，体现了对民族传承使命的忠诚情怀。在家人的悲伤之外，他们用爱心、用生命，为思南文化写下了三个大字：一个是"义"，一个是"和"，一个是"忠"，给我们以无尽的启迪和力量。

他们生命的灿烂之花，应该赢得家乡人的尊敬和怀念。

愿他们躯体虽逝，而精神不灭。

张子勇，男，现任铜仁幼儿师范高等专科学校宣传部长。著有《乌江流域实现中国梦的路径研究》等。

华初叔

张　进

矮小驼背的华初叔，脸庞瘦削，一顶帽子夏日里也不敢揭下来。华初叔在童年时与伙伴玩耍，不慎被推到井里，幸亏大人捞得及时，命是保住了，却落下这终生的哮喘病，每当发病的时候，满寨人都听得见他痛苦的咳嗽和呻吟。因为有病，干不成活，没有哪个姑娘肯嫁给他。30 多岁还是一条光棍儿，他和年迈的父母住在一起，日子过得很难。

有这不幸的遭遇，华初叔自然很迷信，相信因果报应，相信鬼神的存在。我那时常挤在大人堆里，听他讲他几次和鬼相遇的恐怖的事情。有一回，天黑了还不见他牵牛回家，我和寨人都满山去找，原来他一人在一座坟茔周围转圈。寨人说，他又被鬼牵了。为了驱除病魔和野鬼，他家常常偷偷请巫师来打整跳神，堂屋里大门上因而总贴着神秘的黄纸，那上面绘有奇怪的字符。华初叔似乎带着一种对前世恶行进行赎罪的心理生活着。

病情稍轻的季节，他就坐在木楼上编竹器——晒垫，茅盖，簸箕，背篼……赶场的时候，由他父亲背去乡场上，卖了补贴家用，买盐巴煤油，买中药西药。

那时，谁家需个什么竹器，给他讲一声就成，不两天，他义务编好就送来了。更多的时候，是他给寨里的男性剃头，从剃婴儿的胎毛至为八旬的死者修面，尽义务而已，从没人想到该给他一分一角报酬。天气晴朗的日子，寨人便钻进他满是草药腥气的屋里请他剃头，通常能见到他缩成一团偎在火边，药罐在火塘里发出吱吱的声响。华初叔在锅里烧了热水，给老汉们洗头，并抹上肥皂沫，随着剃刀嚓嚓的脆响，一个青皮脑袋就呈现出来。由于刀子用了多年，已不显锐利，常有给脑袋划几道血口的时候，而年轻人的平头，也常被埋发推子拔了几缕头发。

华初叔除开吃中草药，有时也得打针剂，大队赤脚医生隔我们寨很远，不可能天天跑来给他治病，他照着镜子学会了自己在自己屁股上扎针。自此，寨人有了病，买了药也请他打。夜里，他常常燃了葵花秆，照着脚下的田坎，带着自家掏钱买的酒精、注射器去给寨人打针。深夜，当病家送他出门，听他喘息着，一团光亮慢慢在寨当门远远的田坎上移动，总是深深地为他叹息，说他是在行善。

华初叔为寨人做了许多好事，从没和谁红过脸吵过架，寨人对他都非常敬重，汉子们夜里无事时，常到他屋里陪他玩，摆龙门阵，他则在火塘里煨一罐浓浓的苦茶招待大家，把一份单调的日子从容打发。但我分明也感觉到他无言的孤独。春耕忙忙的白天，寨人出工去了，寨子里悄无声息，他独自弯着腰，坐在晒坝正中的板凳上，让晚春的太阳久久地烤着，一动不动地反复研读只有几页的薄薄的农村历书，这是山寨唯一可找到的书了。月明星稀的深夜，万籁俱寂，仿佛听得见光洒向山寨的喳喳声响，他孤身一人在木楼上拉二胡排解寂寞。"浏阳河弯过了几道弯，几十里水路到湘江，江边出了个什么人，他领导人民解放。"一曲那个年代唱遍全国的《浏阳河》，被他拉得如水一样的深情，该是融进了他的多少向往与希冀啊！寨人夜里醒来，凝神静听，麻木的感情像被电击一样得到复苏，都感到莫名的酸楚与悲伤，联想自己的卑微与艰难，同情的泪水禁不住流满脸面。

他病逝时才30来岁。寨人把他埋在凹上赶场大路的旁边。寨人赶场归来，就在他坟前的黄连树下，放下沉重的背篼，坐在墓碑前的草坪上歇歇脚，潜意识里也有给他做伴的意思，就如当年在他火塘边一样。

华初叔坟前的青草绿了又黄，黄了又绿，华初叔的话题却是一如既往地挂在寨人嘴上。华初叔，倘若这个世上真有灵魂存在，我想，凭你的苦难，你的善举，你的虔诚，不管他前世有何罪孽，你的归宿一定是在幸福的天堂。对么？

白鹭白鹭，在河之洲

张　进

两千年前，黔东北纯蓝天幕上的一只白鹭，正优雅地盘旋在乌江之上，越过峡谷，越过山峦，突然，它发现了一片乌江中的沙洲。

谁也没料，它的落脚，成了一个历史时刻：和黄河那边的“雎鸠”相比，一定更先落脚于沙洲之上。正是有了这份光荣，乌江河中的这块沙洲，得以命名曰“白鹭洲”。

如果硬要考证起来，在它之后，那只著名的“雎鸠”，虽然也踏上了黄河边的一块沙洲，且仪式隆重，载歌载舞，高唱“关关”，并被多事的记者写进《诗经》，却似乎永远失去了以其足迹为洲命名的机会。

就这样，总是偏爱思南的滔滔乌江，赐予了这座山城一块诗意般的沙洲，赐予了乌江一个独特的节日，古郡之地自此有了诗意，绵绵文脉一直流淌至今。

地处思南城北的这块沙洲，是上万年前就开始等待这只白鹭的。那时，从夜郎深处奔涌南来的江水，裹挟着云贵高原的石块和泥沙，撞急流，穿峡谷，浪涛汹涌，浩浩荡荡，来到黔东的这座山城，终于有了一个歇脚的地方，暂时平缓的水势，因河床磐石的挽留，石块和泥沙得以堆积下来，垒成了约二百米长的沙洲。

千百年过去了，千百年来泛滥的江涛，都没能冲毁这沙洲。它如一艘硕大的船，卧在乌江的江心，绿波之中，任芳草萋萋，卵石密布，闲看身边的船来船往，两岸草房瓦舍的聚落，静听江涛森森，船歌苍凉，鸡犬相闻。

千百年来，因为江水的阻遏，一年四季，少有人上洲，虽说打渔人上洲方便，但每天为生计奔波，大约也没闲心上去游玩。大多数日子，白鹭洲上，芳草缤纷，野花绽放，难得有人踏足。即使有渔船天天从洲旁过路，但渔人要谋生计，怕也没闲心上洲游玩，只有白鹭独鸣，寂寞难当。

白鹭独占芳洲，白鹭洲也因此成为白鹭的乐土。春夏秋冬，江水之上，峡谷之间，三五只或三五十只白鹭，如音符一样飞翔。

有人说，只要人接触到了的东西，就有了文化的含义。

不知从哪个朝代开始，每年正月十五这天，山城万人空巷，男女老幼全都走出家门，乘船上沙洲。道光《思南府续志》就这样记载："于焉嘉客，或驾扁舟，或着游屐，或携壶酒，或招群，或呼子，或行行，或止止，或铺歌席，或观怒涛，或采纹石。"

这一天，白鹭洲上，万人云集，摩肩接踵，踏青嬉戏。正月十五的白鹭洲之游，成为本地土著人过春节必不可少的仪式，已是春节节庆的高潮。近年来，强调非物质文化的概念，有好事者，便把这一风俗命名为"上元沙洲节"，算是有了一个文化意义上的名分。

我一直固执地认为，这个独特的民俗，一定有着深厚的历史渊源，兴许还可追溯到比周代更久远的时光。

从思南人正月十五游沙洲的习俗，这一人类文化学的线索，我是不是可以推导出，那只"嘎嘎"欢唱的白鹭，一定是在2000年前某月的十五那天，用那双竹竿一般高的脚枝，安然触摸白鹭洲那片卵石、青草？

也许，看见白鹭飞临乌江中这片古洲的那个人，没能像周朝的采诗官那样，记录下这一历史性时刻。或许，他也作了记录，但这份档案已毁于战火，因而，我们今天就没能依据古籍，核算它有几千年的历史。但是，意象深厚，文脉相传，至少在郡人明清两朝留下的古诗中，已经有了白鹭洲迷人的身影。

把白鹭洲之游当文化活动进行消费的，当然是城里的文人雅士们。

文人们借洲抒情，写下了大量的诗句，其中一部分，还被收录进《思南府志》里，白鹭洲不再为白鹭独占。

白鹭洲的北头是一个急滩，因岸边有酷似香炉的巨石，人们称之为香炉滩。明正德年间中举的思南府人田秋，在《香炉滩》诗里说：

“滩心洲屿平如砥,齿齿白石清可扪。
欸乃沧浪歌孺子,凄凄芳草怨王孙。”

故安康有诗这样说:

“香炉巨石倚滩头,独立江心白鹭洲。
风和游客扁舟过,日落渔人晚钓收。”

在他的眼里,这是一幅妙法自然的中国画。古郡的文人雅士,除了站在江岸上,遥望沙洲,歌咏不已,甚至,还坐船穿过急流来到沙洲。

有些文人雅兴特浓,时兴月明之夜上洲,这就有点特别了。留下文字线索的有李梦松和张清理。李梦松在《夜泛白鹭洲》也说:

“白鹭洲前白鹭飞,对对随人泛夕晖。
古寺蒲牢声乍歇,野航满载秋江月。”

这是下午太阳快落山时上去的,一直到深夜了才坐船回来。

张清理在《鹭洲泛月》一诗中也说:

“满船明月四时秋,德水平分拥鹭洲;
人受两三飞棹去,时逢十五弄珠游。”

“德水”是古人对乌江思南段的称呼。张清理说得明白,既是泛月,当是晚上。但诗中点明的这个“十五”,肯定不是正月十五,“四时秋”嘛,可能是秋季的一个月圆之日。如果是正月十五的夜里,河风寒洌,是难有雅兴作沙洲之游的。

想想也是,只有月明的夜晚,才能看清乌江急流,从而坐船返岸,否则也不安全。

这是文人们对白鹭洲的关注。从这些前贤的诗句中,已能得到足够的信息:明代的白鹭洲就已有名,并长满了野草野菜,白鹭、野鸭或什么其他水鸟,在那里筑巢哺卵,生儿育女,好似仙境。

那么上洲的时间一定是白天或傍晚居多，夜里怎么捡卵石？

古郡官员和文人，对白鹭洲的热情关注，我疑心起源于那部《诗经》。翻开第一篇，就是“关关雎鸠，在河之洲，窈窕淑女，君子好逑”。虽说“在河之洲”的“河”是北方的黄河，“雎鸠”也不是白鹭，但这两种意象是多么的接近。

试想，一位君子路过长满青草的芳洲，与一位农家采桑女邂逅，姑娘纤手采摘桑叶，土家服饰的纹路精心勾勒，这幅美好的画面，和她洋溢着的青春气息，一定深深打动了这位君子，于是他前去搭讪，询问姑娘家住哪里，并表达了要娶她的想法。这一场面，也被人用比兴的手法，写进《诗经》，成为万世经典。

据说，“雎鸠”是一种水泽边生活的鸟，白色，体型很大，以啄鱼和昆虫为食。学者们认为，《关雎》乃是以雎鸠之求鱼，以象征男子求爱的。而汉儒却视其为贞鸟，并释“关关雎鸠”为雌雄和鸣，以喻夫妻和谐。

那么，乌江边的这帮文人们，即便他是庠生、秀才，或是年近不惑的举人，终年在破旧的木屋里诵读四书五经，日日月月，单调枯燥。这首千古诵唱不衰的诗作，如冬日里从窗外递进来的一缕阳光，照亮了这幽暗的学舍。

这首诗是何等暗合他们对生命美好的向往呀。

在这种潜意识下，古郡的文人雅士们，放下厚重的诗经，必然要赋予本地白鹭洲以文化含义，于是，乌江白鹭洲，成了他们吟诗作赋最重要的题材。

白鹭装饰了古代文人的梦。

骚客们上洲游玩，不仅是文化意象的丰收，还有意外的发现。洲上除青草萋萋，嫩芽铺地外，还有大片五彩斑斓的卵石。在清澈的江水的荡漾下，它们焕发出宝石一样的光彩。童心未泯的老秀才，也对这些卵石喜爱不已。渐渐地，白鹭洲之游，派生出另一个主题：捡卵石，本地方言称之为：“捡鹅石块”。这也许是乌江奇石收藏的雏形吧？

乌江的急流，淘磨了大量的乌江奇石。乌江奇石收藏，如今已是一个品牌。让人惊喜的是，这份收藏也可追溯到明清时期。

清代的思南府曾下辖三县三司，其中安化县与府衙同城，县衙在城南门外。浙江人姚夔，清康熙年间在安化县任知县。他在诗中说：

“两岸苍崖入素秋，一泓清涧抱芳洲。
忘机白鹭无回避，伴我沙汀捡石头。”

符克间在《白鹭洲春泛》中也说“柳絮白飞垂钓舫”,“采石芳洲杜宇啼”。这可能就是郡人关注沙洲卵石的最早记录。

要说乌江奇石专题收藏第一人,恐怕要推李成周。在府志里载有他的诗《白鹭洲龙纹石》:

“一载留思唐,促寓居民宅;
所得非金银,白鹭洲纹石。”

这位寓居思南的外地人,得了一块白鹭洲纹石,是一块什么奇石呢:乌江龙。其诗曰:

艾待白云容,隐跃苍龙额;
献爪探明珠,吐气浮虚白;
宛是天生成,由来不易获;
第恐眠水盘,俨类江干窄;
有时风雷兴,飞腾惊破壁。

作为社会精英的文人和官员,历来是时尚的领跑者。文人和知府、知县们登洲游览、捡卵石,或于十五之夜泛月,这一雅事,自然也感染了郡人。于是,普通的凡夫士卒,也在空闲之时,跟着上洲游玩,代代相传,后来,慢慢浓缩成正月十五全民节日,渐成习俗,直到如今。

于是,从那只白鹭飞临沙洲开始,一直到思南人正月十五游沙洲这一风俗的形成,就应该是脉络清晰,有迹可循的了。

贵州历来有“天无三日晴”之说,在冬腊月间,整个冬季的天色都是灰暗的,中午时分就已暗如夏季的傍晚六七点钟,十天半月都难见一回太阳的影子。说来也怪,思南的正月十五,却以晴天居多。在身子浸在冬腊月的阴暗的雾雨里,脸色都快发霉了的时候,正月十五的冬日暖阳照亮了整个乌江,照亮了山城,孩子们哪能不兴高采烈?于是,正月十五那天,人们惊喜于太阳的温暖与明亮,山城思南几乎是万人空巷,全部去了白鹭洲。

码头边,县城上下的村寨的船都赶来了,几十条木船,来回穿梭,依序接送游人登洲，场面热闹。

而今，沙洲上已只有几处草丛，以及密密铺垫的卵石，思南人的那份热情却也丝毫不减。

很多人还记得，前些年游沙洲，一个任务，是挑拣一只条形的卵石，用为碓石，捣海椒面。

今人在洲上的游玩项目，与老府志的记载，大致相同。

捡石块。那各式花纹的乌江石，挑花你的眼，捡了这个丢掉那个，留在手里的也不知是不是最好的那个。

洲上到处摆着小摊，摊上是孩子们爱吃的小吃和烧烤。孩子们衣兜里的压岁钱有用处了。喜欢吃什么就买什么，不多时，嘴边必沾满红红的辣椒末，脸上是满足的笑意。

也有亲友们相约，寻一个游人稍稀的地块，在卵石上席地而坐，一边晒太阳，一边说着闲话。那卵石比水洗的还干净，就是忘了带报纸垫屁股也不要紧。

思南游沙洲习俗，常令外地人不解：那个光秃秃的卵石滩，怎么有那么大的吸引力？

这是地域文化的魅力。白鹭洲之游，就是思南人对乌江悠久历史的一个集体记忆的晾晒，更是对上古的怀念。

悠悠几千年，白鹭洲与思南人相伴，成了思南文化的重要符号。

白鹭白鹭，在河之洲。青睐白鹭洲，自然也不仅仅是白鹭，在抗日战争时期，还有一只巨型“白鹭”也扑向了它的怀抱：一架支持中国抗战的苏联飞机，在与日作战后，因航油耗尽，迫降在这乌江峡谷的白鹭洲上，飞行员安然无恙，飞机略有损坏，最后被拆卸了，用木船从乌江运往长江，再转运到了重庆。

可惜，乌江下游的沙坨电站建成后，这里成了库区的尾水位，抬升的江水，将会把白鹭洲永远淹没。这是一件很可惜的事——没有了正月十五的白鹭洲之游，思南人的每个春节，还能叫春节么？

于是，乌江文化专家汪老先生提出了建议，要求有关方面把沙洲垫高，让它能继续浮于河水之上，保存思南人对沙洲的久远的记忆。这个意见书自然是石沉大海，不会有什么回音。在经济的攻势面前，文化永远只能丢盔弃甲，白鹭洲是会永远离我们而去了。

如此说来，在沙沱电站蓄水那天，思南人只能站在岸边，痛惜地看着江水渐渐上涨,渐渐淹没这块古洲,并告别那只率先飞临沙洲,给山城带来数千年文脉的白鹭。

张进,土家族,贵州思南人。1964 年 8 月生,曾任《思南报》总编、中共思南县委党史研究室主任,现为思南县文联主席,中国傩戏学学会会员、贵州省作家协会会员、贵州省摄影家协会会员。80 年代以来,在《散文》等报刊上发表大量散文、摄影作品和学术论文。已出版《踏歌乌江》《肖次瞻图传》《远去的山寨》等,主编有党史著作《思南地下党的回忆》《红军虎将旷继勋》等。

一捆柴的重量

朱国庆

一捆柴的重量始终压在肩头，如影随形。

一捆柴的重量就像一个推手，总是把你推向生活的风口浪尖。

一捆柴究竟有多重，也许你还记得，但我已经淡忘。我感触良多是因为它从没有离开过我的成长，我对它的认识就像我的年龄，次第增长并且由浅入深。

读小学的时候还是集体所有制，作为家庭成员的父亲是一个厂里的工人，端着人们既羡慕又嫉妒的铁饭碗。而在他儿子眼里，却似受了某种蛊惑迷了心智的神汉，把形同梦游的躯体留在了厂里，把生机勃勃的灵魂附在了区公所的篮球场上，白天并不回家。只在晚上带着一身汗味来拱我、母亲和妹妹的热被窝。

家里就母亲一个劳动力，因为是集体所有制，母亲必须出工才有工分，这样，生产队里的农活和家里的家务就像唐僧西天取经所经历的九九八十一难，时不时突现在母亲面前。

某个春光明媚的早晨，休息了一晚上的牛被撵出牛栏，拖着慵懒的脚步踩疼路边的小草，牛眼睛怜惜地对着那丛带泪的青草哞地叫了一声，内心实想亲近，一声尖厉的鞭响在空气中呼啸而过，旗帜鲜明地表达出后面扛着铧口的人的不满，拖沓的牛蹄刹那间变得紧凑，作为使命的承担者内心恍悟目的地应该是一丘田抑或一厢土。我被捆在母亲背上，除了品尝母亲经久不息的汗味和体香，便是反复练习那像鸡啄米一样的动作了。

又或蛙声四起的夏夜，母亲用疲惫的手牵着我去生产队评工分，分粮食。我和同龄的小伙伴缠绵在煤油灯下的快乐，对于那一场庄严的关乎生计的粮食会议仅仅只剩下湖光掠影，我们童稚的心灵希望会议长一些，粮食多分一些，这样我们的快乐便长久一些。而粮食却像煤油灯里的煤油一样稀少短缺，早早地便分完了，这就意味着我们的快乐其实也是很短暂的。

丢失了快乐的我在母亲纳鞋底的锥子威逼下委屈地回到家里，然后在时间的推动下把委屈演绎成朦胧睡意。睡意朦胧中我提着马灯头重脚轻地为母亲照亮。昏黄的灯光下，迷离的睡眼里，母亲麻利地洗衣，吃力地挑水，煞有介事地喂猪。像一幅年深日久的黑白照片，定格在我的脑海，温暖着后来几多凄风苦雨的日子。

按说，像母亲这样辛勤劳作的人在农村比比皆是，人们对那一群在土地上躬耕忙碌的身影可谓司空见惯，但如果你身在其中，长在其中，随着年龄的增长，你又怎能做到熟视无睹呢？当一挑水压在母亲肩头；当捶衣棒捣出一滩污水；当母亲用手捶打着系上围腰的腰；当生产队的苞谷薅完，母亲顾不上劳累还要顺便在路边捡回干柴。那时候，我稚嫩的肩膀都感受到了那份关于生活的重量，它实实在在地压在母亲肩头，我想分担。

我不能分担那些力不从心的劳动，比如挑水、喂猪，母亲也不准。我只能分担母亲手里那些轻便的柴，那是我力所能及的，我想让家里灶孔里的火不再有那么多的浓烟。

当我在灶孔前一边烧火一边说，妈，我想和他们去砍柴时，母亲洗锅的手停了下来，眼里先是惊讶，紧接着闪过一道泪光，说这烟真熏人，是该去砍点柴来干起。妈的话算是答应了，嘱咐我扛得起多少砍多少，千万别逞强，还在晚上为我磨了刀。那年我9岁。

一捆柴的重量就这样压上我的肩头，我扛着它，和日子一道行走。

砍柴的多为10到15岁的少年。上学的周末或者假期，我们便邀约一道上山下坡。或三五成群，或两两结伴。那时我们都不比学习成绩，而是比谁更勤快，比谁帮家里帮得最多。起初我也只是盲目跟风，并没有实质性地砍过几回柴，后来得经验了，发现三五成群的伙伴一到山上就作鸟兽散，因为他们都想寻得一个好地势砍一回好柴，而不愿更多的人去分享。有点无言独上西楼或近水楼台先得月的味道，之后不久便在某个高处骄傲地喊一嗓子“下山了”，弄得我急急忙忙的，得几丫柴松垮垮的扛在肩上往山下跑，结果自然招来伙伴们的一通嘲笑。有鉴于此,我更喜欢两个人结伴,这样,砍柴的竞争就小了许多,遇到难度最大的捆柴时还可以相互帮助。既增进了友谊,又实实在在地砍回了柴。

也有遑能一个人上山砍柴的时候,却是困难多多。不敢走远,便在近处砍。近处没什么柴,须钻进荆棘才砍得到,于是便难免被刺锥,被马蜂蜇。被刺锥了没人替你挑,楔在肉里生疼;被马蜂蜇了没人的头发可以蹭,一会儿便起了一个红疱。还看见过蛇,吓得连滚带爬。最难的还是捆柴,手指都被篾条勒出了血痕,柴还是没捆紧。

砍柴也有快乐的时候,劈开荆棘,砍回几根好柴,自会享受到伙伴们的赞叹和溢美之词,那种成就感在身体里回肠荡气,兴许就是英雄气概吧。砍柴的间隙,寻觅山里的野果,也很快乐。什么茶片、牛奶奶、刺藤、刺苞、八月瓜,都是可口的野味,有多余的便和伙伴们分享,既满足了口腹之欲,又拉近了情感的距离,砍柴的诸多困难便不难化解了。也有胆子大的,径直去了生产队的地里,抠了红苕或扳了苞谷回来,用火烧了吃。

如果没有后来,砍柴这件事情会一直以它的生动活泼情趣盎然留驻脑海,可我看到了它的另一面。

随着土地承包到户,村里人那暗藏着的劳动热情仿佛一堆干柴被点燃,一下子熊熊燃烧起来。早出晚归不说,还把田边土角收拾得熨熨帖帖的,土坎石墙码得整整齐齐,仿佛那田边土角藏了太多的殷实和富足,容不得别人有半点侵占。对于还没有分到每家每户头上的山林,都垂涎欲滴地投以觊觎的目光。三两个晚上的酝酿以后,他们假意加入了弄柴的少年队伍。开始还羞羞答答遮遮掩掩地东一根西一根的砍树,后来就堂而皇之无所顾忌了。因为他们披上了皇帝的新装,都一律打着修房造屋的旗号,快步奔小康呢。小山村的夜晚不再宁静,随处可听见霍霍的磨斧头声,山上的松涛不再悦耳,除了此起彼伏的嗨嗨的砍树声,还有树本身倒下时撕心裂肺的痛哭声。山岭被剃成了光头,山坡皮开肉绽,一截一截被锯断的林木从山上冲下来,把山坡活生生地撕开了一道口子,伙伴们把它称之为梭槽,都游戏似的在它上面梭板板梭呢。

那时候,我们这群砍柴的少年无法对大人们的行径作出评判,更做不到前瞻将来。我们总是怀着侥幸而又好奇的心理像随从一样跟在他们屁股后面,捡他们砍倒树后不要的树枝,看他们嘿哧嘿哧地比赛气力扛木头。我们一致公认村里应该是张二的力气最大,而张二却是个小气鬼,连松树枝也不给我们砍。

也许是张二的不仗义激起了我们的愤慨,也许是大人们的行为无形中启发了我们,我们这拨砍柴的少年有一天也意气风发地结伙砍树。我们一共五人,用的是柴刀,大家轮换着费了九牛二虎之力终于把一棵水桶粗的松树砍倒。分树的时候,我们约定由力气最大的杨三先从树的底部要属于他的那一截,然后依次朝上要。本来我们五个人是无论如何也分不完这棵树的,或者说分完了也扛不起,结果人的贪心便在这个时候显现了出来,即使我们小小年纪。我们都无一例外地要了与自己年龄和气力不相称的重量,都想为自己的家庭多分担一些,因为那已经不是柴,而是一截木头,或许可以用作他用。我们全都扛不起,每人便另外砍了一根撬棍,合伙把木头从山上顺梭槽往山下撬,撬到山脚时便可以喊得应家里作为主要劳动力的老汉来扛了。而我却无法喊得应父亲,父亲在厂里,也许在球场上。更多时候,我只能把辛酸和无助独自扛起,继续砍我的柴。

砍柴的过程,就是我成长的过程,也是知识和经验积累的过程。比如马桑苞有毒,好看的菌不能捡;马桑柴既不肯燃,又没有火力;柴重了扛不起就扛住柴的底部,让另一头(带着枝丫的尾部)杵在地上拖着走,因为是下坡,既省力,速度还快。实在是扛不动就砍根撬棍从山上往山下撬着走。砍柴的过程,让我后来在课堂上轻松地对老师讲的一些问题获得了直观形象的认知。比如"磨刀不误砍柴工""众人拾柴火焰高""困难像弹簧""滑轮可以省力"等等。砍柴的过程,让我有了直面困难的信心和勇气,而不会在困难出现时,躲避退让束手无策。

一捆柴的重量至今压在我的肩头,我无法卸下,也不能卸下。我想称量,它又很抽象。就像现在,想起房贷,还有车贷;处理完学生矛盾,又想起儿子此刻在校的表现;父亲的脚是不是又痛了,母亲的药是不是又忘了吃。

一捆柴的重量,其实就是生活的压力,你不能卸载,你必须扛起,因为那才叫担当。

(2014 年 6 月发表于《铜仁日报》)

我不吃鱼

朱国庆

鱼这东西，大凡人都喜欢。喜欢捉，喜欢钓，喜欢看，喜欢摸，喜欢吃……

喜欢捉，自然是因为从中可以获得成功捕获的喜悦，那喜悦就是一种成就感；喜欢钓，大概是由于平静下面总隐藏着一个活蹦乱跳的结果，那结果会让人长时间压抑着的等待一下子释放出来，变得欢欣鼓舞；喜欢看，并不惜财力置缸造景养了看，当然是为了羡慕它的鲜活灵动，飘逸自然，也便把心里那份拘禁的感受，找一个恰如其分的虚妄的寄托；喜欢摸，那润滑的手感可比年轻女人如水的肌肤，甚而有过之而无不及；喜欢吃，诸如什么酸菜鱼、嫂子鱼、清蒸鱼……清香味美，滋阴壮阳，口腹之欲，谁又会拒绝呢？而我，或许是受“早觅为龙去，江湖莫漫游。须知香饵下，触口是铣钩。”的蛊惑，受美人鱼故事的感染，总以为鱼是神灵的化身，有着某种象征和图腾，因而一直以来只喜欢有生命的鱼，伤感死亡的鱼。具体一点说：就是只看不吃。有以下关于鱼的肤浅的认识和感受为证。

小时候住老屋，门前院坝坎下便是梯子洞。梯子洞上面建了一座远近闻名的碾坊，这是后话。洞里的鱼成群结队，入目处能数得清尾数。游于碧水之间，触手可及。当你忍不住想伸手贴近鱼身时，那家伙轻摇鱼尾，陡然一个向右转，倏地一下，已从你手掌心滑过去了，只给你留下一个美妙滑腻的手感去慢慢回味。有时它也会像孩子般顽皮，侧了身子，猛地弹一下鱼尾，溅你一脸清凉的水花，然后捉迷藏般藏匿起来。让你又惊又恼，遍寻不见，真想捉了它消气。只不过梯子洞里的鱼却是大人严令捉不得的，说它是梯子洞的守护神。

梯子洞里的鱼捉不得,我们就去捉小河沟里的鱼。老屋背后就有一条小河沟。

夏天,那里便成了我们的乐园。一个个顽童光着屁股,提了自家的蓖丝撮,扑通一声跳进水里,从下游撮起,慢慢地往上游移去。小女孩就在岸上,手捧一个玻璃罐,彳亍上走,捡我们不时抛上来的小鱼。有时也一惊一乍地叫:"那儿!那儿有!"也有艺高胆大的,只用双手往那石壁缝里、杂草丛中摸,摸着了就在河沟坎上拽一根狗尾草把它穿起来,衔在嘴里,又继续摸。有时也有喜恶作剧的同伴突发一声喊——蛇来了!吓得我们慌忙丢了撮箕,手忙脚乱地往河沟坎上爬。那家伙却兀自站在河沟里坏笑。我们几个气恼之余,相互一使眼色,就反诈他:真的有蛇,就在后头。坏火了!弄得那家伙在水里扑爬跟斗地往前跑,然后我们就一齐笑弯了腰。其实后来我们才知道,家乡的水蛇是没有毒的,根本用不着怕。

我记得十二岁那年半夜下大雨涨水。老屋地势矮,梯子洞里的水便涨起来淹过了堂屋的门槛。我们全家慌里慌张地撤离了老屋。天亮后,水渐渐地退下去了。水还未退尽,父母亲便赤脚走去察看屋里的物件。我也大胆地悄悄跟在了后面。一脚跨进门槛,踩着了一个滑溜溜的东西,一弹,便溜走了。我吓了一跳,定神一看,原来是一条鱼,一条红鲤鱼。正在浅水里努力地摆动着尾巴,一小截背鳍露在水面上。我顿时欣喜万分,随便挽了一下裤脚就去捉,也没考虑用什么方法。结果追得我团团转,溅了满头满脸一身泥,也没捉到。倒是父亲听到响声,用一个烂了底的背篼一下子就罩住了。我赶忙积极地端来木脚盆,从水缸里舀了几瓢清水倒进盆里。

我把装有鱼的木脚盆端到干处,然后蹲在盆边,欣赏它流线形的身体,透明如羽的鳍,张嘴,合鳃,摇头,摆尾,不时用手指拨一拨它,真是其乐无穷。它在我幼小的心灵里是那样美丽,那样纯洁,那样活泼可爱,那样灵动飘逸,以至于忘记了去学校上学的时间,上课也是魂不守舍的。放学后我就急急忙忙往家赶,一心想早点儿见到那条鱼。等待我的并不是渴望中的欣喜,鱼不见了,有的只是鱼腥味,月牙似的尾巴贴在板壁上。我一下子明白过来,像受了极大的委屈伤心地哭起来。母亲猜准了我的心思,安慰我说:"鱼在木盆里是活不久的,你就当它死了吧。"这么淡淡的一句话,又怎么能化解我当时那份难以名状的悲伤呢?

成年后,那条鱼也曾游进我梦里来,对着我潸潸地流泪。于是我明白了生命里有一种死不瞑目的悲哀,像鱼眼,那悲哀就是在你被欣赏的同时也有被戕杀的危险。我为此写过一首诗:一条鱼在一块干涸的土地上挣扎/那块土地是你曾经用年轻耕耘过的/播种爱情的地方/……我想还原成鱼/游进水的深处/吮吸水的芳香。

后来有一天,当医生告诉我尽量少吃酒、鸡、鱼、黄花等发物时,我轻松地舒了口气,我终于为自己不吃鱼找到了一个客观上的理由。

我不吃鱼,遵医嘱,也遵心性。

(2003年2月发表于《铜仁日报》)

朱国庆,男,土家族,38岁,89年思南师范毕业,99年获得大专学历,铜仁市作家协会会员,小学语文高级教师,曾在地方级刊物、报纸发表小说、散文、诗歌等。

远逝的边城

安明泽

时值国庆长假，我们举家前往湖南凤凰古城，这座因沈从文《边城》而著名的城市，前不久刚经历一场洪水的洗礼，现经过一番修葺已焕然一新。我们不禁惊叹现代文明高超的翻修技艺，为抓住国庆黄金时日不菲的旅游收入，在短短的二三月里，凤凰人就重新修复了三五座桥梁、沿河两岸所有的建筑物。

在人山人海的凤凰古城，我们驾车在堵得水泄不通的街道作蜗牛行，好不容易找到城边一户农家停车场，巨额的停车费让我们哭笑不得。弃车而行，徜徉在拥堵不堪的工艺品一条街，两旁的店铺一家挨着一家，打着"苗家风味"的扎染制品、首饰银器、服装围巾……几乎家家都如复制品般相同。走过购物一条街，穿行在拥挤狭长的小巷，路两旁到处是小吃烧烤、卖杀虫剂菜种子，路边摊卖粉面的，当众就撩开衣服喂奶的……一路充斥着铺天盖地的叫卖声：姜糖、弥猴桃干、叫花鸡……难道这就是沈从文笔下描绘的边城吗？

沈从文（1902—1988），原名沈岳焕，苗族，湖南凤凰人。现代著名小说家、散文家、历史学家、文物专家，京派小说代表人物，被誉为世界乡土文学之父。他不仅是中华民族的骄傲，更是凤凰人民的骄傲。他的一生所创作的500多万字的作品，是世界的文学瑰宝，也给后人研究中国和湘西留下了宝贵的历史文献。他的文学作品被英、美、日、法、瑞士等几十个国家所翻译，著有小说集《边城》《长河》《八骏图》《神巫之爱》《虎雏》《石子船》《月下小景外八篇》《蜜柑》，散文集《湘行散记》《湘西》，长篇童话《阿丽思中国游记》等，论著《中国古代服饰研究》填补了中国物质文化史上的一页空白。沈从文20年代起蜚声文坛，与诗人徐志摩、散文家周作人、杂文家鲁迅齐名。1988年5月10日沈从文因心脏病猝发在家中病逝，享年86岁。代表作《边城》，是我国文学史上一部优秀的抒发乡土情怀的中篇小说，被誉为“现代文学史上最纯净的一个小说文本”，“中国现代文学牧歌传说中的顶峰之作”。它以20世纪30年代川湘交界的边城小镇茶峒为背景，以兼具抒情诗和小品文的优美笔触，描绘了湘西地区特有的风土人情；借船家少女翠翠的爱情悲剧，凸显出了人性的善良美好与心灵的澄澈纯净，反映出湘西在“自然”“人事”面前不能把握自己的命运，一代又一代重复着悲凉的人生，寄托了作者民族的和个人的隐痛。同时也寄寓着沈从文“美”与“爱”的美学理想，讴歌人性，在人物身上体现了一种“优美，健康，自然，而又不悖乎人性的人生形式”，因而使小小边城形成了一个不分贫富，不讲地位，一律以诚相待，到处充满了爱的理想环境。小说境界情景交融，有诗一般的韵味，富有浓郁的乡土色彩，淳朴而浑厚；语言自然含蓄，如高山流水，极具风致。

我们一路找寻田园诗般的边城世界，寻找这里淳朴自然、真挚善良的人性美和人情美。《边城》中的人诚实勇敢、乐善好施、热情豪爽、轻利重义、守信自约，“凡事只求个心安理得”，人们诗意地生活，诗意地栖居，俨然是一个安静的、平和的桃源仙境。边城依山傍水，远离尘嚣，和平安详，如世外之境。城边“有一小溪，溪边有座白色小塔，塔下住了一户单独的人家。这人家只一个老人，一个女孩子，一只黄狗。小溪流下去，绕山岨流，约三里便汇入茶峒的大河，人若过溪越小山走去，则只一里路就到了茶峒城边。溪流如弓背，山路如弓弦，故远近有了小小差异。小溪宽约二十丈，河床为大片石头做成。静静的水即或深到一篙不能落底，却依然清澈透明，河中游鱼来去皆可以计数。”我们置身凤凰古城，却远离了鸟语花香和青山翠竹，这里临江的吊脚楼，耸立的小白塔，仿造的虹桥、古城墙、朝阳宫等，历经岁月的洗涤，已经没有古朴的风味了，也许，这座悲天悯人的城市已经随着历史的洪流沉入那厚重的底色了。

走过一段青石板巷道，来到凤凰古城南中营街，沈从文故居安静地矗立在眼前。这是一座小巧的瓦檐四合院，普普通通的一所民宅，从屋脊雕梁不难看出，这座建筑光阴不下百年了。沈先生写《边城》用过的大理石贴面木桌安放在西屋雕花窗下，我们仿佛看到当年先生伏案写作的情形。东厢房的墙壁上悬挂着多幅装裱的字，全是真迹，相传他晚年爱用“秃笔淡墨”书写，字写得非常劲秀。有一个横批,题写的是沈从文那篇有名的《谈写游记》。汪曾祺先生说沈先生“不大用稿纸写作。在昆明写东西,是用毛笔写在当地出产的竹纸上,自己折出印子”。仔细观察,此幅《谈写游记》,好像也是这样写出来的。沈先生一生写了许多著作,在故居摆放的只有不多的几种。东屋放了一些用旧的橱柜,皆闪着暗红的漆色。近窗处有一把老掉牙的藤椅,缠着线,不捆着点儿,早就散架了。导游解说这是沈先生唯一的躺椅,故居老照片上,沈先生坐的就是它。汪曾祺先生说他“自奉甚薄”,确实是一句大实话。故居正屋中间摆放着一座沈从文半身汉白玉雕像,柔和的目光默默注视人来人往,透露出先生文雅谦和的形象。雕像的上面贴着一幅沈从文的速写像,雕像前安放着从北京护送来的沈先生魂归故里的骨灰盒。我们在雕像前久久肃立注目,一起虔诚地深深鞠了一躬,然后转身离去。

顺着曲折的青石板路下至江边,阳光温柔地洒在江面,沱江静静流淌,水波漂渺,江边木质乌篷船一字排开,沿江是蜿蜒而去的吊脚楼,对岸树影婆娑。如果说凤凰古城还保留着一些朴素的元素,应该是得益于这沱江的水之韵了。回想沈从文先生笔下的人事,茶峒摆渡的翠翠,沅江流域运盐的水手,箱子岩下划龙船的汉子,无不与水结缘。水是沈从文作品中温柔的部分,先生用水启蒙,面水思索,借水重塑人性,用水包容万物。他说“我的心总得为一种新鲜声音,新鲜颜色,新鲜气味而跑。”沱江的粼粼光影早已融入他的生命,他的灵感无不发自于水。水一旦浸注笔端,就泻出美丽而浪漫的文章。“我感情流动而不凝固,一派清波给予我的影响实在不小。”凤凰的姑娘,仿佛皆为沈先生用水的文字缔造出来的梦境倾心。“照相照相——”江边不绝的喧闹声让联想重新拉回现实,人说蜂拥而至的人群才是自然最大的污染。一群穿戴着苗族服饰、打扮得花枝招展的姑娘死死拽紧游客的双臂不松手,求照一张合影得10元钱的小费,沿途不停有人拉客照相,打破了沱江的宁静。

顺水而下,乘一叶扁舟,朝南岸的听涛山漂去,沈从文先生的墓地就在那里。船在静静的江水中游移,水浪轻响。两岸诸峰翠绿如墨,万名塔、遐昌阁和我国著名画家黄永玉先生的夺翠楼各以风姿迎人。划船的是两个头戴围巾的少年,分立小舟首尾,笑嚷着以篙击水,全不怯怕。我们好像是看见了那个常常进出学塾、在山坡溪岸野玩弄水的少年沈从文。我们把手伸入舷侧的江水里,柔滑的碧流从指缝间软软地淌过。多年前,沈先生的夫人张兆和女士就是坐着这样的小船,把沈先生的一些骨灰细细地撒入沱江中的。我们凝望着温柔清澈的波浪,眼睛湿润了。

沈从文墓地，从前是文人墨客在凤凰休闲观光的场所。又名“杜母园”，系清代曾任钦差大臣、云贵提督的凤凰籍苗族人田兴恕为孝敬其母杜氏修建的花园。远观圭壁联植，环美幽丽，沱水通脉，清滢秀澈，岩泽气通，如珠走镜；近观积山万丈，争气负高，含霞饮景，参差岱雄。没有凸起的坟土，没有华丽的装饰，没有人工雕刻的痕迹，一块自墓穴后凿取来的状如云茹的天然五色石肃然矗立。碑石正面，集先生手迹，其文曰：“照我思索，能理解我；照我思索，可认识人。”背面刻有沈从文姨妹、美国耶鲁大学教授张充和先生撰书，沈从文侄女婿、中央美术学院著名雕塑家刘焕素教授镌刻的挽联：“不折不从，星斗其文；亦慈亦让，赤子其人”。这四句话的最后一个字连起来即“从文让人”，透射出先生一生的高风亮德，是沈从文一生的真实写照。沈从文最终选择离开充斥繁杂喧闹充满爱恨恩怨的大都市，回到他终生魂牵梦绕始终给他温馨抚慰的苗乡故土，回到这宁静悠然的青山绿水，临江而卧，听涛长眠，默默地守望着清浅流淌的沱江，如水的灵魂最终与水相依，先生更加如水般清澈了。遥想生前生后事，“文豪”“巨匠”“大师”等都已成身后浮名，最后就只剩下这块取女娲氏补天的五彩石了。黄永玉先生特地在其表叔沈从文先生的墓地，亲自书写并刻制一块特殊的石碑：“一个士兵不是战死沙场，便是回到故乡。”取意古城的优秀儿女们，战死的魂归故里，没战死的，也要落叶归根……

天色渐晚，我们准备起身回程。从凤凰古城折返，在僻寂的一隅，一位穿碎花衣、扎麻花辫的小姑娘安静地守候在一个花篮旁。一串串鲜美的花被精致地绕成环，当人们询问多少钱，小姑娘怯怯地回答——随便给……我们仿佛一下子被拉回沈从文笔下的情景：是天真善良、温柔清纯的翠翠，是朴实如水、恬淡自守的萧萧，还是纯朴真挚、美丽动人的三三？回望这座充斥着商业气息的城市，卖花环的小姑娘的天真显得多么格格不入，当城管一脚踢翻花篮，踢碎了小姑娘所有的希望，也踢碎我们一个永远无法实现的梦。

沈从文笔下的《边城》，已离我们渐行渐远……

永远的苏轼

安明泽

当亘古不变的永恒穿越历史千年的时光，我们抬头仰视一个伟岸的身影，披着一蓑烟雨孑然独行，拣尽寒枝不肯栖，把酒问青天，唯见大江东去浪淘尽……不经意间打开中国泛黄的文字典籍，从一个姓宋的朝代开始，在一个又一个壬戌年的秋天，中国文学里总流淌着一条滚滚东去的大江，笼罩着一层绵绵忧伤的烟雨。

苏轼(1036—1101)，字子瞻，又字和仲，自号"东坡居士"，世称"苏东坡"。眉州眉山(今四川眉山县)人，祖籍栾城。北宋著名散文家、书画家、文学家、词人、诗人、美食家，是豪放派词人的主要代表。他和父亲苏洵，弟苏辙合称为唐宋八大家中的"三苏"。苏轼是苏洵的次子(苏洵长子夭折)。1057 年(嘉祐二年)，苏轼与弟弟苏辙同登进士。曾在立新法中与王安石发生不快，被罢免官职。《饮湖上初晴后雨》是描写西湖的古诗中无人能超越的。世人说："门下三父子，都是大文豪。"但在父子三人中，苏轼的成就是最高的，胜过苏洵和苏辙。世人说："一门父子三词客，千古文章四大家。"母程氏是大理寺丞(相当于最高法院院长)程文应的女儿，书香门第出身，因从小耳闻目染，故品德、学识都相当好，苏轼很幸运有这样的母亲，因此他能够受到良好的家教。祖父、苏洵等人对他的出世都感到欣喜不已。如果依照苏洵编纂的"苏氏族谱"记载，苏家的祖先最远可以追溯到唐朝的著名文人苏味道，然而真相难以确定，但可证实苏轼的祖先可追溯到五代前的苏斩。

我一直认为，苏轼是中国古代文学史上罕见的全才第一人。他无论是在诗词文赋上，还是在琴棋书画方面，都具有极高的造诣。其文汪洋恣肆，明白畅达，与北宋初期的文坛领袖欧阳修并称"欧苏"，为唐宋八大家之一；诗清新豪健，善用夸张比喻，在艺术表现方面独具风格，与黄庭坚并称"苏黄"；词开豪放一派，对后代产生深远影响，与南宋爱国词人辛弃疾并称"苏辛"；书法擅长行书、楷书，能自创新意，用笔丰腴跌宕，有天真烂漫之趣，与黄庭坚、米芾、蔡襄并称"宋四家"；画学文同，喜作枯木怪石，论画主张神似，提出文人画论，开创了"湖州画派"。著有《苏东坡全集》和《东坡乐府》等。

苏轼在诗、文、词诸方面成就都很高，但他在词的创作革新上，在文学史上具有特殊的意义，往往最为人所重视。清代著名学者陈廷焯称苏轼词为"此老平生第一绝诣"，《白雨斋词话》卷七："人知东坡古诗古文卓绝百代，不知东坡之词尤出诗文之右。盖仿九品论字之例，东坡诗文纵列上品，亦不过为上之中、下，若词则几为上之上矣。"苏轼开创了中国的"豪放词"，是宋词豪放派创始人。苏词的出现，让宋词从"小家碧玉"走向"大家闺秀"，他"以文入词""以史入词""以诗入词""以理趣入词"，正其本源，还其本色。突破了"词为艳科"的范畴，打破了《花间集》至柳永"缘情而绮靡"的词风，树起"自是一家"旗帜，提高词品，扩大词境，把词家"缘情"与诗人"言志"很好结合起来，为词境拓土开疆，使词走出了花间小径，涌进了生活的波涛。苏词逸怀浩气，树堂堂之阵，立正正之旗，词品与人品达到高度统一融合。元好问《新轩乐府引》说："自东坡一出，情性之外，不知有文字，真有'一洗万古凡马空'气象。"刘辰翁在《辛稼词序》说："词至东坡，倾荡磊落，如诗如文，如天地奇观。"

人如其文，中国古代大凡卓有成就的文人，他们都有着高贵的人品、高昂的头颅和压不弯的脊梁，其桀骜不驯的性格往往让他们在官场历经坎坷磨难，苏轼也无例外。

1056年(嘉祐元年)，21岁的苏轼首次出川赴京，参加朝廷的科举考试。翌年，他参加了礼部的考试，以一篇《刑赏忠厚之至论》获得主考官欧阳修的赏识，却因欧阳修误认为是自己的弟子曾巩所作，为了避嫌，使他只得第二。

1061年(嘉祐六年)，苏轼应中制科考试，即通常所谓的"三年京察"，入第三等，为"百年第一"，授大理评事、签书凤翔府判官。后逢其母于汴京病故，丁忧扶丧归里。1069年(熙宁二年)服满还朝，仍授本职。他入朝为官之时，正是北宋开始出现政治危机的时候,繁荣的背后隐藏着危机,此时神宗即位,任用王安石支持变法。苏轼的许多师友,包括当初赏识他的恩师欧阳修在内,因在新法的施行上与新任宰相王安石政见不合,被迫离京。朝野旧雨凋零,苏轼眼中所见,已不是他 20 岁时所见的“平和世界”。

苏轼因在返京的途中见到新法对普通老百姓的损害,又因其政治思想保守,很不同意参知政事王安石的做法,认为新法不能便民,便上书反对。这样做的一个结果,便是像他的那些被迫离京的师友一样,不容于朝廷。于是苏轼自求外放,调任杭州通判。从此,苏轼终其一生都对王安石等变法派存有某种误解。

苏轼在杭州待了三年,任满后,被调往密州(山东诸城)、徐州、湖州等地,任知州县令。政绩显赫,深得民心。这样持续了大概十年,苏轼遇到了生平第一祸事。当时有人(李定等人)故意把他的诗句扭曲,以讽刺新法为名大做文章。1079 年(元丰二年),苏轼到任湖州还不到三个月,就因为作诗讽刺新法、以“文字毁谤君相”的罪名入狱,史称“乌台诗案”。

苏轼坐牢 103 天,几次濒临被砍头的境地。幸亏北宋时期在太祖赵匡胤年间即定下不杀士大夫的国策,苏轼才算躲过一劫。出狱以后,苏轼被降职为黄州(今湖北黄冈市)团练副使(相当于现代民间的自卫队副队长)。这个职位相当低微,并无实权,而此时苏轼经此一役已变得心灰意冷,苏轼到任后,心情郁闷,曾多次到黄州城外的赤壁山游览,写下了《赤壁赋》《后赤壁赋》《记承天寺夜游》和《念奴娇・赤壁怀古》等千古名作,以此来寄托他谪居时的思想感情。于公余便带领家人开垦城东的一块坡地,种田帮补生计。“东坡居士”的别号便是他在这时起的。

宋神宗(1084 年元丰七年),苏轼离开黄州,奉诏赴汝州就任。由于长途跋涉,旅途劳顿,苏轼的幼儿不幸夭折。汝州路途遥远,且路费已尽,再加上丧子之痛,苏轼便上书朝廷,请求暂时不去汝州,先到常州居住,后被批准。当他正要南返常州时,神宗驾崩。年幼哲宗即位,高太后听政,以王安石为首新党被打压,司马光重新被启用为相。苏轼复为朝奉郎知登州(蓬莱)。四个月后,以礼部郎中被召还朝。在朝半月,升起居舍人,三个月后,升中书舍人,不久又升翰林学士知制诰(为皇帝起草诏书的秘书,三品),知礼部贡举。

当苏轼看到新兴势力拼命压制王安石集团的人物及尽废新法后,认为其所谓“王党”不过一丘之貉,再次向皇帝提出谏议。他对旧党执政后,暴露出的腐败现象进行了抨击，由此，他又引起了保守势力的极力反对，于是又遭诬告陷害。

苏轼至此是既不能容于新党，又不能见谅于旧党，因而再度自求外调。他以龙图阁学士的身份，再次到阔别了16年的杭州当太守。苏轼在杭州修了一项重大的水利建设，疏浚西湖，用挖出的泥在西湖旁边筑了一道堤，也就是著名的“苏堤”。

苏轼在杭州过得很惬意，自比唐代的白居易。但1091年(元祐六年)，他又被召回朝。但不久又因为政见不合，外放颍州(今安徽阜阳市治)。1093年(元祐八年)高太后去世，哲宗执政，新党再度执政，第二年六月，贬为宁远军节度副使，再次被贬至惠阳(今广东惠州市)。1097年，苏轼又被再贬至更远的海南儋州(古名单耳)(九死蛮荒吾不悔，兹游奇绝慰平生)为古代儋州的文化教育做出卓越的贡献。据说在宋朝，放逐海南是仅比满门抄斩罪轻一等的处罚。后徽宗即位，调廉州安置、舒州团练副使、永州安置。1101年(元符三年)大赦，复任朝奉郎，北归途中，于1101年8月24日(建中靖国元年七月二十八日)卒于常州(今属江苏)。葬于汝州郏城县(今河南郏县)，享年64岁，御赐号文忠(公)。故有“历典八州，行程万里”的荣誉之称。

多情的苏轼已经走远，但他一生对理性的追求，对生活的热爱，其心智之成熟、感情之丰富、人格之独立、胸怀之广阔、为人之坦荡、性情之旷达却永远留在了世人心中。他的人生思想和文化活动具有深远的历史意义，他那进退自如、宠辱不惊的处世态度为人们所景仰，他的创作活动更为后代的文学家开创了富有启迪意义的审美范式，他还以和蔼可亲、幽默机智的现象永远存在后代普通人民心中，他在各地的游踪，他在生活中各种发明都是后人永不厌倦的话题。

苏轼之所以是永远的，就是因为他的精神所在，带着难言的孤独，洗去人生的喧嚣，在凄苦中挣扎着，然后超越。于是，那优美、风雅、圣洁的诗文便横空而出，鸣响了引导千古杰作的前奏！他是一位傲然屹立于赤壁之上的诗人，有过沉沉的感慨叹惋却依旧乐观旷达，伤痕累累却掩不住那高贵的灿烂光华。他的精神已然一点点地渗入了文化的土壤，潜移默化，感染着每一个中国人。

透过岁月的风尘，远远望去，那伟大的身影依旧优雅高贵而充满魅力，清纯而空灵，淡泊而静定。那个在月下单衣试酒的他，携人生的一肩风霜任云卷云舒，那个醉卧溪云琴岗的他，拂心灵的一襟悲喜对花落花开，清夜无尘，真情有声，在他的生命和诗篇里回响……

他从北宋走来,带着风雨,挟着诗文;他从古代走来,携着沧桑,印着超然。他让后人景仰,让后人敬慕,他的为人、他的诗文、他的品行,亦将永恒于世。

苏轼,他是永生的……

安明泽,男,土家族,1976年3月出生于贵州沿河。1994年毕业于贵州省思南师范学校,2000年从贵州师范大学中文系毕业后回到思南师范学校任教,现为铜仁幼儿师范高等专科学校中文副教授。1993年开始文学写作,有作品散见于《散文诗》《黄河文学》等,多次获全国性散文诗歌奖。

傍水而居的村庄

陈述义

从中国山水画的审美观和庄子“天人合一，物我两忘”的思想境界来看，这个村庄确实同时融合了美学和哲学这两方面的共性。

村庄就在白果树电站的不远处，静卧在绵亘起伏的浅淡山影中。二三十户人家，不大，在临河的山坡上错落有致地散开。时是春日，白果河经过电站的拦截改变它的速度，变得温驯撩人，有种任人摆布的感觉，缓缓地从村庄的脚下穿过. 草垛的墙头内有艳艳的桃花羞答答地伸出半掩的枝头，点点新绿的树梢有鸣声清脆的雀儿在跳跃，一头牛在不远的河滩上啃食春草……小桥流水、翠竹成荫、沙洲纵横、野舟搁浅、鸡犬相闻，所有这些，构织了一幅世外桃源般的田园山水画，深幽清澈的河水，像一条翡翠色的项链，紧紧贴住村庄的斜面，缓缓穿过。

村庄的房子还没有从古朴的影子中蜕变出来，虽然一些砖混结构的平房给原本如江南水乡的村落涂抹一点不伦不类的颜色，但，这一点也不影响村庄古朴幽美的格调，反倒更能彰显村庄的富有和殷实。新近修建的房屋全部继承了土家民居的传统特色，水泥浇铸的柱子托举房子的半边结构，在建筑风格上完全与土家吊脚楼有着异曲同工的相似。

到村庄需要涉水而过，水位最深的地方有一座 7 米多长用木板搭起的小桥，其余的地方蹚水而过也打湿不了鞋。人们背着东西走在桥上如履平地，一点也看不出慌乱和紧张，神情悠然自得，如果你时间不紧，还可以坐小船过河，船是有些岁月的，船篷已旧，顶上有修补的痕迹，船帮也破，下面是一张旧渔网，船舷有些地方开始长青苔,木制的船桨横在船尾,被岁月打磨的很是光滑,见证着日子的悠长。渡船就这样静静地停泊在野渡口,无忧无虑地蹉跎着岁月,供一些年幼的顽童在上面打发简单快乐的日子。

村庄是有些历史的,进村的石朝门完全可以说明一切,朝门很是古老,建于康熙年间,横梁上镂空雕刻着几条活灵活现的龙,柱子的两边,按照古代神位排列的方式雕刻有两个门神,门神的头部在文化大革命时期不知被谁损坏,从剩下的轮廓依稀可以窥见工匠雕刻的功力。石门两边的柱子上,有两副对联,上联是:宋代恩崇采石湘内钟铃远;下联:清时泽焕思唐府属明烟常。下有碑文记载,但字迹已经脱落,依稀可见"皇上御拯之二十又六年"等字样。关于这副对联的撰写时间,或者其中隐含的某个信息,人们已经没有刻意地挖掘和注意,更没有人确切地知道它到底有多久的历史。听村上一位上了年纪的老人说,最早是一个杨姓的弟兄俩挑着担子来的,在一块临河边向阳的坡下搭了间草棚子住了下来,老大生了二个儿子,老二是四个……村中青灰色砖瓦大门前的那棵老槐树和河边的斑竹林就是那时栽下的。先祖最初在那里落脚,日出而作,日入而息,那棵树长得已经三、四围粗了,枝叶浓郁繁茂,一些枝条已经垂到河里,远远看去,像把小河与村庄连接起来,走近看,树干上有的地方没了树皮,就像一个硬汉裸露着臂膀,扛着一把张开的巨伞,庇荫着生活在这里的子子孙孙。村庄家族间的庭院都有旁门相通,从这间房随便走进一家,可以穿堂跨门地连过好几户,然后到了村东或村西的另处。乡亲彼此互不设防,邻里融洽。忙碌了一天的邻居们则安闲地享受着春夏秋冬的清爽,三三两两地围坐在谁家的大门前,谈论起村庄外的旧事新闻,还有老辈流传下来的仙怪传说。有哪个孩子偶尔跑来听上一段……上山砍柴的小伙子杀了恶兽,救了什么弱小动物,因此得了俊俏媳妇或是金银财宝,从此过上了富足生活,等等,故事虽是老套,但反映着村民祖祖辈辈遗存的善良、勤劳、淳朴的生活追求和对幸福的理解。

最让人信服这个村子年代久远的见证是,这里在康熙年间曾经出了一名姓杨的进士,衣锦还乡,修造了祠堂和文昌阁,据说还得到了皇上的御赠题词。现在,祠堂和文昌阁早已经被毁,部分残留的石柱子、墩子都还在。这与在村门石朝门上那副对联无形中存在某种相吻合的符号,那副对联的落款记录的"皇上御拯之二十又六年……"这样的字迹告诉我们,这里曾经的繁华完全有案可稽。

在离白果河不远的庙书坝,曾经两岸村民互通往来繁极一时的渡口依然可见，斑驳渡口褪尽铅华，静静站在河边，听远古的吆喝声。

时光匆匆，在记忆深处，一直有许多关于村庄的暖色的构图。许多年过去，我依然在梦里寻找，寻找精神的乌托邦、理想的桃花源、梦中的香格里拉，而更多更实际的便是一个个生息繁衍的村寨田园，它们以母亲的名义不断地接纳回归的孩子们，尽管这只是暂时的驿站，却足以慰藉短暂的人生。而不是江南水乡里周庄或是同里，脂粉味浓郁得让人无法抵达的梦里水乡。

傍水而居的村庄来不及设防就从记忆中撞来，和我寻找的村庄一样，带着水质的梦，永远在心的暗河里流淌。

红颜断章(三首)

陈述义

王 昭 君

长安九月,匈奴的跫音叩响无光的黄昏,茫茫忧郁从长安出发,走进西疆边塞的月亮,把身子倾斜进苍凉笼罩的北方长城。

一根弦,抚响琵琶还是胡琴?缔造一段思念的音符,让一尾鱼以音乐的方式穿过时空,停留在阒寂与悲哀的河岸,任向往的眼眸望眼欲穿。等待是千年的哀怨,蓬勃出热火与烈焰,直接焚烧画工的愚蠢,留下帝王的昏庸让千古评说。

肩负的使命忘却朝圣者的诗歌,爱情跳着伤疤的舞蹈,填平一切黑夜的阵痛,穿越异族的脸庞。故乡的山河依旧,边塞的冷月揉碎多少相思?牵动几许愁肠?

寒宫凄楚,怀抱离别的青丝。汉匈文化渐渐剥落,战争的意境静止如水,鹰隼冲向中原,燃烧最后的渴望。只有鄂尔多斯的交流川流不息,扑满铁器与青冢。

边塞无诗,西风组成的音乐谱满千古绝唱。

武 则 天

依宫长吟,阑干拍遍。

孤独的语言缄默孤独的声音,空灵的耳鼓,总在后宫深院响起,冷漠的表情,直接抵达内心的冰凉。

心灵习惯悲哀，青灯烛影浓缩命运的空间，一尊佛下藏着佛的影子，香炉升腾的意念暗暗祈求光明。

幸福像一把温柔的刀子，拂掉了人们最初对它的恐惧和警惕，漫无目的地向灾难的深处穿行。

黑夜开启的方向，红颜执掌一部开天辟地的历史，金銮殿舞动的长裙，指向黎民苍生，唏嘘声里，匍匐一堆复杂交错的影子。红颜冷隽飘逸的姿势，让人猜想石榴裙下的神秘。

唐朝的诗歌漫塑尘封的岁月，滋补“开元之治”的风流，暗箭藏袖，只为抵挡流言的罪恶，让世俗单纯地远离人世。

旷达一如既往支持女性的历史，构筑母系氏族传承的精华，直到红颜慢慢消瘦。

潘 金 莲

是谁？将你的青春和容颜深锁，纵容你逃离爱情的束缚？

关于你的故事已经开始斑驳，而流言蜚语铺天盖地扑来，你却固执地以古典的慷慨为被深锁的女人浅唱低吟，用你无尽的妩媚弥漫世俗惶恐的眼睛，你在风口浪尖咀嚼刻骨铭心的爱和刻骨铭心的痛。

岁月溜了，你是一尾流泪的鱼，守着浅浅的池塘等待时光的蹉跎，盈盈秋水只是风景，疲惫的时候，一个爱情的影子却以霸占的身份出现。从此，秋水在你的红装霓裳里化作眼泪哭泣。

一切说出来，一切就碎了，你的沉默不能过度的缠绵，转身，泪，流淌如溪。

陈述义，男，1999 年毕业于思南师范，曾任校新星文学社社长。写作主要以散文为主，作品散见《师范教育》《贵州教育》《铜仁日报》等刊物，贵州省作家协会会员。

纸上的情愫

郎　彪

书信札记

浸润着淡淡的墨水味，一封信抵达你的内心，时空距离倏忽间被拉近。

是那种迫不及待的感觉。你撕开信封，那些文字如片片羽翼在眼前闪现，其实每一个文字的背后都寄予着一份情愫：谆谆的教诲、淡淡的思念抑或一种牢骚、一种责备，你的心绪随着这些文字激动、低落或者迷惘。

最让你怦然心动的是黄皮纸张做成的信封，右下角印着某某编辑部，通常是文章样稿，你会在寄来的书或报纸中寻找自己的文章，从标题看到最后，不厌其烦，那种成就感和虚荣心无法比拟，仿佛跋涉很久的旅客终于见到绿洲——你欢呼雀跃，感觉到一不小心就会成为诗人作家或名记。但有时，会让你的心从高山之巅跌落进万丈深渊——你撕开信封的刹那惊呆了，是退稿，编辑会在你的文末先作一番表扬，然后指出你文章的瑕疵给你提出修改意见。呜呼，你失落了，你几乎动了封笔的念头，灰溜溜的独自一人黯然神伤。

这类信件对你来说带着浓厚的功利色彩，让你欣喜让你落寞，让你见到曙光也感受到黑夜。

牵动游子心的莫过于家书。傅雷家书、曾国藩家书都是训子的名篇，而杜甫的“烽火连三月，家书抵万金”更是把家书当作一种精神慰藉。你十分感动的是读师范的时候家父写来的一封信：“庄稼还未成熟，牲畜也不争气，只得高利贷借得 120 元钱给你寄来，勿与他人攀比，望节省点用。”泪水就簌簌下落，你感觉自己是多么混蛋，你是在一点点榨取父母亲的血汗！

最浪漫的是情书。徐志摩之于陆小曼，鲁迅之于许广平，郁达夫之于王映霞等，都堪称经典。也是在读师范的时候，一学兄和你谈起喜欢班上的女生某某，你怂恿他拿来笔和纸，老兄果真在阶梯教室里借着淡淡的灯光，洋洋洒洒，一挥而就，倾其爱慕之心，信誓旦旦，今生今世唯爱一人，纵使海枯石烂、地老天荒也不变心……第二天乘人不备将 10 多页的情书塞进书中。在焦急不安中，老兄等来一纸条，上面写着：这是不可能的。老兄一落千丈，咬牙切齿，结果是叫上一帮弟兄喝闷酒。过了十多年了，最近遇到老兄，谈及此事，诙谐说：痛并快乐着。你奖了他一拳：服你了，如此拿得起放得下，真正男子汉大丈夫！

读书的时候，你在省外一份报纸上发了一首诗歌，就收到了几个外地异性朋友的来信，有广东番禺、浙江丽水、福建三明、云南文山等地的，有的随信寄来靓照，择几个回信去，没想一来二去竟有了点感情，青春萌动的情感伴随着一封封信穿越万水千山，遥远的牵挂、淡淡的哀愁、莫名的惆怅……一个在读医科大学的笔友竟向家人多要了生活费，省吃俭用给你借来 200 元钱，并表达想到你老家走走的念头，你说钱可以借来，至于来老家万万不能。因了这些笔友的来信，你写了些风花雪月的狗屁文章，没想竟在报刊上刊发了——正应了那句话：爱情是文学艺术的永恒主题。

现在，你不时收到一些信件，大多是你的某篇文章入选某刊某文献的通知，千篇一律的是邀请你参加某某论坛，叫你汇出版费，有的甚至明码标价：5 000 元主编，获什么证书；4 000 元副主编，获什么证书……你茫然了，你不知道当下文字如何变得如此沾满铜臭？文字何时变得如此下贱？过节的时候，你也会收到一大摞信件，明信片上是热情洋溢的祝词，可惜多数是电脑制作的，而且大多雷同——与收到的手机信息如出一辙。有的老兄转发信息，明明是他本人的号码，落款竟是张三李四王麻子。

你和朋友谈起此类现象，朋友说，现代社会追求的是效益和速度，如此多愁善感，钻牛角尖，典型书呆子一个，你愕然……

小镇无稿子

稿子，是文稿纸，就是那种或蓝或绿的方格纸。这些方格如宁静的港湾，常常牵引你翩飞的思绪。

邻居刘在请客吃饭,他在一所村小学教书,刘妻租了间街面做服装生意。你已很久没有看见刘的身影,听说在忙“两基”验收。之前,刘来请你吃饭,陪客人喝两杯。你推辞说,最近犯胃病,等会还要出去办事。你躺在床上看路遥的《人生》,感悟高加林、孙少平跌宕起伏的人生……“来转儿、来转儿”的声音响起——刘和他的客人们在玩一种叫“闷金花”的纸牌赌博游戏,间或夹杂着一两声“毛崽、毛崽”的吆喝……

你打开电视,那些肥皂泡似的电视剧无法让你平静。窗外,煞白的月光把夜的秘密展示得一览无余。月,是灵感的源泉,丰腴灵动的翅膀,你想起了苏轼、想起了李白,想起了余光中,那种穿越时空的臆想,让你获取一种力量,你审视着自己,幻想着自己,在这个夜晚你感到了自己的崇高,发现了自身的潜力——是一种自不量力和得意忘形的状态。这个时候,你被一种情感的浪潮簇拥着,你坐在了60瓦的灯泡下,在昏黄的浅浪里徐徐打开心灵的帆船……

你期冀着在那些方格里,尽情地释放,尽情地舒张,与天地对话,与大师对话,与自己对话。那些文字如串串脚印,或深或浅,或明或暗,铺成一段漫长的旅途。可你眼前无稿子,翻遍屋里旮旯角角都没有。你已经习惯用文稿纸写作,在那些方格里可以栖放你的梦,可以让你的思想潮水流动,翻腾……可现实情况是:你眼前无稿子。这意味着你思绪的帆船将就此搁置,这是一种难以名状的尴尬和无奈。

你走出小屋穿过巷道来到“湖南客”文具店,那里有几个人吹牛,摆谈的是伊拉克的话题。“不信,问问他,看美国能不能拿下萨达姆政权?”有人递给你一支烟,你点燃烟慢悠悠地说,伊拉克在打巷战,那个叫萨哈夫的新闻部长骂得凶呢。你说几句后,就盯着柜子问有没有文稿纸。店主到处没找着,他问文稿纸是不是信笺纸,你说不是。

你来到和平桥边,这里刚刚打完谷子,一些未及处理的稻谷草为逃课的学生创造了条件。你坐在田埂上,晚风吹拂着,月光朗照着,你静静地怀想,把那些熟悉或陌生的面孔装进头脑,把那些有意无意的话语反复咀嚼,品啜人生的况味,人情的冷暖。你感到自己是多么脆弱和敏感,这是致命的弱点。有人说,书读得越多就越反动。可你脑子里并没装多少墨水,你自恃清高,偏又底气不足。

回到蛰居的地方,你看见刘的屋舍里更热闹了,有刘在镇里上班的亲戚,还有刘老家几个外出打工回来的年轻人。你走过去给他们每人一支烟，然后借故说不舒服就回去了。回去后，你胡乱地翻了一本《知音》、一本《演讲与口才》，一点趣味都没有，你就拿出笔，在笔记本上写下几个字：小镇无稿子。

今夜，你不再用稿子，你在电脑上敲打出以上文字，粘贴、复制，不像以前那样伏案抄写，也不再像以前那样在镇上非得每次花三元钱把文稿寄出去（以前乡镇邮政所不卖平信邮花），但你现在难以静下心来，躁动、虚无和茫然，在混沌中打发人生……

郎彪，男，1977年生，土家族，大学文化。1997年毕业于思南师范，有文学作品在《贵州日报》《梵净山》《遵义文艺》《中国水利报》《人民长江报》等刊物发表。喜欢在"浅"写作状态中，闲适恬淡生活。现供职于德江县委组织部。

老牛无语

杨通讴

土地承包的那年，我们和隔壁的三叔家共同分到了一头黄牛，那头黄牛那时候正年轻，体格健壮，力气又大，自然就成了我们的命根子。转眼已是二十多年了，它虽然为我们犁来了年年的丰收，犁来了今天的温饱，却也犁去了自己的青春，犁到了它生命的尽头。弟弟打电话来说，老牛又瘦又老卖都卖不出去了，两家合计准备杀掉分股。

我一夜不眠，脑子里总是过着那头黄牛的影子。

它很勤劳。年年春雨下起来的时候，接连两三个月，它常常是顶着冷峻峻的星星，踩着凉飕飕的露水，从早到晚连轴转，犁完我家犁他家，犁完了我们两家十多亩地，还得为左邻右舍乡里乡亲没有牛的人家犁。春寒未退，冷雨连天，人戴着斗笠披上厚厚的蓑衣在冷雨中尚且直发抖，又冷又急的雨箭直射在它裸露的背上，它哼都不曾哼过一声，只顾低头狠劲地拉着沉沉的犁铧。拉呀拉，绊索深深地勒进它的肉里，可不知为什么它似乎一直就未曾知觉，时间长了往往是一路汗水一路鲜血。

它也很听话。农闲季节，大人就把它交给了我，我很小，牵着它，让它走它就走，再好的草也不多贪一口；让它停它就停，再急的步子都能收得住。从来不要“将在外，君命有所不受”的霸道，从来不欺我小，不听我的话过。特别是在冬季，野地里一片枯黄，树枝也光秃秃的，这时是放牛最困难的时候，别的牛扛着严刑峻法仍然禁不住田里青汪汪甜津津的麦苗的诱惑，挖空心思想着偷吃、抢吃，而我放着的黄牛却独自乖乖地伴着我在山崖下、溪水边安贫乐道地咀嚼着那苦涩的枯草。偶尔滋生坏思想把头冒失地伸进地里，但也绝没有掳掠的蛮横，总是战战兢兢地把头偏过来用试探的眼光窥视着我，只要我用稚嫩的童音轻轻一吼，它准会赶紧将卷起的舌头一松，放下麦苗，并且飞快地把头缩回来，还要十分羞惭地摇摆着，认真自责一番。这时候如果透过牛毛定能看见它羞赧的脸直红到了脖根。

它也很有灵性。在长久的依伴里，它已然悟透了我的心思，我快乐的时候它会咧开厚厚的嘴唇露出洁白而整齐的牙齿，哞哞歌唱，流溢出一脸的幸福；我忧愁的时候，它低垂着头一声不吭，伫立在我身边，草也无心吃一口。有时候，我疲倦了在它背上骑着骑着就打起了呼噜，它会轻轻地从草尖上抬起头微微扭过脖颈斜睨一下，然后眯缝着眼睛，一动不动地陪伴着我，只偶尔将尾巴朝后甩几下，赶走那不知趣的蚊子，让我童年美好的时光在牛背上涓涓流淌……

翌日清晨，我就匆匆赶回了家。天阴沉沉的像要下雨，一袭轻寒笼罩着故里的瓦棱。邻居几家的门都是紧闭着的，我弟弟也不在家，牛圈里空空如也，一种不祥凌空而下，我顾不得带雨具就急急忙忙地跑到了后山。老牛正低着头，艰难地拉着犁，步履踉跄，大概是抱着一丝希望吧，看见我陌生的面孔便停了下来，然后缓缓地抬起头用忧郁的眼光仔细打量着我，半晌才哞哞地低叫了两声。我知道它已经认出了我，是在跟我打着招呼呢。果然它随即伸出舌头舔了舔我冰凉的手，像是打招呼又像是有许多话要说，但终于没有。末了一低头又狠劲地拉起了犁来，仿佛在告诉我："你看，我还有力气啊。"见此情景，弟弟说："它好像知道了什么似的，昨晚凄伤地长吁短叹了一夜，一根草也没吃。"

其时，屠夫早已等在了地边。地刚一犁完，他便焚起了香来，乱七八糟地念过一些什么后，便拿出了明晃晃的尖刀，把牛牵了过来。

雨下起来了，又细又小，但却针似的扎着人心。我浑身发着抖，鼻孔一阵辛辣，眼前一片迷茫。

老牛耷拉着沉重的头，满眼的泪水早已不由自主地流了下来，但还是不死心地举起了朦胧的泪眼不住地左看看，右看看，满是哀伤的神情。见周围的人终于没有什么反应，只有铁着脸的群山，目光便低垂了下去，无助地向人们跪了下来，似有说不尽的辛酸和哀怨。我早已不敢与它对视，我明白，它此刻沮丧的心情。

望着这贫瘠的大山和这些艰涩的农人，我纵怀无边怜悯也终究没有办法，因为我不过是个孱弱的看客而已,又能起什么用?就在眨眼间,屠夫早已挥起了有力的尖刀,一股鲜红的血模糊了我的双眼。

雨大起来了,掩盖着我无奈而又伤心的泪水。我自是万念俱灰,独自转过了身去。可还是在不住地想,为我们耕作了20多年的老黄牛辛苦了一生,直到生命的当口,就这样痛苦地倒在了血泊里。

不一会儿,屠夫已将它骨肉分离,惨不忍睹。我知道主人准备把它的肉卖了,再添上些钱,买上一头新的牛。在农村这似乎都在情理之中,而我心独伤痛不已。

当晚弟弟们将留下的骨头和碎肉炖了一锅,热情地劝着我,我一片肉也吃不下,连汤也无法咽一口就连夜离开了村庄。

几年过去了,老牛那天向我无言道别的情形却一直镌刻在我心上,怎么也忘记不了。

唉!什么时候才能卸下这沉重的负罪呢?

(原载《作文》2006年第9期)

野菊依人

杨通讴

下课回来，见桌上放着个竹篮，里面满满地盛着白菜、青葱、红辣椒，还有一束带露的野菊。墙角的塑料桶也不见了。就知道准是白翎又来了。好几年啦，白翎在我的心里像一尊神又像一团火，教我心仪而惶悚。

白翎今年该大学毕业了。

那一年她还是我的学生。记得那也是个秋天，梅离开了我。要知道梅可是我当初扎根这里的根据。她很美，和我死去活来的差不多都爱了三年啦，终究耐不住教书人的清寒，栽进了一个腆着肚子的老板怀里去啦。人家都说我倒了"梅"了。我伤心了，流泪了，倒不是因为那个女人有多好，硬是觉得一个穷教书的太不值。

于是，望着南飞的雁阵我动心了。

虽说一向体贴入微的老校长来了，还为我掬来了怜悯的清泪，老师们、朋友们来了，软语温言，宽中理气，还是无法让我继续留恋这"太阳低下最光辉的职业"，咬咬牙，我买来了南下的车票。就在这时，白翎来了，眼角眉梢都是泪，仿佛一颗带露的绯红的樱桃。依旧挎着个竹篮，里面盛满白菜、青葱、红辣椒，上面是一束哭泣着的野菊；还有东东，涨红的小脸压在一捆干柴下，汗珠随着粗气不住地滴落……

"不是告诉你们啦，我明天要去广州了吗？"我揪心地连忙接下东东肩上的柴禾，觉得这孩子今天真乖。

“老师,同学们让我来——不许你走——旺旺、山山正在为你烧今冬的炭——大家都在哭——”此时的白翎已是泣不成声,宛若一树在细雨中哆嗦的桃花,晶莹的泪珠不住地扑打在那一束野菊上,野花知人,在泪光中悄然枯瘦。

我的心碎了,连同那张南去的车票。

记得那年,她才 16 岁。

……

“白翎!”我慌忙丢下书本冲出思绪。

“老师——”白翎正挑着一担轻盈盈的水走来。

“放下! 放下!”我三两步跑下楼梯。

“哪天回来的?”

“你猜?”她做了个怪样,就转过了头。

在省城这几年,她越发出落地可人了。身材高挑了,脸蛋更白皙了,一双俊俊的眼睛更亮了,胆子也更大了。难怪每每来信和我讨论人生呀,爱呀什么的,弄得我时时心烧耳热,不知所措。以至,后来连她送来的菜呀什么的我都不敢接了。她却全然不管,反倒更细心,连我喜欢的芫荽都不忘放上一把。进屋来就不由分说,翻箱倒柜,让我的脏衣服、臭袜子无处藏身,末了还我干干净净的衣服,叠得平平整整的被褥……一个清清爽爽弥漫着芬芳的屋。

刚进屋,还没喘匀气,她就突然问道。

“今天是什么日子?”

“今天? ——哦——该是重阳了吧。”

我就怕你忘记,还在回来的车上我就在想。

“重阳节登高。走,看菊去。”她拉起我。一路上,她像只鸟儿似的欢蹦着,百啭千回,还自编着歌儿信口唱来。怪怪的,在我耳里听来却似乎字字都别有一番滋味在心头,一把野菊在她动听的歌声里溢出醉人的清香。“自从那天识了字,心思就与别人殊。人家爱那万贯钱,我爱胸中万卷书。”

踏着润润的黄泥土路,踩着丛丛簇簇的野菊,不觉间汗水就出来了,对了她红嫩嫩、汗微微的脸蛋,无端地涌起了许多况味。我走到了一眼叮咚的山泉旁,她顺手摘来一张木叶,熟稔地抄拢,舀起一盅,咕咕喝下,朗声说道:“哦,大地母亲的乳汁,真甜。”又舀起一盅喂到我唇边,阳光漏过她滑滑的手指,美丽得动人。

“自己来,自己来,”我本能地抬手支开,水漾湿了她的衣裳。她生气了,“不、不，我就要喂你，十几年来你不是用汗水、心血哺乳着我们吗？”不容商量，滴滴山泉硬是从舌尖流到了我的心底。扔掉木叶我们就索性坐在一片满是菊花的草地上歇息，让菊花淹没了我们。

“老师，你爱野菊花的什么？”嗅着这一地的野菊香她盯着我问。

“直面人生，不畏风刀霜剑，冷峻刚厉，颇有点鲁迅精神。”

“我呀，喜欢她穷居山野，安贫乐道，把清香和美丽洒在这旷野里。”

“鲁迅？你怎么就喜欢鲁迅？”她用肩推推我。

“……没有丝毫的奴颜和媚骨，正气凛然……”

“你呢？”我想听她说。

“我呀，喜欢许广平。”说罢就别过了眼眸，不看我，使我莫名其妙的。

“为什么？”

“不为什么。就因为我们都是女人啊。”她突然撒娇般偎进了我怀中，用手中的野菊遮住了我的脸。轻轻地轻轻地贴着我耳朵说。“香吗？你闻！”……

透过菊丛，太阳像一颗心脏在山坳上轻轻颤抖。

（原载《贵州教育》2001年第7期）

杨通讴，男，印江刀坝人，1988年毕业于思南师范，中学高级教师，现为印江天堂中学校长。有杂文、小说、散文、论文、消息等散见于《人民日报》《贵州日报》《梵净山》等报刊，贵州省作家协会会员。

最美丽的微笑

安元昌

奶奶那时已是70高龄的人了。垂暮之年,对人生似乎更多了一些理解。每当太阳从对面山头上露出半边脸,有黄口稚子信口喊着“红太阳,红太阳,是外婆送来的花衣裳”时,她便知道今日的太阳将有一丝别样的暖意。这时候,她喜欢在自家的房门口,端来一根小板凳,靠房柱坐下,看日出日落,云卷云舒。要是在六月,手里定然有一把破旧的蒲扇,但并不着急地摇。我想人老了,断然不会像年轻人那样浮躁,把扇子摇得啪啪作响,奶奶的扇子摇得有一种佛学里的禅意,她不像是为着一种暑热而摇,更多的是像探求一种尘世的清凉境地。如果这都不是,那么至少也是因为老年人特有的沉稳和闲淡。而在冬日,手里便少了蒲扇,随身拎着的则是一只燃着一星半点杂木炭的烘笼,此外就是不停地咳啊咳的,有时咳得气都换不过来,把她那头上的黑丝帕都震散了,耷拉下来,恍惚望去,奶奶就在这一刻年轻了,那是头上的丝帕幻化成了一头青丝的缘故。其时就有一种关于生命的终极意义的另类理解,我猜测古人屈原同生死、轻去就的思想就是在这种氛围里而萌生。

但屈原基于这种理解,就勇敢地跳进了汨罗江,奶奶却不,她以一种顺其自然的方式去终其天年。这一点的意义是积极的,她因此而不为自己的腿脚不便、身体欠佳而焦虑和悲伤,她就这么自得自足地活着。那时我和我的伙伴们都还小,常常整天聚在一块,拿着一些木制或竹制的刀啊枪的,呼喊着,张扬着,真像是为某一个圣主决命争首,斩将搴旗一般,从奶奶的面前冲过去,消失在奶奶的视野里。奶奶就会在这一刻忽然想起什么似的大喊一声“好生点嘛，幺些，你们乖点啊，招呼摔着。”

可是谁也不会在意奶奶的这些提醒，它对我们来说，似乎就像天上太阳的光芒一样，须臾不可离，但也不必报偿、感恩，我们就这样在她面前跑来跑去，不知奶奶是怎样理解我们的，周所同有一句诗：“想着她的十八岁，借机你便年轻了。”不知奶奶是否有这样的感受。

奶奶有两个儿子，一是我的父亲，排行第二，一是我的大伯。大伯家二子一女，我家则有我和两个妹妹。按理，奶奶儿孙绕膝，已该尽享天伦之乐了，事实却远非如此，就如俗语所说，天下不如意事十常八九。我的大娘，自从有了三个孩子之后，自顾不暇，就忘了自己还负有赡养老人的义务，分了家另起炉灶，把爷爷奶奶晾在了一边。这在开始并没有难住我爷爷和奶奶。我爷爷五大三粗，孔武有力，奶奶虽是小脚女人，但一贯的勤劳，这种习性让她至今也是一点也闲不着，田间地头，只要是女人干的活路，奶奶可真是巾帼不让须眉，我真怀疑她的思想里至今仍想的是一息尚存就会劳作不止，但她显然做不得重活了，只能做做早上一大早起来，把昨夜剩下的饭连同甑子一起抱出来，到院坝里喂鸡、把灶台里没有燃过的火炭夹出来，放进一个瓷罐里捂熄这样的事儿了。——这样，其实在他们和我的大伯分开的当初，快乐地生活下去这确实是微不足道的一件事，他们的田地里到了春天依然是一片勃勃生机，秋天一片弥望的累累硕果。

但后来，我母亲来到我们家后，依着大伯家分家出来的先例，当然也不排除有一些类似我大伯大娘一样的自私因素，自然而然，我父母也从这个大家庭中分了出来。分出来的时候，爷爷奶奶显然已很老了，岁月不饶人，再坚强的爷爷也是强弩之末，势不能穿鲁缟。那么，依据农村通行的例则，就是爷爷奶奶把留下来自己耕种的田土再一次拿出来，平均分给了我父亲和大伯，而他们则极不情愿地坐享其成了。

哪知刚开始的一年就遭遇了麻烦，到了收获的季节，我父母如约把四百斤谷子和三十斤麦子交给了爷爷奶奶时，大伯和大娘却出尔反尔，不愿意承担这份责任了。

这个时候想起来，我觉得我的父母可能也不是标准的孝子，他们可能也是犯了“一个和尚挑水吃，两个和尚抬水吃，三个和尚没水吃”的毛病，面对这无奈的现实，我父母也没有勇气揽起关于爷爷这边的这份额外的责任，他们终于经过并不友好的协商,确定了一个荒唐而滑稽的方案,就是把爷爷和奶奶"下放到户、责任均担"了。正式安排的时候,气氛却一反常态地空前友好,我大伯破天荒地尊重了一回父母和他的兄弟,他叫爷爷奶奶由他们自己的意愿选择。我大伯在这件事上表现出来的态度我至今也没有猜透,所以不好妄言,我只知道最后的结果是奶奶到了我大伯家,爷爷到了我家。

千万不要笑话我们这个家庭,在农村,这可是司空见惯,屡见不鲜的常事。我的家庭自然未能免俗。更何况我父亲是两弟兄呢,要知道人都具备推卸责任的天性,不信你叫你的父母再给你生个弟弟并等到他长大了面对风烛残年的父母时试试。

爷爷到了我家是幸福的,我们都尊重他,我父母也明确了自己的责任,义不容辞、责无旁贷地好好服侍起爷爷来,我因此而领会了中国近代史上"分田到户、责任到人"这一举措的英明伟大。

但奶奶在大伯家过的日子则让我们大出所料,我们谁也没有料到我大娘原来对爷爷奶奶的态度并不是怕责任不明,防吃暗亏,她原来是一个不折不扣的、不可救药的不孝之人。她用一种不近情理的几近于变态的方式折磨着奶奶,道理虽不得而知,但有一点是可以看出来的,那就是,她时时表现出来的一种狭隘心理征象。这一点可以证明:我写这篇小文的时候,我的大娘已于十年前由于自己的心理偏差,在她的第二个儿子刚结婚的第二年,无缘无故地服毒自杀。我说她服毒是因为心理偏差的理由是根据农村人的常识得来的,即既不是缺衣少食,也不是家庭不和。除此之外,似乎没有什么解释能证明她是天命所归,死得其所。当然,这是后话。

由此,奶奶从那时起,就爱坐阶檐,靠房柱,坐小板凳了。拿着木制的刀枪跑来跑去的小孩已长大成人,奶奶也更加老了。面对跑来跑去的另一拨小孩,她还会时不时地喊一声:"好生点嘛,幺些,招呼摔着哟。"然后就陷入深深的沉默,翕动着嘴唇似乎还有什么话要说,但终究没有说出来。不说人生的波峰浪谷、大喜大悲,仅是生活中的磕磕绊绊、坎坎坷坷就已让她麻木僵化得近乎一个木偶人了。

因为分开,奶奶常到我家会会爷爷,可以想见那是何等的心酸啊,简直就像一次白色恐怖下的难友在放风时争取到的会见。这就是生活,残酷无情的生活。

老远地,听到一根破竹竿拄地发出的声响缓缓响彻耳朵,我就知道是奶奶来了。通常地，我会跑出去把奶奶迎进来，给她让座端茶，以尽一下孙辈的孝心。

这次奶奶又来了。是冬月，奶奶、爷爷、我和父母都围在火炉上，奶奶仍是那么一如既往地沉默着，伸出手烤火。爷爷关怀地问她一些事，她都显得爱理不理的。我想，生活中是什么东西具备了如此大的力量，足以让人把朝夕相处、厮守终身的人视为路人。

兴许是为了活跃一下气氛，母亲不知不觉地讲起了一个故事，讲的是有关于人老后反应迟钝，爱说错话的这样一个故事。

她说，从前有一个老头，他的孙子长大了，要结婚了，打了喜床，由于他家富甲一方，权倾当邑，喜床上镂金措彩，描龙画凤，极尽工匠之巧，打好了，请他这个老年人来敕封句话，结果这老头看了之后竟是这么说："这么好的床，哎呀，怕睡在上面不想起来哟。"讲完，母亲自己就笑了，我们大家都笑了，奶奶也微微地会心一笑，大家都明白了这是因为想讨个好口彩而适得其反的故事。

我就趁着这个难得的融洽气氛，也是插科打诨一般，说："奶奶，我二天结媳妇儿时你可要好好敕封我哟。"

奶奶突然令我始料不及地大笑起来——事实上是微笑，我猜想她可能是要大笑的，但无奈中气不足，便有所隐忍了。

奶奶笑完了，便说："要得，我家孙儿结媳妇儿的时候，我敕封你家二天那床上的被条揭开一看，哎呀，满铺的斑鸠娃儿。"奶奶说完，又兀自笑了起来。

这是一句让我觉得石破天惊的话，我怎么也没想到，从封建社会里走出来，并屈从于封建礼教而包了小脚，一生不苟言笑，背过女儿经，信奉三纲五常的奶奶，今天，会这么放肆地说了一句美丽的粗话。

也许有人会觉得我奶奶是不是表达了一种世俗守旧、冥顽不化的封建思想，我想也是的，但我要问，谁会在这样一种氛围下去探究这样一个虚无缥缈的问题呢？我觉得她敢于这么说，其实本身就是一种进步，它意味着一种人性的解放。是啊，从封建礼教中走出来的奶奶也敢勇敢地说一句粗话，这不是因为进步的时代改变了一种陈腐的观念吗？我由此猜想奶奶年轻时或许也是一个敢爱敢恨，敢做敢当的女人，也应是一个锋芒毕露，咄咄逼人的女人，或许更是一个心胸宽广，雅量非凡的女人……但这一切都被环境的恶劣、生活的坎坷所改变。棱角被磨平，锋芒被折断，锥处囊中虽可脱颖而出，但往往我们是被扎伤后才会发觉，毕竟一般是忽略了它的存在，以致奶奶今天的心如止水，古井无波，这无疑是生命的一种尴尬和悲怆。

但奶奶今天笑了,率真而坦诚地笑了,也说了,大胆而放肆地说了。她终于真诚地活了一回。我在其中体会到了一种上善若水的博大,一种绵里藏针的力量。这是一种最美丽的微笑,它把人生的酸甜苦辣、阴晴圆缺滴水不漏天衣无缝地融进了其中。

安元昌,贵州思南人,毕业于思南师范,贵州省作家协会会员,贵州省书法家协会会员,著有长篇小说《抚爱的折痕》等,现供职于思南县文联。

憨　爷

傅　强

二憨称得上盘古镇上的活宝，无论谁家大事小务，都会在大门的两侧贴上一排不大不小的红纸，一大串帮忙打杂的人名星罗棋布的一个不少地排列在上面，可最左边却千篇一律竖写着：背水二憨。

不知从哪辈算起，自我记事之日起，我就跟同龄人一样称二憨为“憨叔”，大人们却叫他“二憨”。好像该我与二憨打交道的时间特别多。他那一身浅灰色（即使现在也没改变）的身影，每天都会从乌江河里将一晏晏清冽的河水那么有节奏而熟练地沿着河岸槐树林中那排古老的石梯，经我家门前彳亍而上。这时谁家需水，只要说一声：“二憨，给我背晏水。”二憨照例是嘴里咕噜着什么，但他会从不失约地及时将一晏清冽的河水送到你家。但好像从来没人叫过他一声“憨叔”，我也不例外。

二憨就是这样一个吃百家饭的人。虽说谁家大事小务红纸上写着“背水”，但抹桌扫凳的杂务责无旁贷的归他所为。当然平常缺少劳力或急于用水人家的用水，基本已纳入了他的责任制。为什么叫“二憨”这个稀奇古怪的名字，却无法考究，只是从大人们嘴里得知他爹妈死得早，政府将他养大，好像也上过学，有过学名，最后还是斗大的字不识一个。不知哪个对乌江流域文化颇有点研究吧，“憨”有着本分与笨的兼意，创造性给他一个“二憨”。久而久之，“二憨”堂而皇之成了他名字。

不要说，二憨的确有时“憨”得使你哭笑不得。每当谁碰到他，他都会：“皮，吃饭没有,嘻嘻嘻——"在盘古镇上是一个少有的脸上常挂着笑面的人。但这句话似乎是他一生中唯一问候别人的"词汇",即使是你在厕所,他也会这样问候你,使你答也不是不答也不是。

在盘古镇上,女人怕二憨是远近闻名的。不要看二憨有那么股"憨"样,可对女人却有他的套套。每逢赶集,不知怎么着,二憨总往赶集的女人堆里钻,边钻边往女人身上挨,并在那女的屁股上拧一把。所以赶集的女人一见到二憨,自然就怕他三分,如古代见到帝王将相般给他让出一条道来。

看来二憨无法将男人的身体往女人身上找到一点快意了。但不要小看二憨,每天他背水时,总是站在码头上刷衣洗菜的妇女身后,眼睛却不老实的将目光专注地注视着女人从那衣服后摆显露出来的那片雪白雪白的肉,嘴里却叽里咕噜着。久而久之,女人们只要一看到二憨走到了身后,都会停止手上的活计,赶忙将自己衣服的后摆整理或者干脆站到边上,算二憨狠点。

但也有叫二憨吃亏的时候。一天,当二憨看到乔娣从张家馆子走过时,又咕噜开了:"那奶子好大呀!"不知是声音大了一点,还是两人隔得太近。"什么? 二憨,狗日的竟敢讨起老娘的便宜来了。好,今天我不拉你去和我睡觉,不喂你奶,你不知老娘的厉害。"说着就去拉他。这时的二憨赶忙往张家里屋钻。我们在场的无不叫道:"二憨,你甲,这回可碰到硬的了嘛。"从此二憨见到乔娣犹如老鼠见到猫一般,就连码头洗衣洗菜的女人,只要看到二憨色迷迷的眼睛时,准会喊道:"二憨,快点,乔娣来了。"这时的二憨准比兔子还快,连人带桶躲进了无法藏人的码头岸边的水狮子树丛中。当听到女人们得意的笑声,方知受骗,并四处观看确信乔娣没来时,忙讨上几句口头上的好处后将晏桶舀满,沿着那排古老的石梯缓缓而去。

自从镇上架上自来水,人们在遇到事务时,才知道好久没见到二憨了,似乎感觉得少了点什么。一天,二憨总算在张家馆子出现了,不仅身上换上新浅灰色衣服,还在那高高挽起袖子的左手上,稳稳地贴着一块晶亮的"上海"。人们少不了又要逗一下:

"二憨,几点了?"

"皮,你自己看,嘻嘻嘻……"并将左手伸到了你面前。有时你准看到那表一定戴反了。

但现在的"憨叔"已该是"憨爷爷"的年龄了,只是"憨叔"无人叫一声,"憨爷爷”的喊叫却在盘古镇上每一个我们的小辈都这样称呼他。盘古镇上的人们总有着与二憨分不开的缘结，镇上大事小务，大门两侧贴的那一排不大不小的红纸，一大串帮忙打杂的名字星罗棋布点缀在上面。最左边的一张准会千篇一律地写着：抹桌凳憨爷。

道

农忙刚过，贾疯子就又进城了。

他身上再不是斜贴背后可随手用来“嘟——嘟——”劲吹的水牛角和随地可乱抛乱卜的卦爿，也不是一把锈得发黑的长剑和一路敲打的铜锣。这次他却身插羽翎，手拿关刀，一副实实在在古代“关公”风范。脸上已没有他初“出山”时横七竖八自抓自打留下的道道伤痕。形象较几年前的确老到多了。

说起来，我与贾疯子已是几年的老交道了。

初出山的贾疯子，确实吃了不少苦头。农忙刚过，他或是背上水牛角，一路劲吹；或是手提铜锣“当——，当——”又打又叫穿梭于盘古镇那条长只有 200 米宽不过 6 尺的石板古街。不时便在自己那张瘦削的脸上乱抓乱打，曲身跪拜在到处存积着污水的石板街上。口里总反复“我的妈呀，我的儿也……”的嚎叫着。最叫绝的是，每当“乌江号”客轮驶过盘古镇在此做短暂停留上下客时，他准会不失时机地抢上轮船，慷慨激昂地讲演一番他所谓的“最新消息”。有时难免一些知情人要戳一戳他“贾疯子，不要再装了，又不是无人不认识你。”这时，贾疯子准会毫不留情地向自己的脸上左右开弓，再将脸上抓得鲜血淋淋后便纵身从船舷上投向不如江心水势流急的乌江水中。

这却苦了“乌江号”上的水手们。真出了事，人命关天并非儿戏，谁能负起责任?! 不得不陆续跳入江中，将贾疯子弄上船。贾疯子却能抢抓机遇，连连“重蹈覆辙”，船上上上下下，算怕了他，总爷爷、祖公哀求着少给惹点麻烦。久而久之，贾疯子就自然在船上有着“爷爷”“祖公”的身价，吃喝随便，船费皆免。

贾疯子进城可能要从五年前的农忙季节算起。不知是他的田土少，还是他在家本身就懒。盘古镇到处还处在手忙脚乱农忙高峰时期，他却又来到盘古镇街上闹开了。白天人们出工的出工，在家的大多老幼病残，哪还有闲工夫再如平常那样凑热闹拿他取乐。这次可能也该他倒霉。他一反常态，竟在晚上去街上的至高点上,牛角"嘟——嘟——"劲吹,时而又声嘶力竭大吼大叫发表他的"最新消息"。这下可惹怒了居住下面劳作了一天的冉虎、冉彪兄弟。从床上翻身起来,急速在家中各持一根又粗又长的木棒,从大门跑了出来:"狗日的龟孙子,老子今天要叫你吼!吼!今晚不将你脚杆手杆整断一样,老子不是人养的。"贾疯子一看知道捅了马蜂窝,忙命也不顾消匿在茫茫的夜幕之中。从此盘古镇街上平静了许多。

再次看到贾疯子是半年后的事了。当我乘坐的"乌江号"离开盘古镇码头。却从后上方传来:"听到,现在中央又……"这不正是贾疯子吗?又在开始他的"最新消息"了。只见他一番辛苦演讲后,口里并呀也呀地哼着傩戏小调。脚踩"莲花"碎步,手拿卦爿,慢慢漂进了客仓。

"你看,贾疯子又进城了,看来城里有搞头。"贾疯子的身影才出现,客仓里就议论开了。

"你们不知道。他很有求财之道。有次我刚刚到民政局办事,只见他进去不到一袋烟功夫,几十元钱就到手了。"

"光这,怕说得,连县委、政府都钻进去了。"

"当然划算,坐船不掏钱,吃饭不掏钱,一次进城还要乱找百多两百元,这种好事哪找。"……

难怪半年没见贾疯子在盘古街上"表演"了。这时的贾疯子,脸上照样是伤痕累累,身上那套青布上衣还隐约可见滴滴未洗尽的血痕。

真正了解贾疯子是船上见到他后不久。一天中午,我患急性肠炎正躺在镇卫生院的住院部里输着液,照例我的父亲听说又住进了一个新病人,忙将我们临时占用的邻床腾出来时,抱着输液用具和药物进来护理的竟是贾疯子。

后来贾疯子告诉我们,他共有两个儿子一个女儿。这住院的年轻人是他大儿子,已二十多岁了,年底就要给他归结(完婚)。人熟了,自然要扯到他是否真疯。他说:"现在世风真真假假,假假真真天晓得。反正一年的肥料款,过年零花开支都要钱。"他避而不谈他真疯与假疯。

"你脸上、身上伤痕累累,不感觉痛吧?"

"哪有不痛的。初出山,不真点,别人就会欺侮你。况且能找到钱吗?"与贾疯子的一段时间接触,不仅知道他在家并不懒,而且还是一个好丈夫、好父亲。

后来,贾疯子脸上的伤确实已渐渐少了。甚至还偶尔看到他上下船时,从不拒绝帮助别人请他帮助搬动一些重货物，连小孩在他帮助抱着上下船时，也并不怕他。

今天的贾疯子老多了，精力也大不如从前。当他走过我身边时，问道："老师，您离开盘古镇已好几年了，伯伯还健在吗？我还记得那年我小孩住院，你们还送了我们几包白糖。"

他还能记起我父亲，还能记起几年前送的几包白糖，实在难为他了。

"老师，您身上有一块钱没有，拿一块钱给我吃饭行吗？"说着双手合一向我做出乞求状。

"对不起，我刚换衣服。"我忙内疚地将身上所有的包翻给他看。

"谢谢了，老师！"他忙转身，口哼傩戏小调，脚踩"莲花"碎步向远方飘去，只是步子再没有当年敏捷，始终是快五十岁的人了。

傅强，曾用笔名原兴，土家族，贵州省沿河人，1962 年出生。1989 年开始发表作品，有诗入选《九三青年诗历》《中国诗家荟萃》。2001 年贵州省首届青年作家班结业。2004 年出版诗集《乡韵》，2013 年出版短篇小说集《道》，现为贵州省作家协会员。

故乡，那一口井

甘 伟

（一）

我始终认为，在我贫瘠的故园，泉水永远是最母性最灵异最祥和最宁静的风景。无论世态炎凉、人情淡漠，那一口古老的井，那从井中流出的甜甜的清泉，将永远支撑着我生命的纯洁，在精神空间里天长地久地流淌。

在我诞生的那座偏僻而遥远的小村庄北侧，一条石子小路蜿蜒盘曲，穿过高深的密林，尽头是一块大石，大石下面，便是那生我养我的水井，泉水从里面流出，经过石缝流到不远的田里。

远古时代，从这里有了第一户人家，这井，这水，这石子小路，便成了村里人洗去污垢，寻找纯洁的去处。

我在井边长大，我喝着这清泉长大。

那时，我还是一个瘦小的男孩，常站在光滑的大石边，听着汩汩的泉水声，眺望远方，朦胧地向往未来的世界……

（二）

儿时最快乐的时光，莫过于和小伙伴们一起在光滑的石子路上玩耍了。尤其是在夏天，当成群的蜻蜓漫天飞舞，同年纪的几个便用蜘蛛网制的网竿肆无忌惮地捕捉，然后把捉到的蜻蜓分类，黝黑的，折翅去腿，保留中间部分，然后用葫芦叶浸泡水了包着放在火灰里烧，约莫五分钟后，撒上盐便可以吃；黄色的，则分成几片喂蚂蚁。

黄昏时分，吃蜻蜓喂蚂蚁的伙伴们在石子路上追逐嬉戏……

一个头发、耳朵、脸上都是泥巴的瘦小男孩仰卧在井边的石块上，将调皮的小腿毫无顾忌跷到井沿上，听着汩汩的泉水声出神。小男孩在想些什么呢？他自己也说不清楚。

村民们早抢晚争地来挑水，光滑的石子路上，留下一串又一串的脚印，他们隆起的脊背在小男孩忧郁的目光中漆黑发亮。那时，小男孩好奇地踩着脚印跟着走，追随到很远很远……

许多年后我都在想，一个流浪者日后与那口井的恋情以及他一生的艰辛和梦想，兴许从那时起，就藏在甜甜的泉水里，抑或石子小路上无尽的追随里了。

(三)

童年的幻想如流逝的泉水一样，只留下一片浅浅的湿地和许多苍凉。猝不及防的我还在金庸梁羽生的七窍生烟跌跌撞撞里揉着伤痛，在琼瑶岑凯伦的弱不禁风情意绵绵中独自叹息时，我那刚过门的大嫂就要我做一名规规矩矩的庄稼人。日后父亲又烧去我所有珍爱的书本，要我死心塌地和山里人一样日出而耕日落而息。此后，我就在故乡井边的石子小路上亲尝着庄稼人的苦难和艰辛。

我想，如果那条天长地久的石子小路没有过早地把我唤回，如果我没有在石子小路上把农村人的人生模拟一遍，我可能不会出去流浪。

如果我总是逆来顺受，如果我的心灵甘愿被贫苦揉蹶，如果我也像父辈一样不曾有过读书识字的经历，我不会出去流浪，不会再回来读书。

是的，命运的猝然改变和故乡那一汪清泉成为我一生的情结，使我在流浪中悟出文化与生命同等重要。是上苍恩赐的那一口老井和那一汪纯洁的泉水，才使我在井边倒下又站起，离开又回来；也才使我在苦难的生活片段中捡起生命中块块闪光的碎片，编成长长短短的文字。

(四)

十五岁那年,我在冷漠和鄙夷的目光中,毅然打点行装夜行南下而去。那是一次思想和肉体的出逃,现在想来或许有些幼稚和冲动。但如果不是因为那一次远行,也许我仍困在大山里和许多同龄人一样早婚,然后生儿育女,继而变成不堪生活的重负、喝醉了红苕酒打老婆的村夫。正是因为有了那次远行,我才看见外面有柏油路自来水,还有一种叫文明的东西。也正是朦胧意义的出逃,才使我的思想和灵魂受到洗礼:山里人也该有全新的富裕而具现代化文明的生活。它使我重新认识到,故乡那口井,已成为我生命的隐秘,它几乎凝聚着我对这个世界所有的爱和恨。

没有离别的洗练,这绝对是另一种意义的艰难和平庸,而正是离别,我才更加感觉到那一口井在我生命中的深重意义,使我成为一个懂得在逆境中怎样生活的文明人。

(五)

我又坐进了教室。在每天完成一大堆作业还要复习功课的前提下,我禁不住操起了笔。心中那些涉及我个人和乡亲们凄清苦难生活的回忆像毒蛇般咬啮着我的心,而终又以一派神圣的光照、慷慨的赐予,使我的内心变得清澈而滚热。一种极其纯粹的对表达和宣泄的渴望一再使我不得安宁。我开始在教室里书写我生命最初的颤音。后面不远的几排,有人在高谈阔论些什么,前面一个女孩正在嗑瓜子,吐得满地白花花的瓜子壳。有时若稍不注意,就有人将稿纸拿去当手纸……

我就是这样在教室里写下我对这个世界的认识和最初感受。我常常含泪对自己讲述我的回忆。日复一日地讲述使我进入不断获取的生命意境。也许,从那时起,就该视作一个青年新的生命奋斗和日后精神永远的找寻了。

(六)

云贵高原以其特有的气候被人称为“人无三银,天无三日晴”。而思南这座古老的小城更以浩浩乌江的磅礴气势迅速传递着日子的骤然改变。头一天还是阳光普照大汗淋漓，一夜之间却是绵绵细雨，让人冷得瑟瑟发抖。河风裹着鱼腥飘零，“呜呜”地响着，拍打着窗棂。这时候，我感觉有一种伤感和疼痛离我很近。故乡那么遥远而往事却飘然降临——

……漆黑发亮而隆起的脊背，挑着斑驳落漆的木水桶，脚印在光滑的石子路上重复……熊熊火焰吞噬着书本……在黑暗中无声地走过那口古井，那个村庄……我独自走在下山的路上，泪水模糊了双眼……故乡不见了，消失在云贵高原那崇山峻岭之中。

我就这样写着，功课的压力和贫寒的生活影响着我的身体，体育补考成绩单又被填上了一个大大的“0”。寝室的同学都睡了，我再一次打开手电，借着微弱的光，续写我这一生的梦想。写成的文稿渐渐填满了箱子……我就这样执着地写着，啼血的回忆让流逝的岁月和我 18 岁的生命邂逅。有时倦怠得昏睡过去，而故乡那一口装满清泉的井，却总是不停地晃荡在眼前，我又拿起笔，望着远方，想象着外面的世界……

我就这样写着。

我想，我还会义无反顾地坚守和继续——

为那口井。

甘伟，笔名甘苦，一人。男，土家族，1979 年 4 月 2 日出生于德江县平原乡东风村关河溪组。1999 年毕业于思南师范学校，曾在《散文》《散文诗》等杂志发表作品。

梁祖江微散文

面对一条鱼

世有“如鱼得水”一说。这话似乎可换一种说法，那就是有水也会得鱼，推而论之，有大水就会得大鱼。

然而，家就在岩头河畔一个山窝子里，父亲健在的年月，我只吃过一次鱼，而他和母亲从未食过鱼滋味，倒是常见远远近近的人，或静坐河边垂钓，或划行小船于河中撒网。

我平生第一次吃到的鱼，是父亲从一片片稻田间的小溪弄来的。这有且仅有的一条，也不是煮熟的，而是用一片绿色的南瓜叶和一片绿色的棕榈叶密实包扎后，放入煮饭的柴火中慢慢烧熟的。

我因此疑心，现今大街小巷方式异常雷同的烤鱼，其原理就取自曾经一个山里娃的小智慧，要是当初鱼的数量多一些，世间或许会少了一道美味。当然，真如此，父母也少了一次次放生，为我积福，也为生态积福。

飞雪的荧屏

师范就要毕业的一天。老家三十里外一初中同学家。剧名《哎呀，妈妈》。彩色荧屏。

第一次认真看电视的记忆，注定永远挥之不去。但事实上，触动我的也非剧情，只是那优美而伤怀的片尾曲《感恩》："噢，妈妈，请试着放开我的手，让我去学着自己长大……"

而多年前，老家寨上"先富起来"的人家，就买来了电视，黑白的，常引得忙碌的乡亲们不惜放下锄头，站在屋子里，趴在门窗上，看《雪山飞狐》，看《小李飞刀》。那时，一个个庄稼汉似乎都摇身一变为艺术鉴赏大师，以致剧终人散后禁不住在田间地头扮演"续集"。而我，只看到了密密麻麻的雪花。

空白的艺术启蒙把我逼向山野。这张宽大的荧屏，永不变色，永远只播放真理：春暖，花就开；冬冷，才飞雪。

荒芜上学路

有一条路，很瘦，也很脆弱，不像小草，虽然也瘦，但"野火烧不尽"。

从小学三年级起，捉迷藏，偷果子，拔地瓜，捡茅栗，同伴们就以不同的花样在这条路上翻新童真。早去晚回间，成年的幼苗暗自在我们心地里生长。我和一位童伴就曾为读书有没有用，常常争得脸红脖子粗，眼看就要相互拳打脚踢。

成绩的确不好的他，初中毕业不久就结婚去了广东。但背井离乡的日子里，他十分能吃苦，甚至把自己兵分两路同时向养家糊口出击。谁料两年前，因一次意外工伤，他不幸在生命的阵营上吃下败仗，以一盒骨灰魂归故里。

如今阴阳两隔，我们再不能一起重走曾经的上学路。但我知道，生生灭灭的杂草间，最终荒芜的其实不仅仅是一个人的童年记忆，只是时间迟早而已。

油印的奖状

风吹雨打，烟熏火燎，老屋从里到外黑不溜秋的。我读小学那些年，因家里无钱打煤油，太阳落山后，就再没什么能带走那一团漆黑。

自小，我读书算得上用功，一放学就端了破板凳到阶沿坎，坐在一块小石头上，温故知新。这习惯甚至保持到了师范毕业在乡小待几年后，又回村小继续执教的日子。至今仍照亮心空的《报任安书》《婆砧课诵图序》《廊桥遗梦》等激情火苗，就是那时被点燃的。

屋内的耀眼，来自小学班主任兼语文老师亲手刻写油印的一张张奖状，薄如蝉翼。记得至少每星期我都会得一张,不久就在板壁上飞成一堵墙。

这些奖状,虽然少了五彩缤纷,但却黑白分明。正如那深山老屋,真不需要太多花花草草,有那么一点阳光从门缝挤进去,够了。

阶沿坎上的舞蹈

几根金色的麻线,拴住我的这个中秋,更拴住了母亲的四季。她斗大的字不识一个,一生除了背负粮食、木柴等重物外,从未上演过特有的精彩。

与母亲形影不离的背篼,在市上时是没有背带的。买回家后,要真正派上用场,还得用棕榈和麻绳等自制。这其中的麻绳,就来自母亲的拿手好戏,甚至邻居们的也是。

雨天为农事的繁忙腾出一点儿空闲,母亲往往就用于搓麻绳。只见她坐在阶沿坎上,高卷泥巴裤管,亮出洁白大腿,一手牵住麻线的一头,一手将另一头放在膝盖上来回不停搓动,间或吐出一点儿唾液润滑,并随口唱着《东方红》。

一根麻绳成型,一段舞蹈也结束了。这浪漫的时光里,屋外一直风吹草动、雨打叶响,莫不是在为母亲的土里土气摇旗呐喊?

站起来的泥土

匍匐千年的泥土,一旦站起来就自成一种生命,长出时间的长度,也长出空间的高度。这贸然的判断缘自山里的毛砖。

毛砖其实无毛,仅制作简单粗糙而已:就近挖取一定湿度的泥巴,装入方形木箱内,双手高举木锤接二连三重锤,并适时适量添加一些泥巴,直锤至四角成楞、上下平滑为止。

有一年暑假,隔壁邻居建烤烟房,我就亲身体验过这种劳动。那一刻,就像父母种庄稼,一直大汗淋漓,可谓"汗滴锤下土"。

在我老家山寨,除建烤房外,毛砖多用于建偏房,更有两位高龄老人,数十年就住着纯用它相砌为墙、茅草铺陈为顶的房子。

凄风苦雨中,毛砖与茅草,一个立地,一个顶天,紧紧抱住了一团温暖,但一个站起来时,另一个已经倒下去。

一只南瓜的等待

一只南瓜带上金黄，也带上笨重，从我老家茅栗坨启程，在我稚嫩的肩膀上行走约30公里，就来到了岩头河对岸的许家坝菜市。

时值正午，大街人流如潮。与我随行而来的南瓜，如一尊巨石，坠落潮底，一动不动。而那些各式现代商品，不断收束着四面八方仰望的目光。一浪高过一浪的讨价还价声中，我与一只南瓜面面相觑，当然也偶尔抬头偷偷东张西望一下。

夕阳就要落山，冷冷秋风渐起。一街的空荡，装不下所有的寂寞，我和南瓜只好灰溜溜走在回家的路上。但不曾想，蓄满了一身等待的这只南瓜，多年后的今天，竟被一些筷子抢来抢去，在城市，甚至就在它曾破灭过希望的那条农村老街里。

葵花杆的隐秘

村子的路没有灯，夜间就像一根根小小的面条，被黑暗一口吃掉。

此背景下的母亲，自然成了盲人，需要一线光作拐杖，才能稳住行走的身子。而她的这线光，不是来自街上出售的电筒，只是一根根葵花杆。秋收过后，她首先将生葵花杆成捆深埋于烂泥中浸泡，一段时间后，又取出来一根根分列于田埂让烈日暴晒。重现天光的这些葵花杆，仿佛被黑暗压抑得太久了，一旦着火，就光芒四射，不易熄灭。

有了它，母亲夜里走东串西，整个村子，来去自如。这照亮夜空的火把，也照亮葵花杆当初在地里的姿势，顺便也照亮了它一生隐藏的秘密：夜晚，它是母亲的拐杖；白天，它其实是太阳的拐杖。要不，从早到晚，太阳怎么老是沿着它指引的方向行走？

芭 茅 再 生

茅花？芭茅？久居四围厚实水泥墙密切相拥的水泥空间，记忆的视野似乎也在日渐被封闭,无法纯粹敞开,以致对曾朝夕相处的一些美名,竟一时感到模糊,现只能凭个人喜好从中择其一。

我要说的是,在自己出生的老屋里,靠后置一床,床边立一墙,将城中人所谓的卧室与厨房相隔开来。这墙,就非地地道道的木板,正是用一株株芭茅杆简易相砌而成。

芭茅,野生于山中,直立如竹,虽内中不虚,硕壮却较之大有逊色,一刀即倒,又最终多化为炊烟缕缕,速朽于大地。而其中一小部分,比如这成为木屋挡风之墙的,之所以有幸重新站了起来,实现再生,乃是因它落入了一户贫困人家。

对门坡荒了

对门坡的存在与我的生命本质需要有关,当然如果我不来到这个世界,它也会为别人存在。

它弱不禁风的体质,与父母的命运惊人相似,自从被向东吹倒后,就从未向西歪过来。作为一块地,本该为一家人的口粮,提供丰富的营养。然而,它老是把很大一部分,给了石头,给了野火烧不尽的茅草、葛藤、苦檀子。它似乎在有意制造一场战争,让玉米以传统的方式与它们进行生死较量。

倍感惊异的是,以同比例上缴公粮而拥有它们的父母,从没有叫苦,就像他们对自己低微、苦涩的命运,一直默默领受。

而今,父亲去了,年迈的母亲已不能过度劳作,对门坡就荒了。我还亲眼看到,在同一片天空下,荒了的地也不光是曾经养育了我的这一块。

两只脚的位置

光着两片脚丫来到世上,无人可避免,我自然也是。父母给我穿上的第一双鞋,是啥材质,是啥模样,已彻底遗落在婴儿时代的路上。我所能从记忆深海打捞出来的,一是解放鞋,二是皮鞋。从前者到后者,顺序绝不可颠倒,因为它隐藏了一个人的幸福密码。

早去另一个世界的父亲,一生守着土窝窝,在人间的数十个年头里,从未穿上过皮鞋。换句话说,命运的行程不允许他走向幸福。作为窝子里一株庄稼,我也只能穿着一双双或布满窟窿或打满补丁的解放鞋，在那连绵群山的阻隔之内亦步亦趋，两脚就像两片零落的秋叶，潜伏于阳光最底部。

后来，亮光光的皮鞋如两只眼睛，引我走向父母眼里的开阔地带。但不论走多远，我都与世隔膜得很，至多只能占得两只脚的位置。

梁祖江，男，苗族，贵州思南人，1979 年 11 月生，大专文化。1999 年 7 月毕业于原思南师范，2009 年 6 月起，先后在思南县委信息交流中心、思南县广播电视台(新闻中心)工作至今，现主要从事新闻采编工作。业余爱好读书、写作，有作品在《贵州作家》《诗友》等刊发表，偶有散文、诗歌获奖。

郝家湾记事

郝珍昌

唢　　呐

唢呐，是一种管乐器，管身正面有七孔，背面一孔，下面呈西式喇叭状。与唢呐配套还有大号，这号可以伸缩，吹时把它拉长，不吹时就把它收回，搁置旁边。它们在中国的历史远古而悠久，广大农村流传至今，而且将继续演绎下去，经久不衰，也是社会文明进步的标志，是农村或城镇不可缺少的一门吹技。但凡婚丧嫁娶，立房子、立碑、立龙门、订大门，等等，必有它们的身影。记忆中，我的故乡尤为盛行，并且必不可少，难得做一回大事情，主人都愿出高价钱请吹技好的师傅，他的曲调要时尚，耐听，激发人心，凸显热闹非凡的气氛，又符合办酒的逻辑。

人们管吹唢呐的叫八仙师傅，八仙师傅一般由两人组成，这还得有一点天分，不是所有人都能行的，得懂乐理知识，并且要精通。什么民歌、经典老歌、流行歌曲，都要会吹，因为时代在进步，人们的欣赏水平和需求也不相同，八仙师傅每走一家，都得给人们留下好的印象，他们必须齐心协力，吹奏乐曲调子相同，音量一样，要为主人吹走邪恶，吹来幸福，农村办一场酒，他们起着举足轻重的作用。

记得儿时，村子里的人们在劳作了一天之后，傍晚会在村子的大树下乘凉。邻村黑大叔会不早不晚的，背着唢呐，带杯茶水，匆匆忙忙赶到桂花台，已有很多乘凉的人们在聊天，有小孩们的嬉戏声。黑大叔的出现，让人们立刻安静下来。

只见他不慌不忙地拿出唢呐。当那阵哀伤的唢呐声越吹越长时，那种最原始的最悲凉的曲调，演绎出来的才是最真挚的感情。我所知道的吹唢呐的，大都是老年人，或者中年人，经历过失去亲人的痛苦，所以能把那种悲凉的气氛推向高潮，随着主人的哭声，一高一低，久久地回响在人们的心灵。

黑大叔吹完一曲，吐了一口浓痰。喝一杯浓茶。又吹起了曲子。能从大叔的曲子中所感受到他的心声。大叔，一个孤独的人。失去伴侣，没有朋友，儿子不争气，没有……而陪伴他的，也只有唢呐，也只有在吹起唢呐的那一刻，他才仿佛进入了自己的世界。看黑大叔随着曲子而变化，一会儿神采飞扬，一会儿低头哀思。

黑大叔，不曾和人们提起过自身的身世。早些年他作为异姓搬到村子里住，平时靠吹唢呐养家糊口。闲时，会帮邻里干些农活。可是，不知从哪时起喜好上赌博，一到哪家吹得点钱，就钻到村西头代销店里搓麻将，并且整夜整夜的不归家，身上有分文都要输光，还负债累累。酒后还毒打老婆，老婆伤心到底，喝下毒药致死，早日解脱了痛苦。

其实黑大叔是一个善良的人，为人诚恳，只是太老实，划不过别人家，容易上当受骗，吃些小亏。当看到他囊中羞涩，站在商店老板的柜台前，伸手要一碟茴香豆时，表现出来的是一脸的无奈，那种窘迫的样子，我有些发笑，但又不敢笑出声来。想起他的唢呐声，清脆悦耳动听，吸引众人，继而又羡慕起他来。

女人的命运，几乎是唢呐吹出来的。当她要出嫁时，男方就要派请唢呐师傅，配起锣鼓，吹吹打打，女人抛弃一切思家念想，带走自己想要的，冲锋陷阵，两眼泪汪汪，喊一声爹，唤一声娘，下跪祖宗，撑着男人买的油纸伞，一步跨过家门槛，伴随一首首情歌挽住她的臂膀，与男人肩并肩走进结婚殿堂，那一刻，好幸福无比！

一溪春水向东流

郝珍昌

我看到太阳每天东升西落，就心生几分忧伤。岁岁年年人不同，日日夜夜水流走。我的故乡郝家湾山环碧玉翠，从我记事起，溪水像一条漂流的彩带，叮叮咚咚，长年累月，朝朝暮暮，唱着欢快的歌，不知疲倦地一路奔跑着。有道是：流水不争先，它总是默默无闻，至西向东，从故乡凤凰山底下的暗河里哗哗而出。

春江水暖鸭先知。春天来了，干涸了一冬的溪水该涨了。鸭群们抖抖身子，梳理羽毛，一头扎进水里，翻一个跟斗，再打几个咪头，看它们玩耍得多自在，无拘无束。

时光如流水，一转眼夏天来了。记忆中，端午节涨水，仿佛成了惯例，老天爷也看到了这盘棋，让人们挽着裤腿，赛龙舟，吃着粽子，纪念屈大夫投江自杀爱国的精神，也是故乡人如鱼得水的大好时机，那一条条鲜活的鱼儿蹦蹦跳跳随洪流从山洞里蹦出来，人们管它叫山鱼，一条条山鱼硕大肥美，有鲩鱼、鲤鱼、青鱼、草鱼、娃娃鱼、鳜鱼(也叫桃花鱼)等等，真是品种繁多，不计其数。每每此时，四面八方，只要流水冲击力较强的地方，人们用挡板扎个闸门，安上渔网，保证一个也跑不脱，准会满载而归，全部落网，大大小小的鱼都有。这时，网渔人甭提有多高兴，拿回家就开始杀鱼。

小时候看惯了父亲杀，先宰尾巴，这尾巴贴在厨房的墙壁醒目位置，预示家里人不仅要会捉鱼，还要会吃鱼，也有年年有余的意思在里边。杀鱼有讲究，大的杀肚皮，小的杀背上，清理掉肚里的残渣废物，就算成功，父亲还要撒点盐，这样才不会臭，看着一条条杀好的鱼，躺在筲箕里，我有些茫然了，老老少少吃个饱，送几个给亲戚朋友，一些拿回家，大的有两三斤重，小的有二三两，甚至更小的也有，拿些就弄酸鱼，拿些晒干鱼。

今年端午节前后，很下了几场瓢泼大雨，我去了一趟故乡，正好碰上涨水，溪水满满的，气势雄浑，像非主流派别，洋洋洒洒，将溪边和溪底那些残渣余孽一同带走，在高低凹凸处打转，奏起的乐曲声悦耳动听，溅起白色的浪花，形成一个个美丽的小瀑布，我走走停停，不时被涌流的溪水惊动，险些也混为一潭。

从我记事起，故乡的小溪就长年累月，不知疲倦地流着，灌溉着庄稼，洗礼人们的思想和灵魂，养育一代又一代故乡人，父亲说这水又好又不好，要是它不涨大就好了。今年洪水三次翻过分水管，将一坝田地淹没得五体投地，全军覆灭，庄稼颗粒无收，产量又要减少，父亲的眼里噙满泪花。

郝珍昌，女，毕业于思南师范，先后发表散文、诗歌多篇，现供职于思南县塘头小学。

生命之死亡论

吴 华

落下这危险而又可怕的一笔，似乎我已近于耄耋之年了。本该一颗年轻放浪的心没有资格对死亡说三道四，可我偏偏又遏制不住不知从哪里溢出的一股死亡的寒气，每晚都像有一双魔爪在真实地亵渎我的灵魂。于是，我有些恐慌了，害怕临近死亡的痛苦，更害怕死后孤寂的被神灵抛向荒芜的另一个世界。其实，我不怕死亡，我怕的是今生寂寥的粮仓里没有供人食的黍子，人类得不到拯救。不过我的担心有些滑稽可笑。但我要证明我的存在，证明我的意志，意志的脖子上套着的重重光环。但意志的背后隐藏着的陷阱，又不得不使我与死亡作一次彻底的宣战。

人的生命对于寰宇就像12点钟诞生，12点零1秒就消逝。这生老病死本身就是一种自然规律。每个人都有悲叹生命有限的自由，却又没有理由去悲叹生命的有限，你也可能将生命看作是这样：它像是戏剧中一段不起眼的插曲，破坏了神圣的无生命的宁静。无论怎样，即使你所遭遇的事物，一切如意，但是，随着岁月的消逝，你仍会觉得整个生活都属失望，且都是骗局。

不过，这种对生命的悲观主义意识来源于我在手术台上与死亡抗争的结果。我们的生命只在显微镜下看起来才会显得硕大。生命只是一个细小的微点，但是这个微点都在时间和空间巨大的镜片中才会显现出伟大来。的确，一个人也只有靠近死亡边沿的时候，才知道生命是如此的可贵。记得我躺在手术台上的情形，全身麻木至极，只模糊地看到两位白衣天使忙碌在我的身上搜查着什么。

我想，我会不会被他们判死刑。几个小时过去了，昏迷的状态渐渐地清晰起来，仿佛一个噩梦初醒，脸额上淌满了泪水。手术成功了，于是，一颗孱弱的心又开始跳动起来。之后，我懂得了金钱、权势、地位、荣誉等都是生命之外的东西。而这又是我想不通的一种困惑，人为什么要苦心地想要满足这种欲望呢？这也许就是叔本华的“意欲”。意欲就是意志，而意志又是无法满足的渊薮，而人生却又总是去追求这种无法满足的渊薮。所以，人生即是一大痛苦。叔本华这样一生不为吃、喝担忧奔走挂虑，不为仕途操心的哲学家，却把人生描绘得如此灰暗，把幸福看得一钱不值，着实让人感到惊奇。生活给了我们一个观看魔术师表演的大厅，我们总是被魔术师设计的游戏欺骗着，看不出真实的迹象，甚至被愚弄得哭笑不得。这种“乱真”的境界在中国的古典诗词中是不难找到的，而于我们实现生活的“场”，似乎又太残酷，很多时候会让你惨不忍睹。

有多少仁人志士用死亡作题，都想在死亡的途中寻找一种生命的载体，使自己从死亡的魔掌中逃脱出来。而真正能把死亡当成是人生最快乐的归宿者，恐怕寥寥无几。不过也还是有的，庄子的妻子撒手人寰，庄子不但没哭，反而击鼓乐之，为他的妻子摆脱了人世的苦痛与揪心的折磨而高兴。所以，庄子把死亡看成是一种快乐的归宿，而不是因想妻子快点死去而又无所谓的态度。叔本华在《论生存的虚无》一文中说：“对于人生的各个事件，我们仅能阐述其在一刹那间的存在。过此以后，则就是曾经的存在了。”所以，每当黄昏之时，我们常常会感到，生命又缩短了一日。对此生命短暂的追思，也是一些哲学家、思想家、文学家常常悲悯的事。孔子行到江边慨曰：“逝者如斯夫。”同样表达了孔子惜时的人生态度，而这种态度又是晋代的抱朴子所不愿接纳的。在他看来，即使人生如流星一样转瞬即逝，也必定会留下一丝光亮；即使是短暂的生命，也要将有限的生命投入到没有尽头的时空中，抱朴子还说：“夫鸾不挂网，麟不堕陷。”意思是说鸾凤不会被罗网所阻，麒麟不会投入陷阱。我们又何必为生命的短暂而自甘颓废呢？人生的景象，就好比是一幅粗制滥造的镶嵌在砖壁上的图画，近看不能产生任何效果，远以观之，才发现和欣赏出它的美妙来。

人类是万物的灵长。上帝将我们无端地抛到世界上来，又无端地让我们受苦，我们也只好乖乖地接受上帝的审讯与惩罚。灵长又能怎样呢？只要身为动物，你就没有理由逃脱死亡的追捕。上帝看到我们，与我们看到蝼蚁归巢的情形差不多。蝼蚁精心构筑的家园，也不想被一个两岁的孩童一泡尿给毁了，蝼蚁也会痛苦地呻吟道:“上帝哟!你为何这般残酷,要将我们弱小的生命置于死地!”看来孩童也就成了蝼蚁与甲虫们的上帝。然而,我们人类呢?又好比是田野上的羊群,嬉戏在屠夫们的监视之下。这群羊,将或先或后,依次被选择宰割。因此,在这美好的日子里,我们都意识不到隐而未发的厄运——疾病、贫穷、残废、失明、昏聩、翻车,等等,正早已等待在其后了。我们随时都要做好死亡的准备,只有具备了这样的一种“悲郁”的精神,人间才不会有贫富、高贱的理念。这样一来,我们才和动植物同乐、同在、同逝。

不知是何原因让我思考起生命这个问题来了,觉得有点唐突,但稍加细想,又是那么自然。一种生命的回归总是必然的。即使侥幸的心理获得了一次生命的延续,那也只不过是残缺后的一种补救方式上的完美。时间留给我们的空隙少得可怜,我没有理由不好好地活,但又没有理由不返回到原始的状态。于是,在我的人生旅程中终于找到了一种心灵的载体,更确立了自己的人生又该怎样的驻足。也许,一切的幻想都只会是徒劳,但又不得不为了幻想而挖空心思。总之,思考是会让人痛苦的,有了痛苦,才会发出痛苦的呻吟,一旦这种呻吟开始蔓延、滋生……悔恨、自责、惋惜、慨叹便自觉与不自觉地困扰着,监视着我们的行动了。

其实,我也没有认真地去想一个人如何的生,又是如何的死。我只是觉得一个人在身体不适时,总会有一些奇异的想法,甚至我更怜悯起那些小生灵了。例如一只苍蝇被人们设计的“粘蝇板”死死的缚住,看到它们挣扎的痛苦,又多么像我在疾病的边缘痛苦的挣扎一样难受。此刻,我同情它们也正如上帝同情我一样。于是乎,我每一处的行踪,对那些弱小的生命倍加珍爱,不管是植物还是动物,有时偶尔看到两个小孩儿在无辜的损害花圃里的小花儿,我总是要在心里纳闷一阵子,且要阻止他们的快乐的行径,维护幼小的生命从此便成了我的一种“逻辑行动”。

人活着就一定要去思考吗?睡觉做梦,也还在“想”:在梦中吃饭做事,奋搏逃奔,离合悲欢,这不都是在想么?苏轼《江城子·记梦》:“十年生死两茫茫,不思量,自难忘,千里孤坟无处话凄凉。”同样是在梦中进行的对早逝妻子的苦痛追思。甚至任何一种动物在临死的一瞬,那瞬间的想象所衍射出的痛苦、思念、回忆、绝望更是无以言表。在《隋唐英雄传》电视片中,罗成被害的一瞬,万箭穿心,其中有痛苦、思念、回忆、绝望。也许,任何人在临死的一瞬都逃脱不了这个环节。古人曰:“至人无梦”,这“至人”当是一念不生,一尘不想,免除和杀死一切想梦之人?杀死之后,又仍还活着,便如行尸走肉,倒不如真的自杀。而《颜氏家训·终制》篇中:“死者,人之常分,不可免也。”这是北齐的颜之推对生死的界定,说人的死别生离,是一种很自然的事情,纵有万千离愁遗恨,也是很难避免的。是啊!我们也不要把生命看得如此轻薄,但又不得不去好好地珍惜自己短暂的一生。

动物也罢,植物也罢,只要存在于世,就有存在的理由,哪怕是一个细菌的存在,毕竟万事万物都讲一个“和谐”。细菌能使植物很快地生长,而植物又能助人类和动物的生存,只是生存方式的不同,服务性质是差不多的,只不过是作用的大小而已。“自养”型的植物与“异养”型的动物才能构成世界的完整。《管子·内业》篇中曰:“凡物之精,比则为生”。其意思是说:“大凡万事万物的精气,结合起来就有了生机。”说不准哪一天科学家把一千万只蚊子和苍蝇调配制成一种供医治病人的良药,这些都是人们想象不到的。

人生有限,人都要死,无可皈依,无可归宿,把爱心、把心灵、把信仰付托于一个外在超越的符号,比较起来,似乎还顺当些。现在却要自己在这个人生和世界里去建立皈依、归宿、信仰和终极关怀,即有限寻无限,于世间求不朽,这条道路岂不更困窘、更艰苦、更悲怆?世间想象的永恒是不存在的,但可以把它当成一种追求的目标,历史上真正意义的不朽者,是人之精神。

而西方哲学家海德格尔探求人生,发其底蕴,知死方可体生。我读《存在与时间》有一股悲从中来,一往无前的冲击力。而读中国的孔子恰好相反,“未知生,焉知死。”每个人都要疲于奔向自己生命的尽头——死亡,那是一种必然。其中孔子的“未知生,焉知死”,我认为是另外一层意义上的生存方式,亦即讲一个人“怎么活”的问题,或者是“活得怎样”的问题。人当然活着要吃饭,但并非为自己吃饭而活着。德国著名哲学家叔本华的悲观主义哲学,虽然带有消极的思想,但又不得不承认他哲学思想的深邃,他提出了人生注定悲苦相伴,因为人一出生就有欲望,而欲望又是永远无法满足的,为了追求欲望、满足欲望,致使人处于矛盾和痛苦之中,所以他提出“欲望是致使人痛苦的根源”。

总之,说白了,人的存在到最后还是殊途同归,回归自然。只是时间的长短而已,真正所谓长生不老、返老还童,那是建立在浪漫主义和理想王国基础上的一种唯心审美的层面上,不具有现实性。而一个真正能思考的人总是惧怕死亡,犹如孩童惧怕黑暗一样。而为何又有那么多的人要去自杀呢?尤其是那些诗人、学者、作家。难道他们对死亡没有理性的认识吗?屈原、静安、海子、顾城等便是其例,这些又让人感到困惑。我时常静听生命的声音,声音中有经历,遭遇、希望、忧伤、焦虑、失望、欢愉、恐怖……这些不亦就是自己的实际生活么?人生无常,能常在常驻在心灵的,正是这可珍惜的真情"片刻"。

临近死亡,是每一个动植物都不愿意的,而又是无可奈何的。有生命,总得死,这是无可抗拒的一个主题,司马迁曾说过:"人固有一死,或重于泰山,或轻于鸿毛。"我们到底该选择前者还是后者?我觉得前者与后者都无关紧要,而真正更重要的是我参与了入世的这个过程。这个过程使我看到了光明与黑暗,看到了伟大与渺小,看到了高尚与卑劣,看到了奋斗与懒散,看到了欢乐与痛苦,看到了存在与消逝……

(此文2003年11月发表于《诗人生活》杂志第1期,于2006年发表于《梵净山》杂志第3期)

吴华,男,1997年7月毕业于思南师范学校,现供职于德江县委办。系贵州现当代文学学会会员,写作学会会员。

山坳里的明灯

谢守文

一次，我无意中踏入了一家灯具城的门槛，顿时被一种说不清道不明的感觉拽住，望着各种各样款式新颖的灯具，我不由地想起生我养我的那片黄土地，想起在那贫瘠的山坳上点了大半辈子松枝火和煤油灯的父老乡亲……

我的家在海拔 1 200 米的山坳上，在很久以前，家家户户点的都是溢有松脂的松树枝。山旮旯里，遍山都有松树，只要肯花力气，把溢满松脂的松树砍下，锯成一尺长短，然后劈成手指般粗细，晒干后便是照明材料。松枝点起，光线黯淡且不说，还要不停地添材。

后来，有了煤油，煤油灯便取代了松明。那时，我正在读书，晚上要自习，家里没有多余的煤油灯，我便将用完了墨水的瓶子盛上煤油，用布条当灯芯，从瓶盖上的圆孔中穿出点燃，借着微弱的煤油灯光在老师的辅导下看书、做作业，鼻孔里总是被熏得漆黑。正是在这煤油灯小小的光晕下，我们全班同学都考进了中学。

记得去中学报到的前几天，同寨的一位叔叔从外地回家，在自家的屋子里用好些节干电池作电源，办起了一个仅供一颗电灯泡耗电的“发电厂”，好奇的全村男女老少竟然把他家的门都给挤倒了。

三年后，在村党支部、村委会的组织下，经过艰辛努力，村里从 20 里外的电站牵来了电线，山坳里也用上了电灯。点惯了松枝和煤油灯的山里人，当初对电灯的感觉是那样的新鲜。年已九旬的奶奶看着电灯进了自家屋子，惊喜地从床上爬起，拄着拐杖走到电灯前，整整一开一关拉了20多次，望着一亮一熄的灯泡吊在昔日被松枝和煤油灯熏黑的地方，她醉心地笑了！

光阴荏苒，一晃我已走上了工作岗位，随着改革开放的不断深入，山区经济也逐渐发展了起来，山坳家乡的父老乡亲们已经有花样翻新的各种灯具。然而，在我的脑海里，却永远不会忘记他们曾用松枝照明的情景，永远不会忘记我在小学时代曾用自制的墨水瓶当煤油灯学习的情景，更不会忘记我的奶奶在一亮一熄灯光下醉心的微笑……

（原载《中国社会报》2001年11月23日第4版，《中国民族报》2002年1月11日第6版）

芙蓉花开

谢守文

贵州省印江土家族苗族自治县新业乡有一个叫芙蓉的行政村，十多平方公里的黄、黑土地上散居着十多个姓氏的纯朴善良热情好客的山民。在这片生机无限的土、苗聚居的热土上，储有金、银、铜、钨、锰、铀、大理石、金刚石等丰富的矿产资源；山巅的丛林中，野花烂漫，堆绿叠翠，杜鹃逢春，珙桐似鸽；梵净山涧泉水淙淙，溪水潺潺，汇合而成的淘金河，水质清澈，横卧在有600多亩粮田的芙蓉坝上。

在这条古老的淘金河上，一座具有民族建筑风格的兴隆桥格外引人注目。据记载，该桥始建于清朝光绪戊子年仲春（公元1888年），是一座瓦木结构木板桥，高5.8米，宽3.2米，长28米，两桥墩抵岸，桥上面竖柱横檀盖瓦；桥两头还有木瓦结构亭阁各一座。从这里可进入梵净山保护区，走进莽莽原始森林。同时，它还为行人提供避风遮雨、休憩纳凉的场所。沿淘金河而上，踏歌而行8公里，便到了棉絮岭。那里地势高旷，山岭上箭竹丛生，粉红、红、白、紫色的杜鹃花漫山遍野，花团锦簇，清馨浓郁的香气扑鼻而来。头上，青天霭霭，白去可掬。身下，山峦起伏，真有“一览众山小”之感。

芙蓉坝中的“兴隆桥”畔，坐落着芙蓉小学，校旁那片珍稀植物——珙桐，与学生们一样茁壮。开花时节，每朵珙桐花有两片硕大的花，如展翅欲飞的鸽子伫立枝头，远远望去，白茫茫一片，似乎稍有惊动，这些“鸽子”就会漫天飞舞。

梵净山脚下流淌的清泉，除供发电和灌溉农田外，由于水质好、甘甜爽口，是优质矿泉水。俗话说“一方水土,养活一方人”,难怪人们都说:“芙蓉姑娘漂亮,小伙身体特棒!”这大概跟水有缘吧! 特别以其水磨制的水豆腐、菜豆腐、渣豆腐、干豆腐等,白净、鲜嫩、绵软;以其水与苞谷、高粱或小麦酿造的烧酒,是祭祀、喜庆、宴宾、馈赠等之佳品。民间流传这样一句话:“千有万有,离不开菜豆腐下烧酒。”

这里的人们热情好客。无论你来到谁家,先让坐在他家的沙发上,给你递上一支香烟,再沏上一杯梵净山绿茶。随即主人便从不远处的田头捉回七八条鲤里,迅速拿到灶上炒出几个有乡野风味的菜,倘若你多留一会儿,定会弄菜豆腐给你吃,随后又从里屋端出那香醇扑鼻的苗家自酿的烧酒或者土家族自烤的玉米加小麦火酒,让你品尝。他们还会遗憾地说:“随便些,这山村就没什么好菜……”好客的主人总是劝你喝了一杯又一杯,豆腐吃了一碗又一碗,然后才按乡俗敬酒;让你酒醉方休,于酩酊大醉之中听他们唱山歌、情歌、古歌,讲谚语、故事、神话,看跳秧歌、舞龙灯、演傩戏……

前不久,原中国科学院、现中国农科院余光泽教授到此地考察,感受颇深:这儿气候宜人,民族风情浓郁,倘若打旅游这张“好牌”,前途肯定广阔。

(原载《中国民族报》2001年7月20日第4版)

谢守文,男,土家族,1977年11月出生,印江土家族苗族自治县新业乡人,1997年毕业于思南师范,贵州省作家协会会员。

乌达木与梦中的额吉

邓永宏

认识乌达木，是在2011年5月29日上海卫视播出的《中国达人秀》节目；仅仅一次屏幕上的无意停留，邂逅了他与他的《梦中的额吉》，却成了我心灵永久驻立的美丽印记。

请让我屏住内心的激动，再次回味他在中国达人秀的舞台上不到十分钟的精彩表现。足以让你的心灵震撼……

面对舞台上一个10来岁穿着少数民族衣裳面带几丝笑意的小男孩，现场多了些纯朴和宁静。评委周立波很惬意地问道："你，叫什么名字？"

"乌达木。"

"从你的服装看，你应该是蒙古族？"

"对，我是蒙古族。"

"在内蒙古什么地方？"

"呼伦贝尔。"

"呼伦贝尔大草原啊！"

"对。"

蒙古族。呼伦贝尔。大草原。这些遥远的字眼，加在一起经一个孩子没有修饰的表情下，有序有速的一个字一个字从那张小嘴里滑出。仿佛那个很多人都梦想着去游览驻扎的草原胸怀里，夜间最美最真的眼前又或是天边的星星，真诚得亮在有情人的心里。又仿佛，白云悠悠蓝天下，闲得白白无瑕的云悄悄追着那丝丝无形的风,凉爽到你心里去为烦恼解忧。正如那草原上,那一匹匹马儿急驰过留下的笃笃声,想去留住时,它已飞出你的视野,多么浪漫而自由自在,又让你延伸的去想象马蹄声中,草原人的美丽故事。却又让你只能在回忆里去感受那不能体会的美。可此时,它却不是在我们的幻想中,而是在我们的眼前。

面对这个面容平静而带着自信却从不多说一个字却带给我们太多空间去想象的乖巧小男孩,周立波似乎多了几分兴趣,追问:“你的梦想是什么?”

“我的梦想是发明一个墨水,把那个墨水在地上一点,全世界就会变成绿草。”绿草,和天空接近的颜色,和草原一样的颜色。草原不是他的家么?家!绿色!浓浓的爱意欲流不止。

这句同样没有任何修饰没有任何起伏的简单回答,让全场的观众不再平静,取代的是喧哗的掌声……此时,评委伊能静也被感染,禁不住赞许:“好美的梦想哦。”

周立波等不及地再问:“你为我们表演什么?”

“我唱歌。”

“唱什么歌呢?”

“唱《梦中的额吉》。”

周立波满是好奇:“梦中我知道,额吉是什么意思啊?”

“额吉就是妈妈的意思。”

连同台下的观众一样,周立波更是期待地问道:“那你为什么选择这首歌呢?”

“因为我想妈妈的时候就唱这首歌。”

周立波隐去好奇故作轻松的又问:“告诉我妈妈在哪里呢?”

“妈妈在天堂。”

这时,周立波,还有其他两位评委,台下所有的观众惊奇的安静,周立波为了掩饰自己的悲伤和安慰这个叫乌达木的苦痛,想马上让现场的气氛更轻松愉悦,更问:“爸爸呢?”

“爸爸也是出车祸去世的。”

这个回答,一样出自那个脸上装满自信的微笑,不带一点沧桑和伤痕;眼里不带一丝忧伤与尘埃,清纯得如一潭秋水;语言没有太多紧张和不安的衣着蒙古族衣服的10多岁的小男孩口中!全场停止了呼吸,眼里太多的情感一时止不住像春天里没处释放的温暖、找不到归途的寒意……还能用什么问题去从他身上去抽取好奇?还有什么话语去多余地安慰!

周立波无措地挤出:“嗯,先,先唱歌,好吗?”

“好吧。”小乌达木随着音乐的响起,深呼一口气,不屑地掠过大家期待而纠结的关注眼神,很快地融入音乐之中,深情地唱起了那首《梦中的额吉》。

乌达木的歌声一起,来不及鼓掌,来不及赞许,还沉浸在期待和纠结的情感中的所有在场人又沉浸在了那种天籁之声的享受中。乌达木完全不是在中国达人秀的舞台上演唱歌曲,而是在他自己的那片似母爱如绿色草原般透亮的心灵净地用那响彻云霄的歌声呼喊他的额吉,流连她的拥抱,宣泄他的爱恋,鼓舞他的坚强。没有任何苦难可以把他弱小的身躯击垮。没有任何声音比这更能直抵人心。没有任何力量可以让他从母亲的拥抱中叫醒。

乌达木歌唱的曲子没有人能听懂,也许是离我们遥远的蒙古语。但是,所有人都能从他的歌声中,沉醉中,感受到歌的内容;感受到母亲的无处不在的博爱,感受小乌达木顽强的生命力。他的声音,能触动每个人的内心,能抵达遥远的天上,守望着梦中额吉那孤独的灵魂;他的宁静,抚慰失落人无归的不安,激活所有人美丽的梦想;如同他的梦想,墨水一点,全世界都变成了绿色,没有痛苦,没有仇恨,没有离别,没有战争,没有死亡,没有变迁。到处一片希望的绿,和谐的融,欢乐的静……生生不息。如同母亲不老的爱……

全场,很多人跟着评委黄舒骏闭目陶醉;很多人跟着周立波捂鼻蹙眉;很多人跟着伊能静轻泣心疼。

梦中的额吉,额吉,乌达木梦中的额吉,所有人的额吉。乌达木,呼伦贝尔草原的乌达木,所有人的乌达木。他告诉你,生活就是一首歌,歌里有着无数苦难,也要我们用心唱得凄美婉转,没有什么能比活着的生命力更强大。

听!乌达木!梦中的额吉又响起,你还在小小的困惑里徘徊什么!每一个生命的开始,结束;每一个事物的消失,记忆,都是一个美丽的符号。天上,人间,哪怕曾经悲切,在另一个我们不知的世界,会有美丽的守候,就如乌达木在这个世界用梦中的额吉守候他在天堂的额吉,而另一个世界,母亲的爱永远支撑乌达木的灵魂。所以请和乌达木一起,安静,坚强地去迎接每一次日出与每一次苦痛。

邓永宏,女,印江人,毕业于思南师范,现供职于印江县人民政府。

与鸟同巢

安元奎

许多鸟儿漫游在古龙川上空，宛如天上的鱼。对我的父老们而言，鸟不仅是一种普通的风景，他们甚至在很大程度上混淆了物种的界线，把人、鸟、鱼看作古龙川共同的客居者。我至今依然诧异，父老们何以将人在大自然中的生存坐标定位得如此谦卑，对大自然饱含如此深深的敬畏。

他们甚至把人的命运与鸟联系在一起。大年三十夜，守岁的父老们认为，鸟儿在正月初一黎明前的第一声鸣唱，也许就是某种神谕。

因为鸟儿既然能在天地间自由地飞翔或行走，一定是具有神性的，通晓天地的某些奥秘。

总会有一种鸟儿在黎明前率先响起。有时是阳雀在先，父老们于是认为来年的荞子很好，但可能会有一点干旱；有时鸦鹊在前，这就等于告诉人们，夏天的苞谷收成还不错；而父老们最期望听到的，还是麻雀的叫声。对他们来说，叽叽喳喳的麻雀吵闹声是一种福音。他们似乎已从麻雀带来的口信中得到上天的许诺，今年肯定风调雨顺，稻谷的收成有望了。

后来我才渐渐悟出一个道理，父老们其实是以鸟儿的食谱来判断庄稼的收成。比如鸦鹊喜食苞谷，而麻雀的佳肴则是稻谷。我不知这种预测是否具有科学性，也许这是借助鸟儿的第六感官或特异功能。

古龙川的鸟类有好几十种，麻雀是其中的大家族，总是几十上百只群居在一起，过着一种热闹的集体生活。他们从一个村寨飞向另一个村寨，对古龙川的一切品头论足，显得毫无城府而且整体缺乏秩序。但它们讨论的气氛总是那么热烈而且乐此不疲，给过于宁静的古龙川增添了情趣与生机，并与我的父老们一道翘首盼望秋天的到来。

秋天，古龙川两岸的稻田渐次由绿翻黄，麻雀们呼朋引伴不邀自来，在父老们的稻田里自作主张地大摆席宴。它们毫不掩饰内心的喜悦，从一株稻穗跃向另一株稻穗，显得十分淘气。是时，成熟的稻田金光闪烁，像一片黄金的海。麻雀们大啖特啖，简直有些眼大肚子小了。如果看见父老们从远的田埂上走来，它们便彼此使个眼色，轰然飞走，翅膀扇起的风在稻田里掀起一波波金色细浪。这时候的麻雀腹囊沉重，飞行起来都有些困难，但它们充满成就感，在空中撒下一串串得意的叫声，把田埂上的父老气得嘴歪。

但父老们其实也不是太生气，他们对麻雀有一种复杂的情感，更多的是一种共享自然所赐的默认，和大人不记小孩过的宽容。当然也不能让麻雀们过分胡闹，只好无奈地扎起一个草人，用竹竿插在田中。那草人头戴斗笠，身披蓑衣，手拿蒲扇，看上去煞有介事。麻雀们竟然上当，敬而远之。直到我离开古龙川前，麻雀们一直未能识破人的这种伎俩。

在古龙川，只有极个别的鸟儿与父老们的关系的确比较紧张，那就是岩鹰。岩鹰即苍鹰，是以鹰的栖息之所命名的。岩鹰喜食小鸡，而父老们的鸡本来就养得很少，还没达到可以大大方方拱手相送的小康程度，不免心生埋怨。而岩鹰也确实不太给父老们面子，它一旦在低空盘旋，就会造成鸡群的恐慌，因为这意味某只鸡将祸从天降。岩鹰就那么在人家的上空低低地盘旋，不紧不慢，一圈又一圈。张开的巨翅遮住阳光，在地上投下巨大的阴影。鸡们拼命躲藏，但无济于事，岩鹰捕捉时机，迅疾俯冲下来，准确地叼起一只吓得半死的小鸡腾空而去。因此岩鹰在古龙川结怨甚多，口碑很是不好。尽管它的空中雄姿异常矫健壮美，令人赞叹，但幼时形成的情感障碍使我至今也无法对画家们笔下的苍鹰进行超越功利的审美。对我而言，这是一个审美的盲区。

燕子喜欢与人亲近。它总是把巢筑在人家的屋檐下，甚至堂屋里。每到季节，燕子都会如约归来，父老们早已忙里偷闲，给燕子编好了一块竹篱作为它累窝的基座。燕子一趟趟从河畔衔来湿湿的泥，起早贪黑地添砖加瓦。燕子的嘴小巧，每趟衔来的泥就那么一点点，但令人惊异的是，几天工夫，一个造型优美、颇富装饰感的燕巢就筑好了。以后的日子里，燕子和人就在一个屋檐下进进出出、和谐共处。农忙季节,父老们也没对燕子特别在意,只是在得闲抽棵叶子烟的时候,偶尔听见几声呢喃燕语,抬头望见燕子忙碌的影子,心中就会充盈几分别样的暖意。再过一段时间,巢中燕语变得嘈杂了,开始有了小燕的啁啾。这时候父老们每天会格外多看几眼燕巢,目光里透着慈祥与关切。果然,淘气的雏燕有时会趁母亲外出觅食之机偷偷爬到巢口,对外面的世界过早地表现出好奇。雏燕这时还不会飞翔,甚至不能站立,有时就会不慎从巢中掉下来,父老们便会赶紧将它捡起来送回巢里。回家的母燕似乎知道这一切,总要婉转地鸣谢。这时候,燕子和人更像一个屋檐下的一家人,或者一个泥巢里的一窝燕。人和鸟的界限,倒有些模糊了……

某天夜里,写完以上文字后的我感到大脑供氧有些不足,便到阳台上长伸一个懒腰,呼吸一下初秋的清爽空气。夜色中滑来一线黑影,最初我疑心是一只蝙蝠,待其在窗台上落定后细看,竟是一只麻雀,那种古龙川的麻雀。我正在暗自诧异,不料那小不点儿竟开口说话,依然语无伦次,使我感到很有在麻雀中推广标点符号的必要:

我们从古龙川前往梵净山逗留山城被万家灯火所吸引这样的夜景煞是美丽遗憾的是不适合我们鸟类栖居没想到竟撞见了你世界真是变小了你好吗古龙川人……

话没说几句,麻雀的小眼睛就眨巴几下,表情痛苦起来,只听噗的一声,一股液体不容商量地从尾部喷薄而出,空气中立时弥散开一股刺鼻的恶臭。见我皱着眉头,麻雀歉意而又无奈地解释说,这些年肠胃一直不太好,看了好多回鸟医也不管用,听说是古龙川水土污染的缘故。

我说我正在写一篇有关古龙川鸟类的文字,刚才还在文中提到你的家族,这只麻雀便有了阅读的好奇。它嘴脚并用,脚丫在我的每一页稿子上都留下一个"竹"字,仿佛领导的签字。它以极快的速度匆匆走马观花一遍,然后发表观感。

恕我直言,它说,你在极其勉强地制造感动。你的文字更像一种杜撰的童话。你笔下的古龙川与现实相去甚远,完全是一种虚拟与想象。

我反驳说,可是……而它以不容插嘴的执拗语气继续说,但语气稍有缓和。当然有些地方也值得肯定,比如你对古龙川自然与生灵的人文关怀,我特别赞赏你在价值取向上的平民姿态。记得古代有个大诗人叫屈原的,有句诗叫什么"燕雀乌鹊巢堂坛兮,鸾鸟凤凰日以远兮",我们对这里面所透出的精英意识不敢苟同。假如世上没有了麻雀之类的芸芸众生，只剩下几只鸾凤岂不太寂寞。因此我们认为，在这一点上你比屈原更开明。

但是，它用翅膀作了一个有力的手势，切断了我插话的可能性。我没想到人与麻雀的对话或辩论会如此艰难，人在一只能言善辩的麻雀面前竟如此笨嘴笨舌。它说但是，你用温情脉脉的文字遮蔽了我们麻雀所遭受的种种不公正待遇，这是人类的一种话语霸权。真实的历史是，占地球人口四分之一的中国曾在相当长的时期将我们麻雀当作四害之一，与苍蝇老鼠蚊子并列为黑四类。上世纪五十年代末，你们一位被神化的大人物曾号召发动过两场毁灭麻雀的运动。一次是滥伐森林，使我们背井离乡失去家园；另一次则是直接歼灭。查查你们那时代的某个大报，曾白纸黑字地报道首善之都通过正确领导和统一部署，某天一次性歼灭（包括累死）麻雀八万三千多只。当然，根据惯例这个数字可能有些吹牛，不妨大打折扣，但屠杀的事实是客观存在的。更为残酷的是这些年，包括农药在内的各种谋杀与污染几乎使我们濒临绝种。所以你的所谓“与鸟同巢”简直是一种莫大的讽刺。

我一时哑然。沉默有顷，才小心翼翼地换个话题问道，你还没有告诉我，梵净山之行有何贵干，旅游吗？

“NO。”它用一个很国际化的流行语作答，然后有些伤感地说，此次是去考察那里的生态，古龙川的麻雀家族打算移民。

清明思绪

安元奎

人到中年，参加葬礼的回数渐渐多了。大约是读了点老庄，对生死看得淡了，因此丧礼的参与，每每更多一些礼仪成分，所谓情感不在现场。而这次送走的田维科兄竟是朝夕相处的同事同窗，十余年前还被评为十佳青年，人生意犹未尽，就匆匆成了古人。生死的落差颇使人感受一种心灵的重创，暗处的伤口隐隐作痛。

好些天里，我都有些恍然如梦，而他似乎的确已经走了。如今，就连他的名字也在渐渐变成一个模糊的符号。当下的人们越来越敢于和善于忘却，我虽不会忘怀那些不能忘怀的往事，但对自己的记忆缺乏自信。因此，这些文字权且算做是为了忘却的纪念。

维科兄出生于乌江边一个偏僻山寨，上世纪七十年代，这个放牛娃因为一个偶然机遇得以进入省城就读“工农兵大学”，但他并没有像张铁生们那样荒废岁月，而是肯吃大苦、肯耐大劳，因此学业大进。后来进入县城教书，在单位里格外敬业，属于学科带头人，模范教师那种类型。他本来方音极重，但让人匪夷所思的是，经过潜心苦钻、逐字研磨，几年之后一口普通话竟字正腔圆。尤精于语音理论，无可争议地成为普通话省级测试员，地方上的普通话权威。权威到什么程度？可以肆无忌惮地对央视主播的普通话评头论足。一日座间，手指电视而顾盼同事曰：赵忠祥某个字未读到位。众皆瞠目，佩服之极。

其敬业精神更是堪为表率，对学生严格到苛刻的程度，学生深以为苦，且爱且惧。但这些学生毕业后又以师为荣，更有甚者，每提及“我们是田老师教的”云云，还顾盼自雄，一脸庆幸，仿佛质量过硬的免检产品一般，让人觉得有几分炫耀的意味。

弓有张弛，人亦如此。科兄也并非铁板一块，相反佚事多多。一天早晨见面后，告诉我的第一句话竟是“昨天和老婆干仗了”，然后自我解嘲地嘿嘿干笑几声。我欲窥战况又不便启齿，他却不打自招地补白道——“干输逑了”。我哑然失笑，这普通话专家竟不懂文章法度，最后一句画蛇添足，败笔也。

十多年前打麻将，价码是两块钱一锅，折合下来，平和一盘约人民币两毛钱。即便如此，如果抓到一把大牌，维科兄的手必定颤抖不止。谁都知道，他手颤抖的频率与牌的大小是成正比的。

下围棋，最初印象极深的不是他的棋艺，而是一本正经的悔棋和顽童似的耍赖。每每黑白生死关头，他总要悔棋重来，甚至追溯到行棋前的若干步。而一旦得逞，他总是得意一笑。实在悔不成，他也不会翻脸，顶多牛眼圆睁，怒目相向。但因为隔了一层厚厚的眼镜片，那光也像冬天的日头，并没有他预期的那种杀伤力，反显得几分率性。那些年与他手谈，最初游刃有余，渐渐十分吃力，而最后，他已经不需要耍赖就可以轻松裕如地对付我了。手谈固然是娱乐，但我内心惊异于他的这种进步。忍不住问问缘由，他轻描淡写地说，有空就看看央视围棋讲座。难怪。

这种执着和韧性自然会移植在事业中，他也因此成为受人敬重的知名教师，全省中师系统第一个破格评聘的高级讲师，铜仁地区十佳青年等等。

如果假以时日持之以恒，维科兄将来必定德隆望尊，成为大家也未可知。但人生的轨迹并非直线，不知从何时起，维科兄竟然开始暗中嗜酒，渐渐成瘾。在单位里他其实算不上酒仙，饮酒界的知名度也一直很低，直到那超级的“酒精肝”曝光，被省医的医生戏称为“贵州第一肝”，他在饮酒界的知名度才直线飙升。而他为何嗜酒？众皆不解，至今为谜。

其后的故事比较经典，具有典型的田氏个性特征和悲喜参半的色彩。肝病忌酒，死神的目光已经盯上了他，而维科兄一面按部就班地服药，表现出一贯的执着与认真，另一面又从不断酒。在维科兄的身上，奇异地呈现出人性的矛盾：对生命的渴求和对死神的戏弄。以我对他的了解，他这回似乎又想耍赖了。但他也许不明白，这回是在和死神耍赖啊。

在工作中他却从不耍赖,敬业到迂直的地步。数年间一直拖着病体,尽量坚持上班。清晨的校门口,维科兄施施而来,一股浓浊的酒气也随之扑面,在清爽的晨风中格外刺鼻,而酒气的源头是维科兄的口鼻。同事们于是嗔责:你又喝酒了?他立刻条件反射地后退一两步,确保一个酒气不被嗅到的保险距离,然后立定脚跟,再进一步将头向后仰,以强化一种类似于掩耳盗铃的安全感。完善如上繁复的防御体系后,马上转守为攻,楞睛鼓眼地直视你,反驳道:"哪个喝酒了?"咄咄逼人,理直气壮,似乎比窦娥还冤。表情极其严肃认真,一点都不团结和泼。

到后来,故事情节有所发展。面对同一种情形,维科兄不再后退,神情也泰然了许多,只是平和而耐心地加以解释:"我早上才服的藿香正气水,是有点像酒味。"这种"疑似酒味"理论经过若干次批驳,维科兄的辩解又与时俱进。人多的时候,他尽量不往人堆里靠,实在回避不了,就首先诚恳地承认喝了一点,但紧接着强调喝酒的必要性和重要性:"最近在看中医。老中医的药必须要酒做引子。"我们穷追不舍:"恐怕你那引子比药还多些?"维科兄不反驳,只陪笑。

再后来,我们却不约而同地沉默了。因为他的病情日渐加重,显然时日无多了。对于一个行将走到生命尽头的人,还忍心苛责什么呢?

前几年,维科兄就这样游走于生与死的边缘,交替着挣扎与放纵。我们眼睁睁看着他一点点地形色憔悴,在生命的航道上渐渐远去,却又无能为力。我第一次感到死神的距离是如此之近,虽然无影无形,却近得似乎可以感受到他的呼吸,触摸到他冷漠硬峭的身影。

维科兄终于走了。我们为他惋惜,又深感人生的无奈和无常,这样的感受实在很复杂。数月过去了,正如陶潜所咏:亲戚或余悲,他人亦已歌。又是一年清明节。乌江边的清明草漫山遍野,维科兄与我们却是阴阳隔界,陌路难逢了。但数日前的某夜,他分明还蹭到我面前,冲我回头一笑,笑容生猛鲜活,历历在目,清晰到似乎可以细数脸上的笑纹,镜片后的目光还带点诡谲。

醒来一梦,冷月高悬。月辉之下,我清泪盈眶。忽然明白,自己一介俗子凡夫,修为远未达到视死如归的境界,成不了老庄。但我并不遗憾,俗世的情感虽然肤浅,但是真实。这迟来的清泪是二十年交谊发酵的悲恸,是行文结束时神赐的句号。

科兄走好。

忆宽哥

安元奎

宽哥姓张名润宽，身形也有点超比例的宽度，故而一二十年都这么喊。他也嗯嗯地应着，笑意从泡泡的眼睑漫出，在广阔的脸部漾开。

人海茫茫，除了亲友和同事，更多的人未必熟悉这个名字，但乌江边的许多人，大约都在有意无意间听过他的歌曲，比如那首家喻户晓的《思南姑娘大脚板》。

大器晚成的宽哥并非天才，他和我们一样普通，在音乐上还是半路出家。那个特殊的年代里，宽哥的少年求学之路被文革拦腰斩断，到初中便戛然而止。他从小喜欢手风琴，对各种乐器情有独钟，但其音乐之路并非始于长号或短笛，而是另一种“管管”。他谋生的小厂生产的是一种水泥电线杆子，俗称管管厂。1971 年，他还差点考上了省艺校，终因家庭成分等政治原因，只能留在街道的宣传队里过过瘾了。

所幸天道酬勤。他的音乐才能得到了认可，1982 年，思南师范两位爱才的领导将其调入学校，一个街道工厂的工人破格成为师范学校的音乐老师。其后经过两次大学进修和二十多年的历练，聪慧而又勤学的宽哥终于成为一名颇有造诣的音乐高级讲师，优秀音乐工作者。特别是他对乌江流域船工号子、花灯、山歌等民间音乐的挖掘和研究，取得了不小的成果。

与宽哥结缘，始于此际。黔东北自古有句民谣：“塘头斗篷印江伞，思南姑娘大脚板”，说的是地方特产。塘头斗篷，即竹编的斗笠，篾细如丝，工艺精湛，闻名于省内外，印江的油纸伞也不例外。而令人有些奇怪的是，思南最为出名的，竟然是姑娘的大脚板。这种说法的时间和出处,因为源于民间,也就不见于官方史志,但分明是一种调侃。于是有人颇觉忿忿,认为是对思南人的一种侮辱。

但我以为大可不必较真。自古民间是以大为美的,另一首民谣为证:“嘴巴大,吃饭不洒(阳平调);屁股大,背娃不 lia(音,阳平调)。”Lia 或属土家方言,没有对应的汉字,与“落”或“梭”字的意思接近。不要认为以大为美是一种实用主义美学,就连这个“美”字,其实也是“羊大”的会意组合,因此,对大脚用不着有什么忌讳。另外,还不应忽视大脚板民谚产生的时代背景。那时的女子普遍缠足,这种病态审美观带给女性的身心摧残和痛苦无须赘述。按照一两百年前的审美观,如今的女性都是大脚板。大脚板即是天足,是一种以人为本、顺应造化的健美。因此,思南姑娘的大脚板,是对缠足的反叛与颠覆,是健美对病态的否定,是民间的一种审美革命。

个人认为,大脚板的民谚或是一面多棱镜,折射出丰富多元的乌江文化,也折射出思南人的开放、包容、健美与勤劳,甚至隐含着更深更广的文化内涵。

一首民谚虽然传唱了千百年,但终究属于下里巴人,浪迹于民间,时隐时现于街头巷陌。是宽哥,将其升华为阳春白雪,推向了大雅之堂。

那是本世纪初,何光维女士主政宣传部,小范围征集几首歌词。我在构思作词时,努力融入思南地方元素,把大脚板作为思南的一个独特文化符号加以放大,将“进屋见得公婆面,出门过得媒人眼”这样的方言俚语引入其中,尽量做到雅俗共赏。

宽哥比较喜欢这些句子,谱曲也很轻松,没几天就完成了初稿,其中有我们熟悉的花灯调。也许积淀了一代代人共同的悲欢,那些经过千百年锤炼的音符和旋律,本就潜藏在我们的喉咙深处,一旦找到恰当的出口便奔涌而出。调子激起了许多人的共鸣,都说好听。

后来,北京来的杜兴成老师将其曲谱带到北京,个别地方做了修改,歌曲的形态更为丰富了。北京歌手李卫红的精彩演绎,加上京腔京韵的童声朗诵,增色不菲。陆续有歌手在央视、省电台、多彩贵州大赛等场合演唱,于是传唱开来。

作为一个业余的词作者,我一直以为歌词无关紧要,旋律才是歌曲的灵魂,歌词的命运是依附于曲谱的。打个比方,曲如火箭,词只是搭载的卫星。只有优美的旋律,才能带领歌词和它传达的意境一起飞升。我五音不全,甚至不识简谱,因此对宽哥心存一份感激。

也许,与宽哥的词曲合作,是一种个人的缘分;而宽哥和花灯的相遇,对花灯艺术的提炼与升华，则是思南文化的一大幸事。并且，可遇而不可求。

两个多月前，凭着那些堪称丰硕的成果，宽哥评上了教授职称。但命运之手，却给他的生命按下了停止键。他执拗地抗争了两个多月，终于还是走了。这个称号，平生也就空前绝后地使用了一次：在告别仪式上。如果按照古时的说法，只能算是谥号了。

2014年的第一天，贵阳景云山殡仪馆，人生的终点站。宽哥静静地躺在冰棺里，等待我们的送行。灵堂的照片大约是十年前的，带笑的面容风采照人；而冰棺里的遗容瘦削枯槁，咫尺之隔，判若两人。

宽哥平生节俭，甚至有点抠门。生活的奢侈仅限于啖杯小酒，抽包纸烟，节衣缩食积攒了房产三两处。但这些，显然带不走了。宽哥是个孝子，也是个尽责的父亲，上有八九十岁的老母，下有一双尚未成年或成家的儿女，但如今都撒手不管了。

脆弱的生命也许只是一种短暂的意外，死亡才是宿命的永恒。几乎可以肯定的是，我们将来的某一天也会如此。除了那若有若无、并且尚未得到证实的一缕游魂，我们真的什么也不可能带走，包括一百多斤的肉体。无论高贵还是卑贱，贫穷还是富豪，最终，我们都将随风而逝，化为尘埃。

那么，不妨把一切都放下，把所有都留下。

比起普通人，匆匆而去的宽哥或多一分幸运。因为至少有一曲大脚板，以及其他的一些歌谣，让人记得他的到来、离去，以及人世之行的价值。他的灵魂，也一定附着在某段旋律或某个音符之上，说不定将来的某一天，就会与你我不期而遇。

2008年，思南散文作家张进写了一篇《一去玩灯不回来》，副标题是“记民族民间文化工作者张润宽”，五年回首，竟然一语成谶。悲乎，玩灯的宽哥，这回真的不回来了。

人们都说天堂的灯火更为闹热，愿宽哥玩得尽兴。

安元奎，男，1963年出生，贵州思南人，铜仁幼儿师范高等专科学校教授，贵州省作协主席团成员，铜仁市作协主席。著有散文集《远山的歌谣》《河水煮河鱼》等，曾获贵州省专业文艺奖、乌江文学奖、西部散文奖、铜仁地区政府文艺一等奖等。

诗歌卷

百年文华

杨德淮的诗

我　怕

杨德淮

我没有虎胆，也没有喝豹子奶长大，
我不敢说我怕什么？什么我都不怕！

我怕臭虫和跳蚤暗地里吮吸鲜血，
把因营养不良而贫血的身子拖垮。
我怕嗡嗡叫嚷不休的蚊子传染疾病，
让生机勃勃的肌体困倒在病房卧榻。
我怕走在崎岖小路上遭到毒蛇噬咬，
来不及抢救而断送了最美好的年华。
我怕突然窜出的狂犬给我当腿一口，
即使活着，也疯疯癫癫，痴痴傻傻。
我怕大步前进中掉进巧妙设置的陷阱，
抱负跟骨头一起化为填补孔穴的残渣。

我不会呼风唤雨，也不会变幻魔法，
我岂敢说我怕什么？什么我都不怕！

我怕春光明媚之际陡然间袭来寒潮，
摧残甚至毁掉正在竞相斗艳的百花。
我怕枇杷上市之时猛然间降下冰雹，
砸坏以至粉碎眼看就要成熟的庄稼。
我怕炎炎赤日里只听打雷不见下雨，
大地枉然张开千万条合不拢的嘴巴。
我怕短见的刀斧只顾攫取眼前利益，
不分青红皂白地把一根根树木砍伐。
我怕精耕的土地等不到第二次收割，
又杂草丛生，再交给野风恣意吹刮。

我不是仙鹤，也不是会腾云的天马，
我怎敢说我怕什么？什么我都不怕！

我怕前进的道路被不肯前进的人堵死，
被堵的人只能眼睁睁地望着海角天涯。
我怕连通两岸的大桥再遭人为的拆毁，
延误的前程只好愁苦的听凭恶浪喧哗。
我怕船长和舵手受到扶持而无法自立，
彼岸虽在，却是渺渺茫茫，难以抵达。
我怕闹市中心交通指挥系统忽然失灵，
来往的车辆行人混乱得如同一团乱麻。
我怕刚刚敞开的大门突然间关得死死，
来到门口却又进不了雄伟的高楼大厦。

我无赐福的上帝，也无保佑的菩萨，
我哪敢说我怕什么？什么我都不怕！

我怕辛勤耕种却得不到应有的收获，
我怕有了收获却敷不住饕餮的嘴巴。

我怕暑季赤膊光脚，火石烫坏皮肉，
我怕寒天衣不蔽体，上齿磕着下牙。
我怕眼前只有一种色彩闪烁不定，
我怕耳畔只有一种声音咿哩哇啦。
我怕无能育好植根于焦土的幼林，
我怕无力扶持顶破了巨石的嫩芽。
我怕高速公路敌不过古道和山径，
我怕耕作机械拗不过木犁和连枷。

我太渺小，而庞大的社会无比复杂，
我不敢说我怕什么？什么我都不怕！

我怕正确的政策遭到曲解而面目全非，
我怕善良的人心受到糊弄而化为散沙。
我怕险诈诬陷忠良，远水难救近火，
我怕愚顽障碍明智，下情不能上达。
我怕走一步也被当成新动向细细考究，
我怕写一字也被作为弦外音死死追查。
我怕尽心为了人民反被指斥坑害人民，
我怕竭力报效国家竟被指控危害国家。
我怕奸猾飞扬跋扈，诚实抬不起头，
我怕关系就是一切，权势就是国法……

当然，客观规律面前怕也毫无用处，
当然，事实既已存在怕也不是办法。

秦始皇怕百姓造反而大搞焚书坑儒，
帝业丢得更快，并且留下千载唾骂。
汉武帝怕死而四处去寻求长生灵药，
终归一命呜呼，无非闹了一场笑话。

身子摔在地上,害怕摔倒早就摔倒,
棍子打在头上,害怕挨打早已挨打。
骗子不因你怕便自动抛弃诡谲伎俩,
恶棍不因你怕就从此变得温文尔雅。
害怕流星陨落,流星到底从天陨落,
害怕火山爆发,火山终究揭地爆发。

可是,正常的害怕既符心理又合情理,
深切的忧惧还可能孕育出事业的伟大。

难道传说中的大禹不正是害怕水灾,
才疏通江河,使百姓有了安全的家?
难道青史上的岳飞不正是害怕亡国,
才奋勇杀敌,叫北寇折损千军万马?
司马迁屈写史记,只害怕历史失真,
李时珍苦撰本草,就害怕药物有假。
害怕昏暗污秽的屈原永葆身心芳洁,
害怕动荡离乱的杜甫至死心忧天下。
达尔文害怕停滞而提出进化的理论,
华盛顿害怕奴役而建立新型的国家。

我是凡人,不害怕同历史巨人相比,
我是凡人,不能不具有凡人的害怕。

我怕遭人戏弄,不屑把我当人看待,
我怕受人奚落,反而说我只是傻瓜,
我怕暗算,眼前出现不寒而栗的阴影,
我怕栽赃,身后总有摆脱不掉的尾巴。
我怕绳索无形,手脚没有活动余地,
我怕信用失效,辛劳化作一缕烟霞。

我怕空洞的许愿，我怕敷衍的回答，
我怕堂皇的抢劫，我怕宽厚的敲诈。
我怕仇视的目光，我怕无端的辱骂，
我怕恶意的诽谤，我怕相互的残杀。

我最怕这样的人，不管遇到什么情况，
都拍着胸膛大声喊叫，什么我都不怕！

纸醉金迷，不怕麻醉了清醒的神经，
百无聊赖，不怕抛废了上好的年华。
腰包胀鼓鼓的，不怕钞票沾满血债，
肚皮圆滚滚的，不怕脂膏无处堆码。
只要权力还在手中就不怕不学无术，
只要嘴巴还在脸上就不怕作个喇叭。
坐吃山空，不怕辱没了悠久的历史，
愚昧无知，不怕玷污了灿烂的文化，
不怕贫穷，不怕落后，也不怕迂腐，
不怕闭塞，不怕窒息，也不怕天塌……

是的，好汉们毫不害怕的我都害怕，
纵骂我是胆小鬼，我还是要说我怕！

怎么能不害怕吹牛撒谎，弄虚作假，
竟一点也不痛心时光付与渺茫水涯？
怎么能不害怕假公济私，见利忘义，
却丝毫也不怜惜知识踩在愚蠢脚下！
勇于改革却背上罗织罪名，怎能心安？
品质恶劣却操有生杀权柄，岂有不怕！
哪有不怕时代飞驰而反应冷冷漠漠？
哪有不怕时不我待而行动拖拖拉拉！

我的的确确害怕互相扯皮延误四化，
我实实在在害怕奋起迟缓委屈中华。

啊，但愿我庸人自扰，尽说些昏话，
啊，但愿我怕得无理，我不该害怕。

1981年7月6至9日于思南师范

末未的诗

奔跑的仓库

末　未

一座仓库在奔跑，带着一条跑不完的路
一条路在奔跑，带着两只争先恐后的鞋
两只鞋在奔跑，带着一对灌满狂风的裤管
一对裤管在奔跑，带着一根前仰后合的腰杆
一根腰杆在奔跑，带着一串叮叮当当的钥匙
一串钥匙在奔跑，带着一扇又一扇虚掩的门
一扇又一扇门在奔跑，带着一颗充血的头颅
一颗头颅在奔跑，带着声音、色彩、味道
还有辽阔的天空、大地、思想，以及欲望
最后，它还带上喘息，带上精疲力竭
带上不得不，慢下来，或者放弃

我在瓦窑感受到了一双巨大的手

末　未

水往低处流，这是我们人类的哲学

但乌江不要人类的哲学
它明明看见了我们的眼泪和悲伤
依然调转方向,先是上岸,然后爬坡
如果不是悬崖上的古纤道
紧紧勒住它的腰,早就越过山头
爬到了天上

几乎只有一个夜晚,爬到半坡的江水
把峡谷里的所有村庄,泡成历史
像眼前的瓦窑,只留下一个名词
让要命的人背着,风雨中,东奔西走

至于死去的人,已经死了。黑暗中
他们自有新的秩序,和灵魂的居所
但更多的人还活在这个世上
需要光明照亮前程,指引内心的道路
绕过岁月的蹉跎

因此人们在瓦窑的下游筑起一道堤坝
并留下一条暗道,诱导滔天之水
推动一台庞大的机器,再通过两根电线
翻山越岭,融入时代广阔的生活

水涨船高,水涨船高。游船开始剧烈摇晃
我明显感到,有一双巨大的手将我们控制着
它一会儿在船的左边摇,一会儿在船的右边摇
这种捉摸不定,像遇到了命运

墓 中 人

末 未

我尊敬六景溪的老人
当时光截住,最后一口气
他们就主动退出生活
把阳光地带,让给子孙
然后,走向寨子后面的阴山
抱着一堆土,假装睡去

如果有人割草,不小心
踩痛了他们的骨头
他们也绝不会坐起来
找你评理

他们太安分守己
口渴了,也要等到夜深人静
灵魂才来到泉边

鸡叫之前,又返回土里
成为墓中人

生 活

末 未

你不能局限在我端着的碗里
说我生活所剩无几
我故意隐瞒了一口黑锅
正在将生米煮成熟饭

我现在手里的这只青花瓷碗
爷爷用过,父亲用过,它吐纳的味道
叫人间烟火。有一只碗端在手里
是我们一生共同的理想和命运

为什么还要紧紧握住这双筷子
说到底,油盐酱醋里难免有刺
而最怕的是一不留神,其中一根溜走后
剩下的,等于一个人的孤苦无助
是的,生活从来没有克扣我
有碗,有筷,有热腾腾的米饭,还有汤喝
你看,面对这余下的一日三餐,哈哈哈哈
我是笑得多么干净彻底,又无可奈何

你就是天堂

末　未

我让青春在可能遇到你的雪地太阳
我要让光芒唤出你睫毛下沉睡的小鸟

我让青春在可能遇到你的三月花朵
我要让你的梦也比别人的香

我让青春在可能遇到你的夏日音乐
我要让你的耳朵变成天使的翅膀

我让青春在可能遇到你的秋天挂果
我要让你尝尝诗人的味道
我让青春在可能遇到你的地方徘徊
我要捉住你的体香不让它溶入尘嚣

你就是天堂啊
我青春的努力终于进入了你的心跳

（原载《星星诗刊》2004 年第 10 期，后被《知音》2005 年第 17 期扉页转载）

走在傍晚回家的五只羊后面

末 未

走在傍晚回家的五只羊后面
我像秘密的偷窥者，隔着五十米
也不敢贸然轻咳一声。尽管
一只羊不停翕动嘴唇，嘬来嘬去
在两只羊的尾巴下面，有时
还爬到背上去，表演爱情
全然不顾它们的后面，有没有人
按照自己的方式，傍晚的五只羊
五个温柔的动词，五颗饱满的音符
五位夕阳里的乡村散步者，漫不经心
它们认识家的方向。突然，其中一只
跪下来，在悬崖边伸长脖颈，努力
接近一棵青草。我就是这只羊
不只一次跪在悬崖边

（原载《中国诗人》2006 年第一卷和《星星诗刊》2006 年第 7 期，后收入《2006 中国最佳诗歌》）

桥上的时光

末 未

还将遇到多少匆匆的人事

从这头到那头，车轮滚滚，尘土飞扬

从东到西，这是流水。从南向北
我和流水的路线构成一个运动的坐标

带着波浪，流水在河床里走
我带着自己走在桥上

我的远方是彼岸，流水的远方是大海
我和流水，相隔九十度的方向

但我们相遇在桥，在摸不着的白云下
我居然和蓝天站在一起

我要在桥上慢下来，像蜗牛一样
耗费掉我一生的时光

（原载《贵州作家》创刊号和《诗歌月刊》2006 年第 2 期，后被中国人民大学图书资料中心转载）

晚春的印江

末　未

别无选择，飘飞的毛毛雨必将落在
一辆激动的三轮车上，其中一些
绕过车门的缝隙，粘住一个人的眼睫毛
透过玻璃，他看到了晚春的印江

不舍昼夜，一大群机器和男女，必须赶在
洪水到来之前，用水泥、沙子、石头，把河床

喂大、喂壮。而另一批机器和男女
正在以印江速度，一锤一锤，将旧城打倒

还有几棵传统的乌杨，以及几个民间的鸟巢
今年的燕子，肯定是找不到家了
去年在屋檐下溜达的风，不得不到大街流浪

三轮车继续摇晃，车上的人揩了揩眼睫毛
郊外，润如酥的泥土上
一只搬家的蚂蚁将他打量

（原载《诗歌杂志》总第 2 期）

与一池含苞的白莲相遇花溪

末 未

日子照样，与黄昏相遇
在花溪公园门口，再进去一点
日子里的莲，衔着白
让这个黄昏轻轻亮起来
一起亮起来的，还有我
从公园外面带进来的两只眼睛
掺杂着的少许灰尘

坐在莲塘岸边，青草们的身上
我一直寻找着，风来风去的方向
什么时候？莲，又从水面下冒出一支
也许等不到天明，我就会转身离去
也许刚一转身，满池莲花就开了

（原载《山花》2006 年第 8 期“贵州诗歌专号”）

末未,本名王晓旭,男,苗族,贵州印江人,生于20世纪60年代末,毕业于思南师范。中国作协会员,鲁18学员。作品散见《人民日报》《诗刊》《民族文学》《诗歌月刊》《星星诗刊》《山花》等100余家报刊。入选《中国最佳诗歌》《中国年度优秀诗歌》《中国年度诗歌》《值得中学生珍藏的100首诗歌》等20余种选本,作品被多家报刊转载。出版诗集《后现代的香蕉》《似悟非悟》,获贵州省"青年作家突出贡献奖"、贵州省"尹珍诗歌奖"、贵州省少数民族文学"金贵奖"等。

任敬伟的诗

风，一 个 人

任敬伟

风啊，一个人在墙角蹲了半天
风啊一把撒向伤口的食盐

风啊，拖着毛绒的尾巴
在你眼前一闪

风啊，一弯镰刀贴在天边
比我的血水还咸

风啊，我走在大鱼泉的前面
那倒下来的瀑布
雷鸣一般

风啊，围着几行金黄的稻子
一个人的汗水
离山村近，离城市远

（原载《诗刊》下半月刊 2007 年第 2 期）

半　　夜

任敬伟

几声狗叫。
被夜晚的宁静吸了下去

一瓢丰满的月色
谁舀入了我的窗口

患喉炎的老鸦,鸹的一声
沿风的方向逃去

当我再次望天上的星时
忽然亮了许多倍

风
一路驾着黑暗狂奔

(原载《诗刊》下半月刊 2007 年第 2 期)

苦　　羊

任敬伟

一朵云飘了过来
像牵着一群洁白的羊

大圣墩,土家人的秤砣
称着羊缓慢的长势

一只母羊
就这么在乱石上走来走去
它一停下
一肚子难产的苦水
淋湿了牧羊人的眼睛

穿羊皮袄的牧羊人
凭一块枯白的草坪
总喂不饱羊群干瘪的乳房

倒插在石缝里的羊鞭
在风中晃来晃去
像高原整理着
零乱的衣襟

（原载《民族文学》2007 年第 2 期）

音 讯

任敬伟

秋后的枫叶，燃烧着冥币
烟是通往黑森林的小路吗？

晚风如酒
煮红夕阳困倦的眼睛
飞行的蓝蜻蜓
始终没有看见
一片花开的声音

来来去去的纸鸢

泪花满面

风啊,你到底还是
越走越近

(原载《民族文学》2007 年第 2 期)

人　家

任敬伟

秋风,从谷子的眼皮下
转过身来
脸色一片苦黄

谁扛着稻草
像干瘦的麻雀
又钻进了黑色的山谷

风走得很疾
小孩是风扔在路上的石子

炊烟四起
狗和石子一起回家

(原载《民族文学》2007 年第 2 期)

岁月如烟

岁月是一盏浑浊的灯
摇动在心里

一年又一年的汗水
总填不饱一家五口人的肚子
那一年，父亲哭了
战场般的玉米地里
父亲是一名佝偻的战士
落日，跟随了几十年的头盔
父亲的手上
锄把压得很低
我忽然感觉，一阵沙尘涌入喉咙
咳不出也咽不下
让我满脸是泪

风，仍然不断地堆积着旱情
一层层超过屋顶

（原载《民族文学》2007年第2期）

打着补丁的阳光

任敬伟

黑瓦，低矮的木房
醒目的红色标语
一条渗出鲜血的绷带
缠裹乡村的鸟鸣

房顶上的青草，一把阳光的补疤
一个老人蹲在院子里
像一大颗眼泪

哪里有响声？

是风掀开了哪家的屋顶
跌落的瓦片,风跑得飞快
仅有的几所破木房
似乎又矮了三寸

(原载《山花》2006 年第 8 期"贵州诗歌专号")

遍地是雪

任敬伟

遍地是雪,这是早晨的茶园
林子里被雪压断的树
光光的干
像被削去头颅的蛮夷

如果不是一只小松鼠
吓一大跳
如果不是纸做的太阳钉在天上
……

高原啊,一个人的孤独有什么意义
单说那只披着黑西装的老鸦
又把一个人的时光
偷偷地叼回了谷底

这时的冬天
一身黄白的裙子
几滴雨水的声音

(原载《山花》2006 年第 8 期"贵州诗歌专号")

任敬伟，笔名森林卵石，男，土家族，思南师范1995届普师生，2005年进修于贵州师范大学美术学院艺术设计本科班，现任教于印江县板溪中学。作品散见《诗刊》《民族文学》《当代人》《山花》《阳关》《诗人报》《散文诗》《贵州教育》《贵州教育报》《黔东作家》《贵州教工》《诗词》《渝东南文学》《梵净山》等刊。2002年曾被铜仁地区行署评为“社科类先进个人奖”。2006年被印江县委宣传部评为“2006年度优秀文艺工作者”。至今在国家、省、地、县级发表诗歌、散文、论文300余篇(首)。

冉光跃的诗

拿什么爱你(组诗)

冉光跃

一

隐忍着夏天最后的热度。所有的话语
苍白无力。我在最后的秋夜独自放歌
我在你的指尖疯狂舞蹈
我的胃里呕吐着肮脏物。不知道
还爱不爱你。每个宁静的时刻
我的手指总在风中细细镌刻你的名字
以及你灿烂的笑容。你的笑容盛开如菊
简单,干净,葱茏。我晕眩……
我的血液,在沉重的互搏中即将破脉而出
我是高血压患者,血液污浊,混沌
凝固,充满着死亡的尸味

每个时刻都在倾听,都在倾诉
每句错误的话语,让我的表述总是词不达意
天还是那么蓝,蓝得绚丽,茂盛

就如悲欢离合的泪水和疯狂的拥抱
每一次都淋漓尽致。每一次
都像最后的相拥，最后的终结

在这宽敞的城市，四通八达的城市
小汽车左冲右突，哪里是出路？

我们如黑暗中落单的蝙蝠，"福在眼前"
我祝愿世上所有的人幸福美满。只我经历沧桑
在潮湿的岩洞中寻找我们的安乐窝

秋天，我就是揪不住季节最后的精彩
那些琉璃球般的硕果，漫天缤纷
在我的宿命里，这就是秋天最后的终结？
我看见天空闪过一道彩虹

二

看不见的黑暗里，我孤独的声音
在夜空，和星星一起，梦想
我已经完全疲惫在光明中行走
我努力坚强，坚守。爱不爱我，都不重要
我在宁静中面对自己微笑……

这是绝望的冬天，风寒料峭
听不见一丝笑意。我裹着黑夜的黑
裹着风。在什么都不重要的角色里
哼唱一首模糊的歌

睡吧，睡梦中轻轻离去
这个世界并不需要你的痕迹
轻轻一抹，冬天还是冬天

三

还是属于平安夜,天还没亮
祝福的信息接踵而来,是一个人发的
只有一个内容。透过黑夜
这些祝福没有丝毫温暖。冬天客观地冷
像你的平平淡淡,说睡就睡了
像一首没有感觉的诗,在冬天
被你踩在脚下,用火燃烧
用酒烫伤

四

节日与节日交接时刻,我祭奠 201314
这个世界没了你的影,那些疯狂的小车
从此路冲向彼路,看不见你的爱和风景
我在明亮的灯光下,写一首诗祭祀
黑暗裹着黑暗,大地的颜色
让我进入冷厉的冬天,慢慢入睡

不用再发一个没用的信息,不用再拿起
那部黝黑的手机,拨通没有意义的号码
讲一些废话,做一些多余的手势

从城南看向城北,我的一生
在这氤氲的余光里,模糊不清
道路,树叶,灯光
视野里的风风景景,淡去……

我该走向哪一个路口
天堂里的手,让我失去航向
让我迷幻。让我在冬天

用酒醒酒，用寒冷温暖寒冷

五

多想挂一片月色，当作你的窗帘
我化作一缕轻风，摇动你窗边的竹林
你是我今生唯一的风景，在梦里
我们走近，又拉远；走近，又拉远
像儿时躲猫猫，总是追不上你
我多想成为夜空中，从你窗边垂下的
一片片的细细柳叶，和清冷的月光
一起守着你，一辈子
我不再写诗，你梦里的天空
便是我沉默的诗行

六

天已经亮了，从早晨的寒冷出发，
你开始一个人去旅行。从白天到黑夜
你把冬天关在门外。岁月静好
你渴求一个宁静的地方，休整疲惫的身体和心灵
这对于我，是多么遥远的距离
透澈的冰花从你的车窗落下，飘过的，
是冬天唯一的灿烂。好想温暖你的手、细微的发丝，
以及柔弱的身体……让我的爱意
再次漫过你手心的每条生命线
而现在唯一的姿势，是向着远方微笑，并深深祝福

七

过了今天，你要好好地生活
像桔子林地成片的金黄，像秋天
快要落山的太阳，在起伏的山顶之上

微笑,绚丽,酡红
像曾经我们手牵着手,在春天
唱一首快乐幸福的歌。过了今天
你要好好生活,把不快乐不开心
晾在季节的风车上,慢慢风干,风化
我们在简单的土地上,起早贪黑
吃饭,睡觉,直到生老病死

八

虽然近在咫尺,我走了千年,
却始终没有拉近我们的距离
像梦中,黑暗面对黑暗
我们的突围势单力薄
清晨的歌声忽远忽近,雨水湿了一地
我的视野只有春天和你,我寻找阳光
亲爱的,我看不见那些
已经开始发芽的春柳
你疲倦的笑容,让我痛彻心扉
你在我的幻梦中迅速苍老
已是阳光明媚的季节,而我
再也没有爬上那座矮小的钟鼎山
鎏金的岁月照过我的青春,那山
依然苍翠繁茂

冉光跃,男,土家族,1975 年 3 月生于德江县。1992 年 7 月考入思南师范学校,1994 年 12 月举办个人山水画展;同期,文学作品在“94 全国文学社作品评选”中获奖,成为全国五名获奖作者之一,作品被《少年优秀作文》报专版转载。曾出版个人诗集,有诗歌作品在《诗刊》《山花》《诗林》《花溪》《南风》等报纸杂志上发表。

朵孩的诗

杨正敏死了

朵　孩

是患病毒性脑炎
死的
她在贵医
住了半个多月
贵医救不了她
又转到遵医
住了半个多月
遵医也救不了她
她就死了
杨正敏死了
贴在教学楼大厅里
为她捐款的那张
倡议书
却还没有撕

（原载2006年第2期《诗歌月刊》，后入选《2006中国最佳诗歌》）

对面的女孩

朵　孩

对面的女孩,我不是故意
要把窗子撞得这么响的
我只是怕风吹进来
冷着了你
我只是轻轻地推一下
就没想到它
居然会"嘣"的一声
这一声肯定把你吓着了
要不,你怎么会抬起头来
望我一眼呢
这"嘣"的一声
也肯定惊扰了你
背诵《诗经》的思维
哦,对面的女孩
对不起啦,我现在
不弄窗子了还不行吗
你就接着背《诗经》吧
就像你刚才那样
轻声轻气地背
关关雎鸠,在河之洲
窈窕淑女,君子好逑

(原载 2005 年第 8 期《诗刊·下半月刊》,后入选《2005 中国最佳诗歌》)

沙 滩 事 件

朵 孩

一个倾城倾国的美少女
穿着三点式
在沙滩上奔跑
跑着跑着
她的白乳罩就掉了下来
几乎所有的
在沙滩上游玩的人都看见了
她的白乳罩
掉在了沙滩上
可是她表现得异常平静
头也不回
继续朝沙滩的最远方
奔跑
仿佛她的白乳罩
根本就不曾掉过

（原载 2006 年《渝东南文学》秋季号）

啄 木 鸟

朵 孩

我还没见过啄木鸟
但我希望一只啄木鸟
从远方飞来
爬在我的心口上
把我当成一截

一米六高的树桩
并啄出我心中
那条叫作忧伤的虫子

(原载 2006 年《大学生诗报》圣诞节专号)

族　谱

朵　孩

我和弟弟
今年上了族谱
登一个人
两块钱
我妈说
隔壁邻居家的小玲和小艳
都没有上族谱

(原载 2006 年第 4 期《诗歌杂志》)

怪　路

朵　孩

小雪不会斗地主
刘静也不会
我就问他们,你们
会不会玩怪路啊
他们说,会
那天,我们就在河滨公园的草坪上
玩了两个小时怪路

(原载 2005 年第 7 期《诗选刊》)

和唐晓涵聊天

朵 孩

我对唐晓涵说
你给我的第一印象是
清灵
清灵这个词是我随便说出的
字典中可能没有
唐晓涵也听着陌生
我就给她解释一遍
清楚的清
灵气的灵
她又问我那个灵字
是不是机灵的灵
我说不是
是幽灵的灵
唐晓涵就情不自禁地
用右手掩住嘴巴
扑哧了一下

（原载 2005 年第 8 期《诗刊·下半月刊》）

朵孩，原名杨正治，男，土家族，印江人，生于 1981 年 9 月，2000 年毕业于思南师范，2004—2007 年在贵州省教育学院中文系进修，现为印江合水中学教师。自 2000 年发表处女作至今，已在《诗刊》《诗选刊》《诗歌月刊》《山花》等十几家报刊上发表诗歌、散文、小说作品百余件。有作品入选 2005、2006《中国最佳诗歌》。

张翊奇的诗

草木世纪

张翊奇

关　雎

只要想起你来，世界就立刻春暖花开。

你葛裙荆钗，纤手采荇。

在粉薄的逆光中，窈窕身影，被无限倾慕的清流铭记于心。

纯美世纪，如诗年代里的临水照花人。

迷幻与想象，如此诱人。

蒹葭上的雎鸠啊你不要再唱，我怀中的音乐已经纷纷乱了——

撒往高处，在幽蓝天幕上镶嵌繁星璀璨；溅在草间，斑斓蘑菇幸福地生长；滑落水里，就是嬉戏莲叶间成群的欢快鱼儿……

情思若水，流年明媚。

清澈的流河，朴素的歌唱。

千年之后，我匍跪在你的身旁，掬水狂饮，要把自己喝成一脉细细的支流。

野有死麕

怀春的四月，透明空气里植物疯长，小兽温和。
季节深处的情愫，如火如荼。
仿佛，在酝酿一场途中的相遇。

鲜花锦簇，有女如玉。
伊人被之祁祁，去湖沼撷蘩。
抑或，是往陌上采桑？
命中注定的爱人，骑着骏马，牵黄擎苍，洵美且武。

那季，白茅初苞，手如柔荑。
伊人曾俟于城隅，贻以彤管；也曾修禊溱洧，馈赠芍药。
幽香沾衣，袅绕不绝。

也许，爱情原本就是一场狩猎。
我多么想，温柔地死在你怀里。

春虫唱起了简单的小情歌，如同耳际低语呢喃。
啊，像鱼和水一样相亲相爱，不要松开紧拥的手。
也不要，在荒烟蔓草的年代里迷途，寻不到真情的踪迹。

双唇微翕，打开一座芳菲的城池。
此刻，天地多情，万物繁盛。

柏 舟

一颗不变心，本如扬之水。
内心清澈的流川，即使看尽千帆，也波澜不惊，初心不改。

玲珑少年伫立岸上，回眸一笑。
顿时，枯寂而清贫的岁月，如此妩媚与丰腴。

西陵松柏繁茂,可以缔结同心。坚贞的爱情,宛如一种照耀,令生命不再黯淡。

稳稳的幸福,似磐石蒲苇。

不必要烈火烹油富贵泼天,只求,岁月静好如斯。

守誓无悔。

尘世的沧浪,只须一苇即可航渡。

当我们归来,掩上柴扉,满头青丝,已皤然如霜雪。

却见,古渡头那两棵翠柏交柯入云,相看不厌,执手在时光中慢慢变老。

采　葛

痴情的人呵还在唱:彼采葛兮,一日不见,如三月兮。

招惹得满山的草木们蠢蠢欲动。

季节盛大。花苞们次第舒开迷蒙的睡眼。

朝日的脸蛋红了,月牙儿就圆了。

葛叶阔大,想捧住三生的泪滴;

葛藤韧长,缠住我俩永不离弃;

葛根微甜,足以对峙苦难红尘;

葛花沁凉,能否醒那相思烈酒……

我愿,是你素手纺织的一袭葛衣——

朝夕与君伴,冷暖两心知。

有女同车

不知修了多少世,才得以与她同车而行。

颜如舜华,秀色可餐。

只是,噙在嘴里也怕化了的吧。

必然，是神祇无上的恩赐。

才在浩瀚人海里，结一段温柔尘缘。

世间的花朵再美，也不得不面对凋落的伤悲。再长的光阴，也是短短一瞬。

生如蜉蝣，这分明是一种残忍。

而你内心的宝石，光色却永恒。

正如歌里所唱的，多少人曾爱慕你年轻时的容颜，可是，谁愿承受岁月无情的变迁？

一生有你，宜好好珍惜。

就算，寒霜步步紧逼上来，也要摘下一枝木槿花，簪在你的双鬓。

行过许多地方的桥，看过许多次数的云，喝过许多种类的酒。背朝黑白岁月，我想剪流霞作彩笺，写一封情书给你……

泽　陂

一朵，又一朵
高过人世的波澜
在风的谰言中，香远益清

宁静的午后，她头颅低垂
看见流光中的身影
恍然如梦
而春天随波而逝，相忘于江湖

谁在夏日骄阳中无依无靠
被喧嚣的蝉鸣刺伤

在这污浊的尘世，让我们
开成两朵朴素的莲花，要么
做携手徐行的好人

住在爱里(组诗)

张翊奇

焚

把这短暂的生命点燃
是否爱情注定有一种疼痛
让我的泪水血液般鲜艳

寒夜里打开内心的光明
对峙漫长的风雨
一朵烛焰的舞蹈
洞穿多少年的沧桑

激情的长度,痴诚的花朵
为即将来临的春天献身
两枚叶片般的心
即使相视无言
幸福也触手可及

活着,就要不断擦拭灵魂的暗影
像春蚕撕裂命运的帷幕
我们捧起这小小的灯盏
足以抵达温暖的世纪

钥　匙

只有深入内心
才能打开或坚守一个世界

某些简单的道理

也许需要用整个生命来求证
譬如，一把钥匙开一把锁
一朵花为前世的诺言绽放
而我一生的努力
只想紧紧地牵你的手

沉睡的芳菲
等待你温柔地唤醒
这前世的祝福佩戴在身上
暗示我痴情而执着的今生

关 于 幸 福

我不能给你整个春天
却愿意用一生
来打造一个巨大的花园
安放全部纯洁的蕾

从来没有放弃燃烧的愿望
像山茶一样如火如荼
像流星般照耀夜空
为你盛开最灿烂的姿势
哪怕仅仅是刹那之间

生命的暗香
让我如此地神往
蝴蝶般在幸福里迷路

我喜欢那些妩媚的偶然
怀中的温暖，光明的骨朵
只为善良的心灵倾吐幽香

当南风轻轻吹拂
花朵们仰着干净的脸庞
给未来献上美好的唱词

情　人

总觉得爱你不知满足
在温柔如水的夜晚
音乐的潮汐悄悄漫涌

因为爱像海洋一样深沉
我的泪水才打磨成晶莹的珍珠
这疼痛与迷茫的尘世
原本是我不能离弃的居所呵

如同我身体的某个部分
你的悲喜我刻骨铭心
两瓣唇包容的世界
就是一个完美的春天

烟　花

在那些年轻的夜里
她以熔岩般喷涌的姿势
无比灿烂的拥抱黑夜
然后绝望和哀怨地熄灭

宛如曾经错过的爱情
照亮寂寞的心空
昙花开过的时光
谁刻骨铭心地爱一场
带走所有洁白与芬芳

幻灭的灵魂最疼痛
像掏空了花蕾的春天
流水的呜咽无人能懂
往事随风而去

哪怕活着仅仅是为了一瞬
我也不会后悔
在命定的时刻与你相遇
成就一段温柔尘缘

莲

该以怎样的眉目在今生相遇
在佛的座前
还是在烟雨凄迷的断桥下

我还依稀忆起
前世订下的盟约
因为莲子如此苦涩
我才甘愿用整个生命
来诠释美丽的诺言

端坐流光中的神
目睹众生枯荣生灭
内心的芬芳阳光般喷溢
对峙破茧成蝶前的黑暗

而你是否依然记得
千年前的那支采莲曲
一生中最美的时刻
足以作为青春的墓志铭

（载于 2005 年第 1—2 期合刊《梵净山》）

青梅竹马(外一首)

张翊奇

打开影集。恍惚间坠入春天
氤氲的陷阱,一滴芬芳的回声
桃花开遍临水的村庄,柔嫩的嫣红
荡漾整个春天的羞涩与想象。
一支歌谣舒袅透明而质感的薄翼
穿过烟水苍茫。饱胀汁液的笑声
仿佛鲜亮的果实垂挂每一枝阳光上

幸福因此在瞬间抵达:崭新的憧憬
情不自禁,祝福和凝视
并俯吮杯中的琼浆。不断地
擦拭内心的阴影
那些被爱与梦幻文身的灵魂
将最先回到春天的小木屋

蝴　　蝶

——小提琴协奏《梁祝》

神说:我将赐给你们粉蜜、天空和翅膀

风的琴弦,颤悸缤纷的祝辞
生命,多么像一只精致的花篮
简直装不下那数不清的诗篇与唇印

另一种形式的舞蹈
爱情!讴歌她来临时绚烂的痛楚

以无比轻盈的姿势拒绝湮没
甚至不惜献祭昂贵的青春。炫目地飞翔
穿透最后被善良提升的凄怆
这千年的绝唱，恪守了盟誓的贞洁
脆弱而璀璨，令人心碎
在真实与虚幻之间，永恒

（载于 2000 第 4 期《星星》诗刊）

非飞马的诗

胡思乱想

马结华

丢掉影子的最好办法
就是走进影子里
让自己也变成影子的一部分

可是，我为什么
还要
向着太阳奔跑

（原载《山花》2006 年第 8 期“贵州诗歌专号”）

爬上高山你就会看见

马结华

爬上高山你就会看见
大地矮了
大地上那些高大的楼房矮了

住在楼房里的那些高大的人们
也跟着矮了
在你的眼皮底下
在你的脚板皮底下
一切都变得矮了
包括你头顶的天空
天空中的云朵和飞鸟
也都矮了
越来越矮了
只有你
显得格外的高
高高在上的高

（原载《铜仁日报·梵净山周末》）

虚　　构

马结华

这个上午
我坐在一间小屋里
虚构了一匹马
和一个无边无际的草原

草原上的草
安静的绿着
浅浅的草丛中
开着些零星的野花

我的马
就在不远处

噗噗的啃着青草
等它吃饱了
我要像骑牛一样骑它

（原载《铜仁日报·梵净山周末》）

云里雾里

马结华

我固执的认为
雾并不是从大地上
升起来的
从来都不是

雾是从天上降下来的
像患了重感冒的毛毛雨
或者
像患了轻度哮喘的雪

而它们最先是生活在大地上的
它们最先是水
在变成雾之前
它们是云

（原载《铜仁日报·梵净山周末》）

我的黄茅坪(组诗)

马结华

第一次写到：黄茅坪

这是我第一次写到黄茅坪

关于黄茅坪，我其实不知道该写点什么
我只能写下：1982 年 4 月 11 日
我出生在那里，从此与它沾亲带故
然后，我在那里度过了窘迫的童年时代
寂寞的少年时代，空虚的青年时代
那里天高皇帝远，因此我体验到了
旷世的贫瘠，和无边的自在
我只能记下：住在黄茅坪的亲人
他们是：父母、爷爷、叔叔、伯伯
哥哥、姐姐，还有一些乡邻
我曾认真端详过他们，无一例外
留守在那里的乡亲，大多
成了病痛和贫困的奴隶
我只能记下：时光的列车
轰隆隆向前奔跑
带走了一些老人和后生。而黄茅坪
还是那么贫穷，还是那么落后
还是那么土里土气
好像二十多年来，它一直在和谁赌气
你看，它一直停留在原地

地标 1：云盘山

坐落在黄茅坪的最高处
二十年前的云
已经散去。二十年前的绿森林
已也散去。现在的云盘山
什么也没有了。除了几根杂草
除了几棵稀稀疏疏的松树
除了满处都是的黄土和沙砾
云盘山上，什么也没有了

春节回家时,我去了趟云盘山
还好,云盘山上的祖坟还在
他像云那样盘踞在那里
高高在上的样子,居然有几分威武
稀薄的积雪盘踞在上面
从山下,从远处,向上一看
云盘山,才有些名副其实

黄茅坪:爱,或者恨

我不知道,我对黄茅坪到底有多爱
提起它,甚至更多的是恨
恨它愚昧,恨它无知,恨它给我一个
卑微的出生。但我又不得不感激它
这些年来对我的养育,感激它
让我学会了如何在逆境中前行
它的一草一木,都像智者一般充满着哲理
它的每一寸土地,都像母亲一般
都充满了爱和韧性
而这些,都印在我的灵魂深处
这些年,我就是用它
开始了生活的战争
但我不知道,我对黄茅坪到底有多爱
那些青涩的往事啊
为什么一想起就让人流连忘返
为什么一想起就让人低回不已

黄茅坪:山的抒情

我多么热爱黄茅坪的那些山
它们高高耸立
像真理一样,高高耸立

它们有着比父亲更高的肩膀
比母亲更宽阔的胸膛
它们接纳了我童年的欢乐和泪水

我多么热爱黄茅坪的那些山
它们一座有一座的模样
一座有一座的高度
它们不重复谁,不抄袭谁
它们像山一样耸立着
不弯腰,不屈尊,不点头哈腰
黄的是土,黑的是石头
合起来就是高度,就是骨气

我多么热爱黄茅坪的那些山
它们生长着树木,生长着花香和粮食
它们孕育着云朵,晨雾和露珠
曾经许多次,从山脚开始攀爬
有时爬到半山腰,有时爬到它们头顶
由此我知道了,山外有山,天外有天
有些山头需要一辈子攀爬
有些山头一辈子也无法逾越

我多么热爱黄茅坪的那些山
饥饿时,我把它们当成馒头
一口一口地啃,一口一口地嚼
一口一口地品尝乡村的滋味
孤独时,我把它们当着知音
松涛永远弹奏着激越的旋律
小鸟永远歌唱着飞翔的曲子
而群山静默,静默是永恒的歌声

我多么热爱黄茅坪的那些山
它们是生养我的地方
必将成为我人生最后的归宿地
现在我还很年轻,别离是暂时的
远行是暂时的。我知道我还会回去
后山上,它们给我留有一个位置
爷爷奶奶留在了那里
父亲母亲也必将留在那里
他们和大山一起,等着我百年之后
再去团聚,永远不分离

(原载《民族文学》2014年第2期)

马结华,男,土家族,笔名非飞马,1982年4月生于贵州印江。1998年就读于思南师范。曾在《诗刊》《星星》《山花》《诗潮》《绿风》《散文诗》《诗选刊》《文艺报》《民族文学》《中国诗歌》《黄河文学》等刊发表作品,部分作品入选《2007年度中国最佳诗歌》《21世纪贵州诗歌档案》《中国当代汉诗年鉴》《2011中国少数民族文学年度选(诗歌卷)》《新世纪贵州作家作品精选》《纪念建党90周年贵州文学精品集(诗歌卷)》等,贵州省作协会员,现居贵州铜仁,著有诗集《爱的咒语》。

赵永康的诗歌

列车二十二点三十四分开出

赵永康

一张贵阳直达西安的火车票
发车时间二十二点三十四分
离列车启动还有两小时
真凑巧　　牙疼起来
原先痛牙的感觉里
痛牙的加速度
不比列车启动的加速度差
我一边看着车票一边手护腮帮
思忖治牙与登车空出时间多长

车站提示：因客流量大
请各位旅客提前两小时进站
我特别注意“各位”的意思
此时痛感渐强
压倒身体的一切
先治疼！我像作一次重大抉择

躺的病椅像车票 12 和 13 号铺位
张大口腔医生的钳镊不停敲打
医生明示治牙疼没有特效药物
只有打孔减轻牙神经压力
能说什么呢　　只要快点
开往西安的列车时间越来越近

脑袋疼得像列车运行
医生的器械像车轮衔着铁轨
空腔的回音包含疼痛和钢铁
牙钻对准病灶风声呼啸水雾弥漫
微闭双眼
想一列列车沿长长隧道风驰电掣

省去与医生交谈的一些细节
匆匆赶到车站
拧行李　　安检　　检票还有 2 分钟
跑步来到车厢梯口
我用微笑回赠乘务员的注目礼
靠上铺位　　牙痛渐渐减轻
看着窗外移动一下
二十二点三十四分
开出的列车准点

铁　轨

最初的印象出现
在中学时代的数学课本里
一节叫《平行线的认识》
列举的几个事物
其中就有铁轨

时过三十几年
那时数学老师只照课本概念宣讲
平行线是不能相交的两条直线
比如钢铁做的火车路
就是平行线

我那老师也没有见过铁轨是啥东西
火车为什么不走泥土路
火车是什么样子
火车走的铁轨为什么要平行
疑问多年留在贵州一个偏僻的乡村
老师的讲解也像铁轨下硬邦邦的石子

之后的好多年
那老师没见过铁轨和火车就离去了
可平行线和铁轨的印象
依然唤起怀念和一段童年时光

关于做人　另一老师用铁轨做喻
火车获得速度和奔驰的自由
那是火车受到铁轨的限制
又是多年　我和同学少年
从铁轨与火车的关系
懂得了许多生命的快乐

现在目睹铁轨
或者在列车上日行千里
携风吐雾穿山越峡
想起南北草味
东西霜雪

心中的钢铁至高无上

列车进入隧道

无数重力向下
庞大的山体
宁静一个半圆窗户
锁住一眼墨色幽深

一柄铁钥伸进山体
开启山里秋天
一枚叶子飘落窗口
列车以收割的姿势咆哮
裹挟强大的气流
清扫大地体内的阴暗湿气

随之汹涌而出
千万钢铁的味道
千万火星跳跃
千万巨帛裂响

压不住黑色风洞
一种箭气呼啸　　推开
另一扇半圆的窗户

赵永康,男,苗族,1962 年生,贵州省作家协会会员,贵州省写作学会会员,现供职于贵州省思南县教育局。

陈永祥的诗

散文诗两首

陈永祥

花与蝶(六章)

——写给D

春　舞

严冬过尽,蓓蕾初绽,漫过美丽的山岗。

山之容颜,拂过轻风缕缕。行在垄上,笑在垄上。

唱一曲出蛹之歌谣,舒展开鲜活的翅膀。

伴随春姑娘的那一支劲舞,向太阳借一缕生命之希望。

山之朝雾,韵之氤氲,

赛过缚茧中沉寂的那一段时光。

雨　蝶

你是蝶,不畏蕊寒香冷。

你是蝶,不惧草长莺飞。

三月雨朦胧于世间,打不湿你奔放的翅膀。

雨丝深处,是你似曾相识的眸光。

滋润的湿气静静洗涤,擦拭你妩媚的心窗。
划过天空的轨迹,撩拨了春心的萌动和疯狂。

花　迷

从一朵飞向另一朵,从一丛飞向另一丛,从一簇飞向另一簇……
心中离不去的还是一个字的名字——花。
不为留住春之气息,只为追寻那一个个甜蜜的吻……
花是香的,花是甜的。
纵然生命如此之短,对花痴,对花迷,依然一如既往。
为花发笑,为花癫狂。
让生命的节奏,不浪费大好春光。

惜　春

品不尽万般花朵柔情,感受不尽甜蜜的温馨。
既然钟情于花的世界,就应把心灵集中于美丽的芬芳。
既然迷上了花的美丽,就应献身于花的海洋。
任凭雨打风吹,把身体摧残成遍体鳞伤;
任凭黑暗无情,关闭了温暖的太阳。
只要心中的花还未凋零,就要时刻扇动起生命的翅膀。

风　蝶

拂面春风,不寒柳丝之影如烟,不寒波光动穿湖面。
风之骄子,那翅膀,那翅膀,飞越着无限春光。
晨空如洗,洗礼惺忪的梦乡。
阳光明媚之时日,无数笑意写在脸上。
时近黄昏,余辉之霞光万丈,回映无数梦想。
风中走来,舞在风中,美在风中,
用春风飘逸美丽英姿,用春风擦拭隽妙面庞。
记下春风的温馨,不浪费春光,让春天变作风的天堂。

潮 韵

带雨春潮，碧波荡漾，如靓女之颜面，洒泼一路春光。

新水碧澄，从蝴蝶泉走来，步履轻盈多姿，娴熟恬静。

水面蝶飞，幸福之春歌，伴随满湖笑语，昂扬、引吭。

水之韵律，自上古编钟产生，化作梁祝的爱情传扬。

故事之流芳，颂扬生命之真谛，切勿做傻子读书郎。

春潮涌动的血液，开启生命之恋歌。

让鲜活的青春为爱而生，为爱痴狂，用爱之血液与气息，闪烁生命的荣光。

花儿朵朵

——写给D

一

朵朵花开，开出美丽的洁白。从冬的最深处，孕育着春的情怀。自三月风吹过的柳梢头，化作一道道蝶影装点天空，纵也成排，横也成排。

春风春雨甜蜜着空气里，舒润的心，迎合自然富于传情的唇，把笑容打开，让温馨絮语从情感的灵气里轻轻表白。

你是朵，朵朵花开的笑靥，伴随春姑娘银铃般声音，唤起大自然的青睐。

二

朵，既然步子已走过严冬，在春风醉人的空气里，就不要开出淡淡的忧伤。你是春天风景里不可多得的天使，春天早已赐给你希望的阳光，让你用银铃般的笑语，把幸福向世间每一个角落传扬。

春天的风是给你的，因为你是朵。

春天的雨是给你的，因为你是朵。

春天的阳光是给你的，因为你是朵。

朵朵花开，开出无限风光，去温暖冬天留存大地的内心，去美化春姑娘的第一件霓裳。

三

曾忆否，你那弯如钩月的眉，你那清澈如一汪潭水的眸子，走过巍巍高山，走过小桥流水,走过酷暑寒冬,最终走到我身旁。

你仍是朵,你深沉,一如既往的深沉。

你清纯,丝丝缕缕的风中,点点滴滴的雨里仍是纯洁无瑕的烂漫一朵。

眉月间的痣,轻轻点击着粉红色的回忆,将缘聚缘散的故事,永远定格在美丽的一刹那间,让漫天飘飞的柳絮,在空中为你欢呼,为你痴狂。

四

一抹春日的余香,自繁叶茂绿间溢出,溢出馨香梦呓的美丽一朵。那眉月间不再有愁云紧锁。舒展开的柳芽,已然从春心萌动中开启新的美梦。

倾听风之声律,暗嗅叶之气息,朵朵美丽的芳香,陶醉了春之彷徨。迷茫的春之路,剪不断的春之歌,在轻风流水般的童谣里慢慢散化。

朵之香如酒,朵之醉如醇,在甘甜与芬芳之间妩媚、流淌。

五

携住春天的臂膀,沐浴阳光,情寄相思涟涟。春风里那缕牵挂袭来,红了太阳,绿了山冈,浓了柳色,粉红了桃花的面庞。

蓝天白云一朵,释放无限春光。花儿盛开的梦,自朵朵呓语中表达。

眷恋之歌寄着春梦,一路踏尘,笑意里欢呼,笑语里痴狂。

——选自诗集《忆痕深处》,楚屹立(陈永祥)著

陈永祥,笔名楚屹立,男,汉族,20 世纪 70 年代生于贵州遵义,2000 年毕业于贵州师范大学中文系并获文学学士学位,2013 年毕业于乌克兰南方国立师范大学并获教育学硕士学位。系世界华文作家联合会会员、贵州省作家协会会员、贵州省写作学会会员,迄今已在《诗刊》等报刊发表作品近百件。曾在全国文学、书画大赛中五次获奖,书画作品曾在重庆、广州等城市展出,已出版个人诗集《落荒》《忆痕深处》两部。

朱保贤的诗

漂泊的情绪

朱保贤

你写完这句话时
已是秋天
苍白的无语的月光下
撕碎所有过去的细节
随秋风随枯叶
远远飘去

情绪
秋天流下的眼泪
有血的颜色吗
天帝闭上混浊的双目
秋雨过后留下片片荒凉

（原载《世界青年诗人三百三十家》）

朱保贤，男，贵州思南人，新星文学社社员，思南师范毕业后保送进入贵州师大中文系，毕业后回校任教，现为中共铜仁幼儿师范高等专科学校副书记、纪委书记，副教授。

梁祖江的诗

夜间也可以钓鱼

梁祖江

习惯把白天弄成行走
把夜晚弄成睡眠
把生活弄成四平八稳

而夜晚的胃口实在太大
一口吞下化日光天
并把风声藏得很紧

躲开天经地义
他从满天星斗中逃离
把一条江死死揣在怀里

世间事再没什么不可以
包括让他，从黑暗中
找出流落底层白生生的鱼

不要惊扰水面
小心鱼偷走秘密：
太阳就藏在一只响铃里

一步之遥

梁祖江

十个月的光景
既已把手和脚
孪生成一步之遥
母亲就再不可能
把爱平分

委屈为弟弟的脚啊
是不是总想后来居上
很不服气地强拖着哥哥
漫无目的寻找
子虚乌有的公平?

哥哥被拖累了
自己也拖不动自己了
直到这一天
你才明白分别母亲时
为什么世界哭声一片

小树苗掉头了

梁祖江

按习惯
小树苗应该一直向上

腰杆才硬得起
挺得直

但是,你难道没看见
躲过风吹雨打后
它长着长着
突然掉头了
让屋外的阳光
措手不及

但是,历经风雨的阳光
看了好久
也沉默了好久
忍耐了好久
终于和盘托出
一丝丝明丽的情绪
看
我之所以一直等候在窗外
要的就是这一天
——小树苗在屋子里
向我,卑躬屈膝

忽　略

梁祖江

为解放双手
我不再像父亲当年插秧
把它们一头扎进地里
甚至连写字
我也只是买来电脑

用鼠标替代钢笔

为减少跑腿
我不再像母亲那样
至少跑到门口
唤儿吃饭
我只是买来手机
与它面对面
接收或传递一些道听途说

为掌握东西南北春夏秋冬
我也不再像父母当年
一次次,徒步翻山越岭
看儿的米袋是否已空
我只是安装网络
瞬间就周游了世界

有了这些
世上的事
我仿佛全部知悉
当然,还得除去不会用手机
也不会用电脑的乡巴佬父母
内心的纠结与忧郁

除此之外,我还不知道的是
眼前这偌大的世界
除了赶不上时髦的母亲
还有谁
在牵挂着我的一息尚存

我感觉越来越不对劲
偌大的世界被我掌握在了手里
而我自己
又在时空的哪儿呢?
是不是,世界大了
我也被虚拟进而被忽略了
我试着把抓在手里的全部放下
剩下的
居然真是我实实在在
来去自如的位置

田茂标的诗

观画(外五首)

田茂标

天空深蓝
几朵白云在天边散步
清晰的足音
没有使安静的白鹭惊慌

绿成为无声的主题
风一步三摇
走过巨大的地毯
抬头看看蓝天
放飞梦想
肥美的草们又弯下腰去
生动了亮丽的春光

绿铺天盖地　伸向远方
显眼处有马抬头
向这边凝望

它沐着春光
鬃毛如瀑、身体健壮
生活在绿色故乡
瞳孔中飞扬着健康的思想

没有人
人站到了画外
像我　在钢筋混凝土的丛林
用想象和一生的时间观画
天空般的内心
把自己设计成骏马的形象

一只鸟遗落城市

田茂标

它羽翼单薄
面容憔悴
在岁月无情的窄缝
成为城市多余的标点

同类没有音信
鸟巢去向不明
天空低矮、暗淡
在飒飒秋风中不断翻飞
为了躲避猎枪亡命的追赶

美丽的家园多好
它停在暗处
面部飘过的阴云
潮湿、凝重

失神的眼睛
将寂寥的长空望断

遗落城市的鸟
像亡命天涯的孩子
大地一阵痉挛
在城市这本翻新的字典里
我看到它内心颤动的黑暗
人类可怜的欲望和
隐藏的不安

清　　明

田茂标

这一天　我们走向墓地
用静默与另一个世界对话

这一天　河流仿佛停止了流动
大山头颅低垂
我们放下沉重的工作
用心聆听阴间的语言
无形的伤口静静绽开

这一天　天空下着雨
布谷充血的喉咙
喊出我们的心思
阴阳之间只隔一层薄纱
故人用什么斩断了归路

这一天　时间停止

我们的目光折断天涯
所有直立的墓碑
像一条条路标
指向天国

用想象将酒杯碰响

田茂标

月圆之夜
大地怀抱吉祥
天南　海北
昂起骨肉做成的头颅　干杯
长江黄河具有共同的走向

脉管里流淌的
是诗经、楚辞、唐诗、宋词
五千年相濡以沫　相亲相爱
相依相离　如今
生命中的水晶
在夜空光芒万丈

不管相聚　还是天各一方
感谢上苍　体温犹存的炎黄
历史和现实的馈赠多么丰厚
放下手中质朴的劳动
擦拭潮湿的脸庞
星空洒下欢乐的月光

地有多久　天就有多长
静静睡去的是河流、山冈

天涯　海角
在感恩和祝福的光芒中
用想象一遍遍将月亮透明的酒杯
幸福地
碰
响——

一条河流到天明

——悼罗实汉先生

田茂标

让酒伴我度过今夜
将落叶一样飘散的灵魂收紧

喧嚣背后
黑夜绽放出几只街灯苍白的寒光
举起酒杯和生活中所有的重负
想象与你共饮

沉默　巨大的沉默覆盖狭小的房间
凝固的空气中
一千匹烈马扬鬃
纷纷向我脆弱的体内仓皇逃遁

时间的双脚不停地敲打着黑夜的命门
我们深埋头颅
谁也没有点破阴阳之间仅存的那层薄纸
理解和默契
像盛开在彼此心中的花朵
永不凋零

触摸不到你在这个冬天的体温
今夜　一条身受重伤的河
在黑暗中
迂回起伏
流到天明

小说卷

百年文华

青龙河畔古檬树

田永红

洋荷坳是一个古老而幽静的小寨子,寨里寨外全是一色的斑重竹林,高出竹林的那一团浓荫,便是一棵枝繁叶茂的古檬树。

这地方是太荒远,太冷清了。一坨窄窄的坝子,挂在大山腰,背后是直挺挺的悬崖,两边是腾龙走蛇似的青山。从寨子向右走百二十里,有座秀山城;向左走一百二十里,有座沿河城。清波粼粼的青龙河,像条轻飘飘的蓝腰带,绕寨而过,在崇山峻岭中东盘西绕,流进了沿城河,汇入大乌江,自然也就流过许多大地方,像二公家的武汉大学的幺娘样,走南闯北……

这寨上三十户人家,全都喜欢这条河,但要受用它,却只有男人们,至于女人们,只能去二公家屋旁那眼古井里洗衣,汲水,但万万不能淌脚,擦身子,否则,得罪了土地神,是要遭祸的。只有男娃儿们,从小能在河里自由自在地洗澡,打"水仗",把雪白的屁股拱在水面,把小脑袋埋入水里闹着耍,然后就去村外读书,尽管家里父母勒紧裤带送,但洋荷坳的男娃儿,就是读不出来,怪不得有人说:"洋荷坳地势是生就的黄狗旋涡,难得出人才",还有,就是男人们随意打骂老婆,似乎女人是生来的贱命,凡事尽让男的占先。

却也怪,几辈子男娃儿做不到的事,偏偏被二公家幺女做到了,她居然还是一个正儿八经的名牌大学生,这实实在在地为荷坳的女人们争了口气。当然,有的蠢猪也会说:"二公家屋基坐在正龙脉上。"但是,再蠢的人也不会说:"二公家祖坟葬得好。"因为这寨人,都是一个祖坟里的人的后代,这段历史也不过百把年,六七辈人的事。

早年间,一个姓田的小伙子,逃难出门,行医路过于此,已是天黑人倦,在一棵檬树下,寻得一个茅棚,里面透出微黄的光线和糊焦的松木油味,走进一看,才知是一个泪痕满面的姑娘,心烧火燎地守着她病得气息奄奄的老母,小伙子给病人摸拭了一下脉后,急忙掏出自己祖传秘方的草药,医好了病人。母女俩感恩不尽,母亲就将闺女许配给了他。这样有个男人在身边,心里也就踏实点。于是小伙子和姑娘就在如今二公家屋旁的檬树下,欢欢喜喜地拜了天地。从此,定居下来,生儿养女,开荒种地,行医治病,经过几辈人的艰苦创业,才见个人样儿。因为这里地处荒僻,与外界少有联系,这几年,虽然把田土包到户了,但无工无商,又无可以图利的副业,除温饱外,很少有现钱收入。因此尽管有这么条清亮亮的河,一进深秋,寨里人并无兴趣到这儿闲耍,天一擦黑,满寨子都静悄悄的,男人们早早上床困瞌睡,女人们则在微弱的煤油灯光下,拉着长长的麻线,呼呼地纳着厚厚的鞋底。

六十三岁的二公,是寨子辈份最高,最受敬重的老人。他干瘦得像老了的山羊,只有深陷的小眼睛,还显得格外明亮有神。他活了一个花甲,从没出过远门,就连远近闻名的秀山,沿河,也只是听说过。他斗字不识一个,还常常对周围的人说:“整泥巴的人,读那么多书做哪样?我不认字,照样会弄田整土,现在照样发财。哪些喝了一肚子墨水的,没见到抬金碗吃饭。”

多少年了,二公就像他屋旁那棵古檬树,总不曾变得更老,也不曾变得更年轻,他终年穿件青布长衫,戴一顶狗皮旧毡帽,腰间拴一根皱巴巴的青布带,横插着一条竹烟杆。有时他会抽出这烟杆打人,那是有人在古檬树下拉屎拉尿,晾晒衣服裤子的。这古檬树,是保佑全寨福喜平安的神树,也不知在风风雨雨中站了多少年了,却缀满生气勃勃的绿叶。记和有一年,古檬树突然满树枯枝败叶,要死不活的。吓得二公大病了一场,以为将有大祸临头。谁知不到三个月,古檬树竟返老还童,换出了一树新枝绿叶,引昨一寨人惊奇,二公还特地烧了几柱大香。

当然,这寨子上,所有的人,过年过节,大事小务,都要来烧香化纸,就连搬石头,拆房子,走远路……都要在树下泼些冷饭,烧些香纸,以求平安幸福。由于长时间这样,树下地座古老的三块方石架合的土地庙,也熏得漆黑。

二公敬这树,还有一层虔意,承蒙神树庇护,靠着祖上传给他的兽医秘方,他居然富了起来,手边随时有四五千块的现款,除了按月给读大学的闺女寄二十块外,他从不乱花一分钱,他的茅草房早已破烂不堪,也舍不得花钱另立,甚至连屋脊上的茅草也舍不得换换。

“不应坏了古规!”他说,房子是先主的遗物,百多年了,在地上呆得好好的,何苦费那神扒掉另立呢。

二公用虽然紧手,然而寨上不管老小,只要病倒在床,他是要去看望的,自然也不下三两斤糖之类的,宽慰一下病人。他常常暗暗地埋怨自己,要是老爹断气时,早到一步,把那医人的秘方拿到手,病人也就……寨上不管哪家嫁姑娘,接媳妇,他都要到堂的,自然也要送五六块钱。坐一下上席,烘两杯。当然,人们办事务,缺别的,还无所谓。唯独少不下这位活佛。他一到场,事情偏偏顺畅多了,主人的面子也光生些。

寨里的毛崽一伙子年轻人,看二腰包鼓鼓的,都转弯抹角劝他:

“二公,买个收音机听听呗!”

“二公,那电视机可好看哟!”

“老子哪样机都不要,只要我那两只麻母鸡壳壳,天天生蛋,就够福气了!”二公气鼓鼓地扔出这么几句话,噎得那些年轻人不敢吭声。二公不喜欢他们,这些年轻人,本来就像无笼头的烈马,踢踢打打的难使唤,如今更是春风得意,野得出奇。嗯! 特别是毛崽这狗崽子,不是好货。他曾想把祖传秘方传给毛崽,他觉得这娃儿根子正,心灵巧,而且是最近亲侄孙。在家时,没少和二公做些粗毛重活。不料,没等二公开口,这小子高中一毕业,差几分没考上大学,一头扎回村,竟大不咧咧地领着人赶了七八十头牛,二百来只羊,说是要用界上一千多亩荒地办牧场,又鼓捣起什么兽站,想凭那几颗墨水来整治病猪病牛,真是活见鬼,这还不算,还当面捶锣敲鼓地说,要请二公去当兽医技术指导,嗯! 胡破古规。

二公气得鼻孔生烟,这帮崽子,千古不易的灵方,莫非能这样当人现眼乱传的吗? 二公暗自庆幸,幸亏没贸然把方子传给毛崽,自己真是看错了人。可是他万万没有料到,这些鬼崽,竟神不知鬼不觉在二公灌牛的破碗底里,将那些残存的根根草草收了去,居然就摸出门道来了。这使得二公好几天恍然若失,干瘦的脸拉得老长,对毛崽再没个好脸。

前不久,闺女写信来,说放寒假要回寨,还要带个男朋友来看他。这么说,闺女有婆家了,听毛崽念着信,二公又惊又喜。喜的是闺女像小雀样有个窝儿了。惊的是这闺女竟敢带起男的东荡西南面。他屏住呼吸,推说耳朵不好使,叫毛崽把信念了两遍。

毛崽看二公有些高兴,赶紧讨好地说:“二公,幺娘要来,得体体面面立栋新房了,只要您老吩咐一声……”他捋捋手袖,亮出了粗粗实实的胳臂。古檬树样的二公,白了他一眼,竟连话都懒得答,让毛崽讨了个没趣。

二公最近时辰,一个人爱到青龙河边溜达,有时就坐在河边一团青石盘上,眼睛直勾勾地看着河边那条静静的小路,他幺女在沿河读中学时,是从这里走出去的,两个星期才转来一次,如今去武汉读书,两年了还没打个转。他的老伴在难关那阵死了,只给他留下一只荞壳撑得鼓囊囊的绣花条枕,冷冷地摆在床头,还有是这个活宝贝。

这女娃,从小就野性,倔强,爱往男娃娃堆里钻。十五六岁了,还伙起一堆姑娘下河,跟男娃儿们争“地盘”。几根布襟襟一勒,“呼”的一声跳下河,像群野鸭子拨得水花“拍拍”响,硬气得二公跺破了地皮子,踩了几次,也压不住野性儿,最后还是被她们争得了地盘,胡破了古规。本来是让她读点书,能写写算算就行了,谁知她心高人精,竟读起了什么大学,农村人,尤其是姑娘家,坊了有什么用?现在弄得天遥地远的,唉……

太阳落山了,一阵风呼呼吹过,河面上簌簌落下几片淡红的枫叶。二公收回目光,盯着缓缓漂走的枯叶,心里不由一阵颤动,不由长长叹了一口气。

他后悔,不该由着女儿的性子,让她离开了自己,如今自己已是风烛残年,就像枝条上的枫叶,随时都有飘落的可能,身旁总得有个伴呀!那会多打她几顿不就留住了么。

“隆隆,隆隆!”一阵阵炮声,震得地皮子真抖。正痴愣愣坐在河边的二公,眼前突然一黑,竟朝前扑倒了,溅得满脸水。炮声从青龙河上游的峡门口传来,仿佛从二公肺腑里炸开一样,震得心疼。

“胡破了古规啊!”二公悲叹着,那本来就痛苦的心情,又蒙上了一层层阴影。

那天,毛崽们几个来帮他“扫屋子”,刮去了一屋硝土,熬火药时,二公还站在沸腾的锅边指手画脚,他以为他们是熬火药打野猪,万没想到,他们呵呵笑一阵后,毛崽一本正经地说,要炸山办什么电站,天那,这小子越来越没边沿了,这样大的事,压根不同二公没量,这会破了全寨风水,动了脉气的呀!这些鬼崽,读书读进牛肚子了,莫非硬要整得全寨大娃劝崽讨饭才心甘哟!

想到这里,二公格外心酸了。炮声息了。青龙河显得那么清凉,冷静,鬼都打得死人。斑竹林里的斑鸠，轻声“咕咕”着，仿佛在呻吟；不知趣的秋虫，藏在河边野草葱茏里，轻轻唱着，二公站起身，顺着河边松软有沙滩，慢慢地蹁着，胡思乱想着……

月亮升上来了，圆圆的，亮亮的，银辉下的青龙河静静地流着，柔波一颠一抖的；满河都是闪闪的星星，耀着二公老花眼。

“二公，二公！”

起起落落的喊声，由远而近，从竹林里，匆匆窜出了几个牛大马粗的汉子，骇得几只斑鸠扑扑乱飞。月光下，二公看得清是毛崽和他那些伙伴，他们扑了过来：“嗨呀！二公，都这么晚了，您老还在这儿，叫我们好找！”

一阵生拉活扯，硬把二公拖回了家。茅草屋里暖烘烘的，看着神情忧郁的二公，年轻人们都七嘴八舌嚷开了：

“二公寨里憋闷得难受，到外边走走去吧！”

“二公，幺娘要回寨，你何不先去她那儿，让她陪你耍耍大城市，开开眼哩！”

毛崽热心肠地叫道：“让幺娘和你一块回来，那会，洋荷坳会换个样儿迎接您老的！”

“唔！”二公动了动，扫了毛崽一眼，这小子脸儿红红的，不知那脑袋瓜里又转着什么，在他们手下，洋河坳胡破了多少古规啊，二公心又酸酸的，奇怪的是那一股子气不知不觉却消了许多，那阴沉沉的脸色，竟也晴和些了。

“二公，我明天就给您买船票！”一个愣小子叫起来，毛崽也乐呵呵地说：“我们都送你到沿河城，我再给涪陵的朋友挂电话，让他们沿路的朋友照应一下。”

也许，是真的该去那远远的地方看看了。

二公这么暗想着，不知不觉睡着了。恍惚中，他觉得自己坐在一只又破又旧的小木船上，任青龙河载着，穿过了许多山岭、村寨，去到了一个有着如峰似岭的高楼大厦，有着数不清人群的陌生地主……

他的闺女突然跃进他的眼帘，穿着长长的花裙子，后跟寸把高的鞋，高杈杈地站在大楼旁向他招手。二公用劲划着破船，船儿尽打转转，就是过不去，闺女笑嘻嘻的，丢过一只花绿绿的机器船，叫二公跳上去，二公偏不跳，眼瞅着旋涡卷起来，竟忽拉一下将他的破船推到了古檬树前，可树下自己的茅草屋不见了，却气势汹汹立着一幢样式古怪的洋楼，像毛崽他们盖的那些房子一样，挤在寨里那些五柱六瓜的农房中，这些祭过鲁班，请阴阳先进看过的旧房纷纷闪开了，嗯！

偏房搞成正房了。

“啊,不,不要……”二公惊叫着,古檬树突然倾倒了,哗地压在自己身上,发出轰隆隆的巨响,可怕地震撼着耳膜。

二公惊醒了,霍地跳起来,原来早已大天白亮了,几只大红公鸡站在院坝的晾衣竿上,“喔喔”着,二公毛茬茬的腮边,挂满了泪水,他一仰头,清清楚楚地看见树冠墨纱的古檬树,生气勃勃屹立着,密匝匝的树叶与斑竹叶轻轻摩擦着,竹枝长长地缠着檬杈苍青的树干,“叽叽”响着。红红的日光,从浓密葱绿的叶缝里,从微微摆动的枝丫里,从叽叽喳喳喜鹊的翅膀上,筛落下来,透进了茅草房,透进了皮纸糨糊的木窗格,映在床头,映在二公的印花被面上,热热烈烈的,暖暖烘烘的。远远的地方,又传来毛崽们放炮的轰隆声,震得二公心有些发麻,一时间竟涌出一种又悲又喜的感觉来了。

燃烧的乌江

田永红

太阳出来了。

五月的天气，就有些微热。鲜红的太阳挂在山头，就像哪里搁着个烘笼。天是蓝悠悠的，显得很遥远，似乎又很近。天与地交际处若有若无地飘下一片一片细密的云彩，一层一层地叠厚，渐渐地化作了无际的洁白。

乌江从一道峡谷急流而来，似乎有些疲惫，好不容易进入一个稍宽一点廊场，喘一口气，就织成一块碧蓝碧蓝的地毯，显得深沉而凝重，幸而铺着阳光的滩头，哗哗地响着岁月迭更中永久不易的吟唱，才知江水依然是鲜活的。于是白的云雾与蓝的江水形成了对应，给一个平凡的早晨嵌上一幅极致的风景画。

远远的江岸，淡淡地勾勒出一片葱绿，那是一片充满勃勃生机的苞谷林，此时正沉落在诗情画意的阳光之中，包裹着诗情的，是我无理会的寂寞和灵动的生命。

春花在苞谷林里薅草，儿子熟睡在背上，其实，春花完全可以把儿子用围裙和小棉被包裹起来，放在阴凉处，让他美美地睡一觉。可春花不放心，因为那山间的蛇，只要闻到细娃的奶腥味，就会向细娃冲去。于是，她只好把儿子背在背上。趁儿子熟睡时，她要抓紧锄草。五月端阳后，苞谷苗疯狂地生长，而今也是竹林般地厚实、葱茏。同时，野草也在苞谷林里疯长。

春花与儿子他爹毛狗相爱就是在苞谷林薅草时认识的。那一年，春花到洋荷姑姑家来。正逢她姑姑家请人薅苞谷,那也是端阳后的热天,帮忙的有男有女,喝了苞谷烧酒,还请了打锣鼓的歌师。春花也就跟帮忙的人们一起来到了苞谷林,那阵仗她至今记忆犹新。

那是一片疯长的苞谷林,苞谷林中人影晃动,锣声、鼓声、歌声交织一起,从苞谷林中热热闹闹地传出来:

领:清早起来雾沉沉,大雾沉沉不见人。

东边一条红云起,来了你我唱歌人。

花锣花鼓闹阳春。

众:锣鼓敲来锣鼓打,土头薅得亮沙沙。

那铿锵有力的锣鼓声和激越悠扬的山歌声融在一起,山鸣谷应,舒缓处如微风拂面,清脆处如高山流水,高亢处似春雷滚动,奔放处似乌江汹涌……这山歌,洋荷坳土家人叫"薅草锣鼓"。

春花背上的儿子醒了。小嘴巴流着唾液,吭哧吭哧地兴奋着,两条腿嫩嫩的像两截苞谷棒子,来回在磨蹬春花的屁股。春花回头斜过脑袋用眼睛瞪儿子。儿子不理春花,豁着两块嫩嫩的牙床在笑,眼睛像两口井,盯在江边的草滩上,草滩上一头母羊立了起来,向一头公羊扑了上去,春花又骂儿子,"小小年纪就不学好。"说着,她把围裙上的搭帕扯了起来,向儿子小脑袋搭上去。

江水很蓝,蓝得和苞谷林一样有生机。春花喜欢看这蓝蓝的江水。江上此时的雾,薄薄的,如蝉的翅膀,远远看去,像浸泡在红红太阳里的纱巾,江就更蓝得可爱了。春花抱着儿子激动不已,看看天,太阳伸着懒腰慢慢地升高,已有竹竿儿高了,像拖着红旗的长跑运动员王军霞,已经离开了起跑线,并且越跑越快。她立即想起了那一次:

火辣辣的阳光下,葱绿的苞谷林,空隙中,露出红背心,蓝衣裙,白头帕,黄彩巾。只见两上手持铜锣扁鼓的男子,边敲边打,跟在几十名手握银锄的男男女女身后。若有人偷懒或掉队,屁股上就要被打锣鼓的人打一下,所以几十个人你追我赶,跟着锣鼓点子和山歌尾音大声合唱,银锄嚓嚓有专声,动作潇洒,节奏鲜明,一大坡苞谷地眨眼工夫就薅完了。哪像她眼目时人影儿孤单单的,面对这一大坡苞谷林,不知猴年马月才薅完。

那天,她也在那群薅草的姑娘中,正薅着薅着,一个穿红背心的小伙子就冲了上来,锣槌"当"的一声停下,就在她身边唱了起来:

薅得好来薅得乖，妹像一朵山花开。
十人见了九人爱，和尚见了不吃斋。

春花没防他这一手，慌了神。头搭白毛巾的姑娘急忙朝她耳语几句，两人就一起唱了起来。

唱得好来唱得乖，有条懒虫等花开。
香花开在高崖上，懒虫手短摘不来。

“红背心”一时答不上来，急得抓耳挠腮，逗得薅草的人们捧腹大笑。有个穿蓝背心的小伙子见这情势，走近“红背心”，也是耳语几句，“红背心”顿时来了精神，朝胸膛上啪的一掌，唱道：

两位小妹听我言，我是和尚在修行
勤劳致富道行满，石头打滚要翻身？
修座高楼给妹坐，看哥是不是懒人。

“对得好！唱得妙！”薅草的人们欢呼起来。春花却丢下锄头就跑了。

这“红背心”就是毛狗。

春花读高中时，正好和毛狗一个班，两人闲时，就经常拿那天的事来谈笑，不知不觉两人就好上了，也是命啊！

春花叹了口气，埋头全神贯注地薅草。儿子的两截腿又开始不老实了。蹦跳着弄得春花腰酸背痛的，屁股前面像虫虫在钻，痒痒的，春花埋怨儿子，儿子扯开了搭帕，春花看看苞谷林，齐刷刷一大坡，十分地里没薅上两分。心想薅不完就薅不完吧！丢下锄把，走出苞谷林，来到江边石滩上，把儿子从背上松下来，坐在石头上，给儿子喂奶，春花撩起一截衣服，露出白光光的一截身子，两只硕大的奶子像两坨泡粑，热热地冒着气。儿子两手抓着，小嘴衔着奶头巴咂巴咂吸了起来。

春花也埋怨毛狗。嫁给他，图的是他心眼好，人又长得高大。可是一结婚，从爹娘家分了出来，除了这坡苞谷土，什么也没有，日子过得紧巴巴的。春花开始发牢骚,骂毛狗读那么多书,空长了一副白皮囊。一个大男人整天赋闲在家,有啥用。你看人家三哥,出去刹广,票子一把一把地扯出来,修了小洋楼还不算,还买了彩电、音响。哪像毛狗蔫皮搭须的,三天打不出两上响屁。所谓三哥就是寨人所说的"混混",是毛狗的堂哥,年龄大春花不过岁把,原先谁也没把他当回事,好吃懒做,寨上人教育小孩,都把他当作反面教材,说:"如果不好好读书,以后就成了混混。"可如今混混有钱了。"三哥""三叔"叫的人就多了。也不知在哪个窑里弄来一上女人,打扮得花枝招展的,头发搞得像个麻雀窝,黄胶胶的。上了点年纪的人,见了打暴呕。可就是那些年轻人,羡慕得要死,围着转来转去看,去模仿。

毛狗不服气,也骂春花,还没结婚时,我就说过,跟着我只有过苦日子,你说过不怕苦日子的,苦也苦在一起,干吗现在又天天唠唠叨?那么羡慕人家,干脆跟别人吃香喝辣去。

春花也想,那时哪里栌是那么多,跟着毛狗钻了几次苞谷林,下了几淌河,就好得如胶似漆,人也就那么一回事,就死心塌地跟定了毛狗。没想到毛狗原是一窝襄废。小两口,吵归吵,日子还得过。俗话说:夫妻吵架不记仇,夜晚还得同枕头。春花的瘾大,正是二八如狼似虎的年龄,一到晚上就缠着男人,像只馋猫。毛狗不像春花,每晚耗的精气过大,身体渐渐不支,就想离开春花,并且也确实想出去找点钱。

这个想法和春花一商量,春花也就同意了。她说,去就去吧!反正春节刚过,也没有多少活。再说,从爹娘手里分出的这一间屋子,也不够用,还得找钱来重新修一栋房子,再添几件像样的家具,生了儿子,花费也多了起来。原先想夫妻俩一块儿出去,春花对男人依恋得像吃鸦片烟一样,是有瘾的,她离不开男人。但带起娃儿,多有不便,加上家里这一堆农活撂给谁。于是,春花只得恹恹地留下来独守空房。

春耕还没有开始,春花还没想毛狗。毛狗就捎八百块钱回来,男人怎么弄的钱,春花不知道。她想毛狗是读书人,他会有办法弄到钱的,你看,这不就把钱弄来了。她拿着这钱的一部分,请后家的人来给她翻挖苞谷土、播种,如今这苞谷苗,在有足够底肥的作用下,硬是长得像竹林。她只要低下头去捡草,或蹲下去尿尿,就苞谷苗泼泼疯长的声响。但春花心想,毛狗到现在快出去半年了。自从那八百块钱寄来后,再也没见一分钱寄回来,而且连个信也没捎,像失踪一样。

倒是三哥跟她说过，说是毛狗在广东给一个女老板当秘书，活路轻省，挣钱却很多。其实，那叫什么秘书，是女老板的鸭子，就是陪女老板睡觉。春花不相信，一个读书人怎么去做那样的下贱事，毛狗也不是那种薄情寡义的人，甩下儿子、婆娘不顾，再说他毛狗那几下子毛毛气力，哪里是营养良好的女老板的对手。于是，自个儿背着儿子到娘家去打听，娘家有好多年轻人在广东打工。那些都说毛狗是在给一个酒店女老板当秘书，但至于陪没陪睡，他们不晓得，也就不敢乱嚼舌根。春花窝了一肚子气，悚悚地回到屋里，渐渐相信三哥说的不是假话。心想毛狗不是嫌自己不爱打扮吧。她照了洗脸架上的镜子，觉得面容还姣好，不比城里的女人逊色，只是平常农活多，不勤于梳洗罢了。于是烧了一盆热水，用肥皂反复在脸上搓洗了一趟，从箱里找来化妆品，涂了一层淡妆，梳理了一番，穿上新婚服装。就有了一种风韵，生了娃儿的少妇，比当姑娘时更有魅力，腰该细的细了，虽然说不上蜂腰柳条，但也细得有韵致；该隆起隆得老高，而且非常丰满，比如这对具有女人特征的奶吧，硬是有两个葫芦那么大，那么饱满；眼睛虽没有姑娘透明、清彻，却更迷人了，足足可以俘虏好多饿嘴馋猫的男人，毛狗你不来抱抱老娘，简直是憨包，也浪费资源。春花渐渐找到了感觉，情不自禁把儿子从床上抱起来，放在怀里，让小嘴贴在有头上。自己低下头去，反复在儿子小脸蛋上扑扑地亲着。

春花给儿子喂完奶，自己禁不住就用手去捏了捏自己那两团肉。就有些想入非非，还感到身上闷热，就想到江里洗个澡，但又想，趁太阳还不算火辣，再薅一块，草已经很深了，再深就压过苞谷苗了，于是，放下衣服，把儿子背在身上，暂时告别清清的河水，向苞谷林走去。

春花一边薅草，一边还要把猪能吃的野草捡起来，扔在一个背篓里。她很会持家，用毛狗寄来的钱，除请劳动翻土种苞谷外，还买了一对猪娃、一对白羊喂起。这些畜牲天天要吃东西，也天天在长身体，就像把那钱存入银行，钱也在天天长。加上今年年岁好，清明一过，就下了几场雨，偶尔多晴几天，但很快就是一场大雨，风调雨顺，乌江两岸一片片绿油油的稻田和一坡弯弯曲曲绵延十几里的苞谷林，吮吸着雨后的大地，发出滋滋的响声，让人兴奋，让人按捺不住想起金秋的天空底下，人们在一片片金黄的稻穗和苞谷棒子中轰隆隆地忙着丰收。

春花边薅苞谷边沉醉在希望的季节里，儿子在背上摇晃着脑袋。春花回头瞧儿子，儿子一双小眼睛贼溜溜的，小脑袋仰到背后，眼睛不看天空看背后的苞谷林。这狗日的,要累死娘才甘心?春花骂儿子,儿子不买账,脑袋摇晃着,春花以为儿子又在看山羊做野。她看了看天空,太阳正当头顶,就觉得身上十分闷热,也难怪除了下力气锄苞谷林的野草外,背上又背了那儿子,苞谷林茂密得透不出一丝气。身上就热了,衣服被汗水浸泡得可以挤出水来。于是,她就想到乌江里去退退凉,可是那江里经常有船只上下,不方便。她便背着儿子转到乌江的另一条岔道,那是一条无名小河汇进乌江的出口,这儿林深树密,转弯处的乌杨树下,还有一块沙滩,正好搁衣服、儿子。原先是想留条裤衩遮遮羞,可是昨晚天热,把裤衩脱了扔在床下,早上起来,慌里慌张的,也就忘记穿了。春花把儿子平放在沙滩上后,就先脱了上衣再脱裤儿,她的身体就那样被一部分一部分地裸露出来,最后,她的四肢,她的乳房,她的隐私,就全都暴露在阳光之下,儿子看着白白胖胖的妈妈,就呵呵笑,春花在心里骂一句:"小骚货,比你老子还坏。"

说着,按捺不住,自己就往胸脯上摸了一把,似乎找到毛狗摸乳房的那种感觉,然后,就拍了拍屁股,跳进水里,长长地出了一口气,觉得舒服多了,好久没洗这样的澡了。顺着河道她自由自在游着,时不时,还闭上眼睛,栽着氽头。其实,她发觉睁着眼氽进水里,不也没啥,还能清楚地看到河底里的沙石。这河里的五花石子,很好看,红的、白的、绿的、怪喜人。鱼儿贴着沙石游动,胆大的鱼,就去嘬她的脚趾头,屁股、奶嘴,甚至隐私的地方,只是轻轻地嘬了一下,就急速地游走了。她也骂鱼,"骚货。"然而,嘴上骂着,心里却想着自家男人,眼目时,要是毛狗和她一起在江里嬉游多好。

此时,儿子在盯着苞谷林里在哭。他哭啥呢?她抬头一盾,有一个男人正在苞谷林偷看她洗澡,她羞得急忙跑上岸,双手捧着隐私处,向沙滩走去,穿上衣服后,就向那男人边投掷沙土,边恶毒地骂着。待她背上儿子走进苞谷林一看,原来是三哥。她脸就更红了。红得像猪肝,混混嬉皮笑脸地掏出两张老人头,给儿子说:"毛崽,三伯伯给你买糖糖吃。"

春花晓得黄鼠狼给鸡拜年,没安好心。她就气咕咕地说:"三哥,你还是本家兄长,看弟妹洗澡,总不好吧?"

"春花,不要瞎说,我什么也没看见。我只想帮你薅薅苞谷。"

"谁叫你帮忙?我今儿个薅不完,还有明天,别人看见了,好要是要说闲话的。"

春花嘴上虽说，心里却热乎乎地美，胸口也咚咚地跳，像儿子两只脚在踢，那时她和毛狗，第一次钻进苞谷林亲嘴就是在这片苞谷林，第一次毛狗还老实，只亲了一下就走开了。第二次钻进苞谷林，他就不老实了，他不仅摸了她的乳房，还和她那个。难道今天她要把自己交给另一个男人。

混混看见春花嘴上骂，脸上却绯红，胆子就变大了。“春妹子，你这么说？咱跟毛狗谁跟谁？本家兄弟，毛狗不在家，自家不帮忙谁来帮忙？”

春花说：“怕是不安心好吧！你就不怕毛狗回来和你拼命？”

春花想男人，却是想自己的男人，哪里买混混的帐。混混好色，洋荷坳许多女人都领教过。凭着兜里那几个臭钱，不知睡了多少女人。只要打听有谁的男人出去十天半月不回来，深更半夜就猫着去敲别人的门。一些贪财的男人又长年在外的女人，也会盯着混混的钱袋，半夜留个门儿，何况妇人们大都是如狼似虎的年龄，瘾大，胆也大。男人出去久了，耐不住寂寞，自个儿也想红杏出墙，加上遇到混混这种鸟人，过了瘾，还得钱，一箭双雕何乐而不为。

眼目前，混混把眼睛盯上本家兄弟媳妇身上了。这让春花心烦意乱，毕竟不同于寨上那些女人，春花也是读过书的，和毛狗是自由恋爱，私订的终身。春花这辈子，爱的就是毛狗。虽然毛狗出去半年没音信，风言风语也不少。但在没有发现毛狗的行踪前，谁也没把握说毛狗陪女老板睡觉。春花清清楚楚记得毛狗临走之前那个晚上和她办那事。边办边叫她名字，春花春花叫个不停，说这一辈子一定要让春花幸福。春花说她现在就幸福得快死了。毛狗就很感动，歇下来后和春花躺在床上。对她说要出去刹广，要挣得很多钱，要发财回来，否则就算在外面做叫花子，也不会空手回来让老婆难过。所以春花还是抱着希望有一天男人发财回来的，她又如何不用干净的身子迎接男人的回来呢？她不能做对不起毛狗的事。

“春妹，你莫吓着三哥，三哥胆小呢！毛狗要是来跟我拼命懈躲都没躲处。”混混一张脸皮笑肉不笑的，满口轻薄，并渐渐挨了上来，脚抬起来去勾春花屁股。春花也笑了笑说：

“那你就收敛点吧！你这样下去，毛狗不收拾你，石柱、大熊他们总会有人收拾你。”

“别吓着，春花，寨上除了毛狗，咱谁也不怕。毛狗怕一年半载是回不来了。

弄不好,你得守寡。”

混混去吃中饭,春花把儿子背到高坎上的一棵桐树下歇凉。她把儿子从背上松下来掀起衣服摇晃着两只乳房逗儿子,儿子迷迷糊糊地醒来,两只白胖胖的手在空中胡抓春花的奶头。弄得女人心痒痒的,自个儿在桐树底下咯咯地又叫又笑。

她看着苞谷苗,就那么一颗籽籽种进地时,如今苞谷杆粗得像儿子手杆大,翠绿的叶子又手掌一样宽,从这里,她想到儿子,她和男人办那事,也就那么一滴水。滴入她体内,如今却成了活鲜鲜的生命。进而,她就想到男人和女人间的神秘,欢悦。

她抱着儿子,走到江边,把她的那对山羊,牵到荫凉处草茂茂盛斩地方。然后,蹲下去撒尿,尿还没撒完,山羊就急忙围了过去,抢吃尿草。她说:“羊也是骚货,见了女人光屁股也不害羞。”

她刚提起裤儿,混混带着七八个壮劳动力,扛着锄头,就向她走来。混混边把竹篮递给春花,边说:“春妹子,你指出那块苞谷地是你的,我们给你薅。你去吃饭。”

春花在苞谷林里带着混混跑上跑下地忙了一趟。混混请来的人,就排成一路,七八把锄头同时走进春花的包从林,接着沙沙锄草声,说笑声就响了起来。叫人不难想起当年和毛狗打薅草锣鼓的事。

春花背起儿子,回到那棵桐树下的荫凉处,打开竹篮,里面盛着一碗白米饭和一盘瘦肉沫炒酸豇豆,半盘凉菜,一碗蛋汤。春花晓得混混的用意,是在为她晚上给他留门投下诱饵,她顾不得那些了,肚皮饿得咕咕叫,她端起饭菜,就狼吞虎咽地吃了起来。其间,还把蛋汤喂了几口给儿子。不一会一竹篮的东西就被她一扫而光,她觉得这餐饭吃得太舒服了,太香了。

等她伸伸懒腰,背起儿子到江边歇歇气,吹吹江风散散凉。回过头来见苞谷林里几个壮汉哦嗬翻天干得正起劲,舞着银锄,你追我赶,这两个刚从浓密的苞谷林中钻来,那一对又闪电般的薅入另一块包谷林中去了。春花见这般情景,就想到当年那“红背心”毛狗唱的薅草锣鼓歌:

薅得快的莫二样,薅得慢的莫心慌。
猛劲把这薅完了,桐子树下去歇凉。

其实，谁也没有到桐子树下去歇凉，当太阳还没有落山时，春花那两亩苞谷地，已全部薅完。她打心眼里谢了三哥。说："三哥，亲不亲，兄弟分。要不是你请这些人帮忙，我们母子俩，不知还要晒多少天的太阳。"

混混嬉皮笑脸地说："春妹子，你拿啥谢三哥呢？三哥是很疼你的。"

春花一时语塞。把头转向乌江，江水蓝悠悠的，像一潭不起波纹的死水，似乎又像蕴藏着许多计谋的陷阱。只有那岩壁上的山花，红的、白的、黄的，开得热热闹闹，无忧无愁，赤鸟、蜜蜂自由自在穿往其间。春花甚至想，自己还不如自家那对山羊自在悠闲，该做爱时就做爱，该打跳时就打跳。人是个怪物，自己跟自己过不去。

混混以为春花不言语，就默认了他。说："晚上把门留着，我去洗个澡。"

说着，就跳天舞地向乌江滩边走去。

虽说才五月，这乌江之滨洋荷坳山寨的夜晚却非常的闷热。山寨里没电扇没空调，有的倒是浦扇、棕叶扇。睡觉之前，洋荷坳人把门、窗关实，用一把生黄荆丫叶捂着火，让透着香味的浓烟把蚊虫熏走，然后，甩一把蒲扇或棕叶扇在枕头边，就脱得光溜溜睡上床。如果有蚊来偷袭，时不时就用扇子拍打，连带着把凉也扇了。春花儿子小，晚上爱照着灯睡觉，她利用儿子睡着之际，把灯灭了，一是节约电费，春花很会过日子。二是照起灯，她睡不安身。其实，月亮像一个大灯笼，早就升上了仰天窝，也泻在春花的卧室，在这个时候，她就更加思念着自家男人。她就更加思念起她与毛狗在打薅草锣鼓那天认识，到江城中学同学的日子，甚至连他们办那事的每一个细节，她都要用来回嚼一番，按捺不住情欲之火，就用手伸到下身去过个干瘾。

月亮款款的，穿云破雾，月光更明朗了，连自己躺在床上的胴体，也能清晰地看到，春花毕竟累了一天，想着，看着，就呼呼睡着了，等她半夜醒来时，发现儿子没有睡，在床上磨蹭腿儿，又蹦跳又是笑的，豁着牙床，一对小眼睛贼溜溜地瞪着窗户，他纯粹把月光当作了电灯，因为平时没有月光的夜晚，他是开灯照着才能睡去。

春花好奇，也随着儿子的目光向窗户望去，墙壁上有个碗口粗脑袋镶在半截窗户里，一对眼睛像两团火焰盯着她的身体。春花赶紧扯过毛巾被把身子捂住。那脑袋一缩回去，儿子哇哇哭了。春花骂儿子"哭啥哭，你们这些男人都不是好东西，要么把女人骗进屋就不管，要么专心迷头地搞别人的女人，吃着自己碗里，看着别人锅里,贪心又流氓,就会欺负女人。”

春花关了灯给儿子喂奶,儿子还是不停地哭,女人无奈只好开了灯,儿子不哭了,巴咂巴咂地吃奶,外面却有人在轻轻敲门,春花问:“谁呀?深更半夜的。”春花声音细如蚊丝。

“春花,我是三哥。”

一个声音挤着门缝吹气,春花一听三哥就来了气。冷冷地说:“三哥,你欺负毛狗不在家是不是?他回来会杀你的。”

“春妹子,毛狗出门半年了,也没给捎句话来,是死是活都还是未知数,你还惦记着那负心汉?三哥愿给你做牛做马。”

“脸皮怎么那么厚,毛狗就是死了,也轮不到你,你白天也年地,晚上也看了,你把我身体都看遍了,还想干啥?你不走,我喊人了。”春花放大嗓门。

“你喊呀,闹出去,谁也说不清。”混混做出死猪不怕开水烫的样儿。春花想跟这滚刀皮磨蹭下去,不是个事,得想着法子哄他走,否则,隔间屋子的爹娘晓得了,那真是跳进乌江也洗不清。一会儿计上心来,说:“三哥,你要我依你也行,你先帮我把毛狗找着了,让他捎句话回来,咱们来日方长呢!”

外面的混混小算盘一打,要打听毛狗的消息,还不容易,一个电话打给广东那些朋友,一打听不就完事了。不出三五天,再来要你也不迟,看你这个精明而漂亮的女人还能跑得出我如来佛的手心。并附在那窗洞上说:“春妹子,那咱一言为定,到时别变卦了。”

“你看我是那种人吗?”

春花欲擒故纵。

混混悻悻然走后,春花找了一张白纸把那窗洞糊住。重新睡在床上,总觉得委屈,流了半夜泪,骂儿子,也骂毛狗。

第二天,夕阳西下时,春花来到她的苞谷林外的江滩上放羊,背上背着儿子,看着起伏叠翠的那一片苞谷林里,到处是人头晃动正在薅苞谷,人潮声,沙沙锄草声,此起彼伏。似乎从山那边还传来薅草锣鼓的山歌声:

太阳露面坡背黄,打闹锣鼓震天响。
锣鼓催动人勤劳,薅草薅过几道梁。

从前，端阳一过，苞谷封林，杂草猛长，洋荷坳土家人就要开始打酒，烧腊肉，推豆腐，蒸粑粑，聘请歌师来打薅草锣鼓。要不，除草干活，累得要命，背驼得像把夜壶，不敲锣鼓凑热闹，不唱山歌提精神，那多难过。然而，随着刹广外出人员增多。这样的薅草锣鼓歌已经久违多时了。今天听起来，感到格外亲切、动听，当然听这样的歌感到亲切，对于春花还有一个原因，那就是她从这样歌声中，从这样劳动场面里认识了毛狗，那是她的初恋，也是她心仪毛狗的见证。

她竖起耳朵还想多听几首，正在这时从苞谷林里走出石柱家屋里，拉住春花说："毛狗嫂，你听说没有？三哥今天在江城正在打听毛狗哥时，被公安局抓了。"春花知道石柱屋里与混混有一腿，消息是可靠的。

"为啥呢?"春花急切地问。

"说他在广东做业务时，抢了一家银行，人家找他好久了。"

"哦!"

春花"哦"了一声后，就一直愣在江边，待她回过神来，石柱家屋里早没了人影。

儿子在背上哭。春花拴住那对山羊后，蹲在江边洗了洗手，于是坐在昨天坐过的那团石头上，把儿子松下来喂奶，喂了一会儿奶，儿子不哭了，看着做野的羊子在哈哈笑。春花又骂开了，不是好东西，像你老子，也像你那三伯，她这时才想起三哥的许多好处来，也后悔昨晚不该给他那个态度，更不要激将他去给她找男人。她想。如果打听到三哥关押在什么地方，得去给他送点吃的，也去看看说说话，安慰安慰，人的心毕竟都是肉长的。接着，她也开始想自己的男人，男人出去就快要半年了，也没个音讯，不会像混混那一样去"做业务"吧，要真的那样，那就惹麻烦了。当初就不应该逼他出去刹什么广，如今弄得大家都不高兴。她想，把活路弄出个头绪后，还是去找找男人。她不企盼男人能发什么财，找多少钱，她只要男人，只要一个遵纪守法的毛狗。男人在身边，比什么都好!

她这样想时，火烧云就上来了，照得那碧蓝碧蓝的乌江水，也如铁流一样奔过石滩，溅起一朵朵火红的花朵，在岸边怒放着，就连那江岸上连绵起伏的苞谷林，也在燃着熊熊的烈火……

田永红,1974年毕业于思南师范并留校工作至1983年,后在云南民院读书师从民俗专家杨知勇。现为中国作家协会会员,中国民俗学会会员,省管专家,主任编辑。湖北民族学院兼职研究员,铜仁学院黔东文化研究员,省土家族学会副会长。

已出版小说集《走出峡谷的乌江》《燃烧的乌江》,散文集《走进土家山寨》《老屋》,论著《一个民族的生存与复兴》《剑锋杂谈》。其中小说集部分已译成日文在日本发表。《走出峡谷的乌江》并获全国第七届少数民族文学骏马奖、省人民政府文艺荣誉奖;《燃烧的乌江》获省作家协会"乌江文学"奖。

柯一梦之死

朱国庆

没有风，屋子里死气沉沉的。柯一梦觉得，自己太没面子了，不如去死。

不远处，赵四家的鞭炮和唢呐还是很响，柯一梦虽说是躺在自家床上，却也能够清楚地听到。还有那句“德贵，你可真有福气，不仅能和老汉（方言：父亲）同桌，还能喝到老汉掺的酒。”像刀子一样的话，剐割着他的脸，让他觉得痛，觉得生不如死。或许，死能换回点什么。

那句话是张光荣那老杂种在酒席上说的。

德贵是柯一梦的大儿子。

赵四家前日死了老汉，今天操客上山，柯一梦和大儿子柯德贵都被请去帮忙。

柯一梦叫上儿子早早就到了赵四家，村里帮忙的人大都还没到。柯一梦显得很勤快，帮忙搬进抬出，特别是对经常坐礼桌的周先生更是唯命是从。时令已是深秋，空气中夹杂着寒气。柯一梦给周先生搬来了火盆，生上了杠炭火。而他儿子却挨拢了一桌打扑克的人身边。

柯一梦之所以这样做，除了表现给主人家看以外，更主要的原因是要讨好周先生。想让周先生在安排帮忙的办事名单上照顾自己一个稍为体面的差事，不要老是干被人呼来唤去嗤之以鼻的活路。柯一梦觉得，自己到底原来也是单位上的人，尽管只是一个工人，也赢得过别人尊敬、羡慕的目光，抽过巴结他的便宜纸烟。现在虽说下了岗，面子还是要的，不能让人看不起，拿来取笑不是。上次隔壁杨三接媳妇,周先生安排他扛大桌子,得了红包;后来又安排他打盆,吃上了厨房炖的猪脚杆,他硬是觉得脸上有光,一整天都很卖力,私下里对周先生感激涕零。

这时候,帮忙的人陆陆续续地到了,周先生也腾出空来,开始排帮忙的名单。帮忙的人以周先生为中心,簇拥在周围,吵吵嚷嚷的。柯一梦自然也在其中,心跳有些加快,期盼一份好差事。可今天周先生偏偏不开窍,安排他父子洗碗。

柯一梦脸上的肌肉轻微地跳了两跳,有着某种失落,面子上的光彩少了两分。但还是把剩下的八分挤成了笑容,说:"帮忙嘛,什么都是干。"说完,大声喝令柯德贵垒灶台生火,自己却躲躲闪闪地藏到一个冷僻的角落裹叶子烟去了。

其实,也不能怪周先生不开窍。俗话说:强龙压不过地头蛇。你柯一梦平时是什么样的人,大家又不是没称过。一无一技之长,二又是倒插门的人,做活路是生手,说话声音像蚊子叫,站无站样,坐无坐相,半天憋不出个响屁来,老婆让人搞了也没发起蛤蚤威……真是应了那句老话:狗屎做钢鞭——是文(闻)也文(闻)不得,武(舞)也武(舞)不得。所以,大家都有一个共识,就是不管安排你做什么,都是合理的,也是应该的。

柯一梦在那个冷僻的角落怡然自得地抽完了一杆烟,有些发困,正准备去会会"周公",就听见隔壁几个帮忙煮饭的人摆自己老婆的龙门阵。

那龙门阵都摆了十六年了。柯一梦知道,是说自家那邋遢货和狗日的张光荣有染。

龙门阵开始摆出来时还背了柯一梦,那时候柯一梦还未上门。后来等他真成了上门女婿,就一传十、十传百地传开了,弄得满村风雨,沸沸扬扬,都把那事当笑料般在一些场合拿来闲谈取乐。柯一梦从人们不怀好意的目光和窃窃私笑里也隐隐预感到了什么,因为只是道听途说到只言片语,没根没底,也不知该向谁发火。但他觉得脸上很不自在,像一根刺楔进了肉里,老出不来。

最初摆这龙门阵的人是赵朝廷。那时他在生产队的养猪场养猪,平日就喜欢扇阴风点鬼火,无事都要生非,更何况耳闻目睹了这类好事,自然少不了义务宣传广播。大概是龙门阵背着柯一梦摆多回了没新鲜感,赵朝廷看柯一梦从没雄过一回,也没啥出息,有一次索性故意摆给它听,想称一称柯一梦的份量。

柯一梦当然觉得很没面子,于是抬高了声音争辩,说他捏造事实,血口喷人,要烂舌条烂心烂肺不得好死。

赵朝廷见柯一梦没什么大动作，只是动动嘴皮子，反而理直气壮起来，说那都是他亲眼所见。

“你亲眼见到什么哪？你那眼睛怕是有问题噢！”柯一梦涨红了脸。

“你是说我看花眼。”赵朝廷冷笑一声。不甘示弱，清了清嗓子，提高声音说道：“那回我去队里的养猪场看那头母猪下崽没有。朦朦的月光下，只见一个人影鬼鬼祟祟地朝保管粮食的仓库摸去，我估计是强盗，就悄悄跟了过去，果不其然，那人影是去偷生产队里还未入库的红苕。我正准备喊——抓强盗，却见黑暗里窜出一个黑影，将偷红苕的人按倒在地。两个黑影在地下扭动了一会，又静止了一会，然后站起来一起进了仓库。把我也搞懵了，硬是觉得奇怪，怎么反把偷红苕的往仓库里领呢？我蹑手蹑脚地走拢去从门缝里往里偷看……。我的天呀，原来他们正在干那事。那个偷红苕的人就是你家邋遢货。”

旁边听的人已是哄堂大笑，故意问：“黑灯瞎火的，你怎么知道是他家邋遢货。”

“你怎么知道他们在干那个——事。”还有人暧昧地问。

“我也很想看场‘免费电影’，但我根本没用得着眼睛，里面黑不溜秋的。我是用耳朵听了好一会听他们说话才听出来的。”赵朝廷有些得意并且挑衅似的对了柯一梦说。

柯一梦一下子噤了声，牙齿紧咬着，张开的嘴忘了合上，心里头那个气呀！让脸全变成了猪肝色，握成拳头的双手却始终没敢向对方挥去。旁边的人又是一阵愉悦的笑声。柯一梦觉得丢尽了脸，羞愤难当，赶忙转身逃走了。

他要逃回家去找老婆算账。

柯一梦的老婆，说她是邋遢货一点也不掺假。只要一望便知：青布包头却包不住满头的瓦灰色，纷乱中垂下的那一缕，犹如稻草一般。腰上拴一根斑斑点点的围腰，正好起着布纽扣的作用，缚住了她那没有纽扣的衣服。脚上一双凉草鞋，还是用麻绳东拉西扯才缚住的。邋遢货的由来便是因为她不会针线，不爱干净而得名。邋遢货在自家里排行最小，三个姐姐都已出嫁，因此必须招女婿上门来服侍还健在的母亲。

当初，柯一梦并没有看上邋遢货，他看上的是这个村子的水源和交通，还有媒人张光荣许下的可以推荐他进厂当工人的差事。柯一梦家弟兄多，房子又小，父母亲也不想他待在家里，增加负担，他便成了倒插门的女婿。

此刻,邋遢货正在自家锅里烘烤南瓜籽。她低着头,头上那瓦灰色更加显而易见,缺少布纽扣的衣服随着身体的起伏一闪一闪的,时不时现出衣服里一块扎眼的白。

柯一梦从门外气冲冲地跨进屋来,没等邋遢货有所反应,就狠狠地扇了她两耳光。然后揪住她的衣服,把她从灶后拖到了灶前,杀猪般的摁在长板凳上,再踏上一只脚,顺手抄起吹火筒,又在她屁股上来了两下,才厉声问道:“贱货,怎么跟张光荣搞上的。”

邋遢货没回答,却妈呀妈呀的号哭起来。

“你再哭,老子打死你。”

柯一梦又用吹火筒狠狠地揍了她几下,仍然没能止住她的哭声。柯一梦再打,邋遢货还是哭……。柯一梦顾忌邋遢货神经有问题,没敢往死里打,就扔了吹火筒生闷气。邋遢货大概哭累了,声音渐渐低下来。

待了一会儿,柯一梦还是不甘心,放缓了口气问道:“你去仓库偷红苕干什么。”

“我饿。”没想到邋遢货竟然开口答话了。

柯一梦下意识地按按自己的空肚皮,想想也是。又低声问道:“那你怎么让张光荣……那个?”

邋遢货惊恐地说:“我怕……我不干,他说要捆了我去游街、批斗……”

“那你就……”

柯一梦话说了一半,又把另一半强咽下去了。他还能说什么呢?那年月,谁不饿?谁不怕?他把脸深深地埋进了胯裆里,用最恶毒的语言开始咒骂起张光荣来。直到累了,就有些后悔当初。

此后好长一段时间,他没碰她的身子,他嫌她脏。但邋遢货已经怀上了,半年过后,生下一个男婴,他就是柯德贵。

后来,邋遢货又生下了柯德才、柯德行,当然是柯一梦的功劳。柯一梦还埋了因病去世的岳母大人,但柯一梦的日子并不好过。

尽管柯一梦在厂里每个月有十来块钱工资,可因为邋遢货在家里不会操持,又好吃懒做,所以日子过得紧巴巴的。每年都要靠国家救济才得以勉强度日。最让柯一梦觉得丢脸的是三个崽崽的衣服,一年四季破绽百出。有时,大老远就能闻到一股怪味,让他在厂里抬不起头来。再有就是每年村里春节期间要龙灯,哪家都去，就是不进他家堂屋，让他好没面子。

今天，柯一梦无意中听见人摆那十六年前的旧事。虽说不是什么新闻，可还是觉得很别扭，正想躲了开去，就听见新上任的王支书今天兼总管在喊。

“开席了，内帮忙的请坐席了。”

柯一梦顿时来了精神，神采奕奕的从角落里踱了出来，瞅见院坝里一长溜的摆了十张八仙桌，碗筷已经摆好。柯一梦粗略地扫视了一眼，走向了其中已有三人在坐的一桌。那三人占据了八仙桌的两边。柯一梦溜至下首，左边是结婚不久的杨三，右边是赵朝廷和张大奎。柯一梦见赵朝廷在座，心中不顺畅，又想避开。不料赵朝廷却主动招呼他坐。他见躲不过，略一沉吟，便坐了席口和杨三一根高板凳。

柯一梦坐席前为什么沉吟呢？那是因为土家族坐酒席有讲究。八仙桌靠主人家堂屋香火那一方为上席，多是年龄较大，辈分较高，德高望重的人坐；相对的一方为下席，一般是仅次于上席的人坐；两边则可以不讲究地坐。但如果这桌人里有父子、祖孙这些有血缘关系的人一起坐，则必须是长辈坐上席，晚辈坐两侧，不能对坐。如果长辈没能坐上席，那么不管他坐哪儿，晚辈都不能再和长辈同桌。否则，就会被视为乱了礼数，就会被人讥屑为“没家教”。柯一梦不敢妄自尊大坐上席，也不想自贬身份坐下席，就选择了席口。席口就是上酒上菜的地方。

过了一会儿，这桌前后又来了三个人，却是张光荣、王新干和还在学校读书的杜建业。

张光荣先来，大大咧咧地坐了上席。坐下时睥了众人一眼，说：“怎么这上席没人敢坐啊？”

张光荣先前是生产队的仓库保管，土地下放到户后，因善投机钻营，又干上了村支书。这村支书一干就是三届，啥成绩没有，倒养成了他颐指气使的习惯。再后来因为他那桃色新闻比农技知识传得还快，上级便不好再用他，新近才换了王支书。

虽说张光荣村支书没当了，可说话余威还在。众人接了他的话说：“自然是该您坐，您见多识广，德高望重，谁不仰仗您。”

当然，这众人里边没有柯一梦。柯一梦此时正低着头假装抠裤脚上的泥巴，心里头却在恶毒地咒骂：“这老杂种，还不死……”

跟着来的杜建业坐了下席。王新干来时，张光荣便拉了他一起坐上席。王新干五十出头,是王支书的叔辈。张光荣喊他坐时他当然觉得脸上有光,假意推辞了一下便坐下了。就只剩下下席一个空位没人坐了。

张光荣大概习惯了发号施令,在上席屁股还没坐热,站起来扫了院坝一眼,对新上任的王支书说:“总管,等七不等八,我看可以出菜了嘛。”

王总管好像没听见他的话,朝着厨房方向喊了声:“厨房准备,出十桌。”喊完,才又踱到张光荣背后,假装问:“刚才老支书说什么,不是在喊我吧?”

张光荣脸色变了变,应付说:“不是,不是。”

王支书似乎很通人情世故,把打盆的抬来的菜亲自端上桌,然后关照似的对桌上的人说:“各位慢用。老支书吃饱,我忙,不得空招呼您。”

张光荣望着王支书背手踱开的背影,突然觉察到了一种失落,又拣不回来,便悻悻地朝地上啐了一口,然后把脚狠狠地踏了上去。

柯一梦正幸灾乐祸地欣赏着张光荣的难堪,忽然听见对坐的张大奎嚷:“柯一梦你请什么神,还不掺酒。”

柯一梦回过神来,喜形于色地拿起酒瓶先给上席的张光荣掺上,然后学着王支书的口吻说:“老支书,您慢慢喝,我忙端菜,就不再给您掺了。”说完这句话,柯一梦觉得好痛快,比刚才在心里骂他老杂种还痛快,以至于竟没注意到那个没人坐的位置的碗里他也给掺上了酒。

张光荣有些惊诧,更多的是恼怒,剜了他一眼,没吭声。

柯一梦掺完酒,放下酒瓶,喊了声“请”,便坐下来准备喝酒。这时候柯德贵跌跌撞撞地闯了过来,见有空位,一屁股坐了下去。柯一梦看在眼里,恼上心头,正想声张制止。柯德贵屁股还没坐稳,见碗里有酒,紧跟着又站了起来,嬉皮笑脸地说:“噫,酒都给我掺好了,还挺讲礼嘛!伙计们……”话还没完,杨三已经笑出了声。柯德贵突然注意到,老汉坐在席口,脸也变成了茄子色。再看其他人,有的面若苦瓜,有的跨脸阴笑,有的怒形于色。哪还敢放肆,萎缩缩地坐了下去。

“乱套了,没家教!”王新干在上席直摇头。

张光荣仿佛一个落水的人看见了稻草,又像是战场上的指挥官发现了千载难逢的战机,精神陡然一振,阴毒地说:“德贵,你可真有福气,不仅能和老汉同桌,还能喝到老汉掺的酒。”

赵朝廷忽然之间不知从哪里来了灵感。阴阳怪气地接着说:“和老汉同桌是肯定的,是不是老汉掺的酒可就难说了。”

柯一梦正在气头上，哪听得张光荣和赵朝廷这一唱一和，一口气跟不上，眼睛一翻，便朝杨三身上倒去。

这下可吓坏了众人，忙不迭地喊救人。幸好，周先生还懂些医道，又是掐人中，又是捶背心，总算把柯一梦弄醒了过来。人虽然醒了，却已像是不见了三魂四魄，浑浑噩噩的，只好让人背了他回家去。

天阴沉着脸，欣赏着万木萧疏的杰作。白杨树上仅剩的几片叶子也摇摇欲坠。正是天凉好个秋的景象。柯一梦躺在自家床上，目光呆滞，锁住一个方向。那些让他觉得丢脸的往事一幕幕闪现在眼前，一个个恶魔把他踩在脚下，张开血盆大口，手握明晃晃的尖刀，剔割着他的脸皮。他拼命挣扎，拼命反抗，护着自己的脸。他要护住自己的面子……他想到了死，但是他又觉得不能便宜了张光荣。

柯一梦摸索着下了床。邋遢货带着两个儿子去赵四家吃死人酒去了，柯德贵也还在帮忙。他找来剪刀和纸，还找来了一瓶农药。他用剪刀剪了一个纸人，然后把纸人说成是张光荣，拿到香火前点燃化了，化时叽里咕噜念了一通。做完这一切，他悲壮地举起了药瓶……

不远处，赵四家的鞭炮和唢呐变了调，有气无力地呻吟着。柯德贵用烧火的木炭去帮忙的名单上把老汉的名字画了一个叉。

然后，全村人都知道——柯一梦死了。是吃农药死的，因为他儿子不孝。

滩河·跳礅

安元昌

一

其实德圣叔本不该摸黑的,一切都怪陆家女人。

那女人也真是的,说是今天完工了,应该多喝几杯才要得,就叫她男人陪着德圣叔喝,男人陪他喝得二麻二麻的时候,那女人就像那半路杀出的程咬金似的,说是这些天来招待不周,要赔个小心求恕个罪——实际上德圣叔心里明白,那是假的,想让自己出洋相是真。但德圣叔是哪种角色呢,简直可以说是酒坛子里泡大的,于是尽管脸红心跳说话也开始说不囫囵起来了,也没把她放在眼里。于是就喝,直喝得满满的一桌酒席都凉了牙齿,才总算得了个善罢甘休。哪知踉跄着迈出门,天上就已是满布星斗厂。

没见过这么厉害的女人! 德圣叔打心眼里惊奇。老天,满满的一碗酒,竟举手一饮而尽。那股子厉害劲,多少男人又能相比? 德圣叔将手中的二锤换了一只手拿着,心中就这么感叹着,就着酒后的踉跄赶路,身后木箱里的錾子于是发出不安分的“叮当”声,敲击着深邃的夜。

德圣叔是石匠,名师带出来的石匠。几天前陆家沟这户姓陆的人家来叫他去给他家开一副磨子,一只缸子,眼下正是从他家回来。

一个踉跄,又一个踉跄,一阵杂乱的“叮当”声后,不知不觉就到了滩河边。德圣叔醉眼朦胧地看了一眼滩河,后梁骨就有一股凉气向上窜。

噫！这滩河。德长叔因着一丝畏惧坐下来，全不管冰凉的岩石冰同化了他那干瘪的屁股，那般缓拙，那般涩滞地摸出了一个烟口袋，用一又长满了茧子的手掌伸进去，先拉出了一块上好的烟叶含在嘴里，吹着气，使它回潮。这是德圣叔准备的用来裹绞烟丝的烟皮子。好久，他终于办了一支两寸长的烟卷安在烟锅中了，然后摸出厂一个不中用的白铁皮打火机，当鼻孔里弥漫了一股煤油味的时候，他便用双手握住急急地打起来。

狗日的滩河！德圣叔深吸了一口烟，兀自陶醉地缓缓呼出，却在心底这般暗骂。难怪祖先人说，隔水不如隔山，鬼才说不是呢。

滩河驯良地流淌着，全不管人们的愤然，因此就有了永恒的生命。湍湍的，急急的，总那么一如既往，顺溜地流淌下去，却拦腰有几块大石，便水花乱溅，便常有顽皮的鱼儿来嬉弄那水花，就有不知名的水鸟反其道而来这里捕鱼过冬。

有一只鸟滑过夜色，留几声令人悚然的鸣叫，窒息着人的呼吸。德圣叔吃了不大不小的一个惊，顿然又拨正了思绪，急急地带着某种慰安性质地吸了一日烟。烟头上的亮点勾出了他脸部的轮廓：青筋暴露，蜡黄着脸，外加由滩河引发的愤然。

狗日的滩河——隔水不如隔山呢！

德圣叔边磕烟灰边站起身边在心里暗骂。——也是，如果不是这条河，德圣叔们的村庄一锅水寨可以说简直就是在公路边呢。开了大门，眼睛边即是公路。有细伢仔看不够的各式车辆来往奔跑，还不算，公路边还连着一个街——兴隆场，一年里，土里用的肥料，嘴里吃的盐巴就是从那街上买来的。可就因这么一条小小的，浅浅的、窄窄的滩河隔了脚步，使得人总觉得有点美中不足。街在这边，德忠叔们的寨子在对岸，春夏两季还可以欺着没脚的河水踩过去，秋冬两季就没少令人伤脑筋，赶个场和搭个车进城还得跑一段冤路，去柳树湾柳家码头过渡，并不是秋冬水会涨，相反还更加地消下去，只是谁也不胜那扎骨的凉。

德圣叔绾了大大的裤脚——开始是无意的，绾好了，便似乎有了一种决断，于是那有力的右手“哗”的一声将工具箱上的绳子提起来两根并为一股架在了肩膀土，左手腋下夹了鞋袜，手中拖了钢钎，别无选择地坚强理所当然地畏惧着开始涉水。

走到河中了，凉气逐渐地在他的体内弥漫开来，就像一把银针扎进了骨头，肿胀，酸麻。便油然地加快了脚步，便有泛乱的水花顺势跃起，被星星的目光注视。德圣叔将这一切看在眼里的,咬紧的牙关却不理会那份诗意。要是六月,德圣叔定然会想起静夜、繁星、懒月,自己手提一张网,朝自己捉摸好的地势撒去,还天空一片繁星。而今夜,只顺从了冬的鞭挞,匆匆地几十步跨上了岸。

上了岸,先颤着牙齿放了裤脚,呼一口气紧了紧心,试探着走一步,却试不出路的平凸来。便叹一口气,放了手中腋下之物,两手抱了小腿蹲下来,抬眼望了一眼对面,感觉空旷辽远地模糊,顺河而过的公路像一截白纱巾般轻缈。

二

有一两声懒懒的狗吠,之后是更深的沉寂。随着“吱呀”的一声叫唤,一扇门为德圣叔打开了,德圣婶提着的马灯映现出德圣叔一张昏黄的老脸和鼻头上的一颗晶莹。便有些埋怨地:“咋这么夜深了才回来哟,害得人半夜三更活受冷,再说,这深更半夜的,路上也不干净,就不怕路上撞着鬼嘛?”

德圣叔把脸默了一会儿,却不正面作答,只冷漠着一张脸子:“就怪那狗日的陆家女人。”之后便不再作声。

德对婶于是就凭空多长了一个心眼,趁搁下马灯的时候,也就那么有心无意地问了一句:“那女人做哪样?”

德对叔没有接过德圣婶的话头,就像给滩河冻出了脾气,说话总那么不顺情:“咋,那女人就不像你。”德圣叔掷地有声地说。

就不敢再问什么,只将马灯拧亮了一点儿,转身走到灶台前,把马灯放在了灶台上,“啪啪”两声拧断了几根干脆的树枝桠,开始给德圣叔烧洗脚水。

“润海呢?”突然,德圣叔想起了什么似的,开口问道。

“早睡了呢,哪像你,半夜三更才落屋。”又像捡回了说话的权利,也就轻轻地埋怨了一句。

有鼾声隐隐传来,德圣叔觉得很真切,也就像丢开了一番心思,开始舀水找板凳地忙乎起来。睡觉的时候,德圣叔很郑重地说:“明天我要去找一下村长盯旺。”便睡了下去,还没让德圣婶愣过神来时,便传来了如雷的鼾声。却不料他的这句话就像设置了一个悬念,紧紧萦绕在德圣婶心头,直到鸡叫二遍的时候她才吹灯睡去。

三

村长旺旺不当村长的时候就阉猪骟狗的，德圣叔披着一身晨曦找到他的时候，他正在一块磨刀石上狠命地磨着一把割猪刀，那胖而圆的屁股跟着他磨刀的节奏一甩一甩的，使得德圣叔在他的姿态上看出一种招摇的意味来，仿佛没有他那么肥的屁股就当不得他们这里的村长骟不得狗阉不得猪似的。

话题就是从那夜受冷开始的，随后便开门见山："后生，你我都是出门人——做手艺的，哪个不是出门人呢——我想真的修成了石礅桥也不会亏你，也耽搁不了你多大的活路，主要呢——是又没要人集资啊什么的，只要你出面号召一声，每家集三斤米给我们做伙食就行了，有什么难。"

却出乎意料地推辞，先停了磨刀的动作，随后便用一个短而粗的拇指去感觉是否锋利。一边说："德圣叔，你老人家说的不是没有道理，可让我去号召全寨人拥护此事，恐怕还不如叫四爹来干此事。"

针尖这点事都要推脱，德圣叔一下子来了脾气："旺旺，你狗日的还是咱们全村人选出来的一个村长呢，却这点小事都做不到，算什么角色，你想想，哪一件事你忘了说去找四爹？你四爹老了，有些事情就不要去麻烦他行不？"说罢，德圣叔抬腿便要走。

有声音急急地赶了来："圣叔，你等等，你等等，有话好说。"德圣叔没有等。德圣叔心里怄着气。"狗日的，都说让他来干这事，好在众人心中树个楷模，却不知好歹。"

那旺旺便发了急，甩开了脚步，几大步跃到了德圣叔的前面。

德圣叔这才站了下来，想旺旺一定要说点什么一下子说不完的话，也就爽性摸出了一个烟口袋，慢腾腾地办起烟来。"德圣叔，我去，我去，您老别多心。"旺旺诚惶诚恐地说。

德圣叔没发话，摸出了一个拃多长的烟杆来，用左手捏了烟锅的那一头，将右手中裹绞好了的烟卷安上了，又像那晚涉水前吃那支烟的程序一样，摸出那只不中用的铁皮打火机，急急地打起来。

几天后，在四爹家，终于开会了，每家一个管事的男人，在四爹家堂屋，或蹲或坐，有的吃烟，有的喝茶，有的用厚厚的大指甲铡了一节谷草，伸进耳朵里拨拉着,仿佛今夜才有空掏耳屎似的。旺旺本在喝茶,而此时喝完了,便顺手将茶碗放在身体下面的板凳脚边,然后站了起来,干咳两声清了清嗓子,说:“乡亲们——”

仅止说出三个字,便有人笑起来.旺旺一愣,发现发笑的是几个才结婚的年轻人,便隐隐地感觉到此话有误,却不知误在哪儿,因为以前县长下乡开会都这么说。愣了一下,终于改口,“我发话了,今天来四爹这儿的,不是哥哥便是兄弟。事情没别的,四爹,德圣叔叫我们来,是想商量这样一件事。大家知道的,当门一条河,妨碍了我们许多事情。”说话间,将眼睛盯住了一个人,“那回大哥家的四狗从城里回来,着着当门这条河,早就说过,应该打只船过渡。今天特告诉大家,石匠师博德圣叔准备在这节河上打几个石磡子——一步远一个——修一座简易石桥。大家不要担心,计算过了,倘不涨水,按一般水流量,一年四季都是可以过的。叫大家来,不要大家掏一分钱,只要大家每家帮补三斤米给他们几师徒做伙食就行了,还有,石磡子打成后,每家出一个棒劳力抬去安收,大家同意不同意?”

未及有人表态,四爹站了起末:“刚才旺旺都说明白了,我再占用大家一点时间,发过言,你德圣叔,很明白地摆着,是为大家好,这年头里,谁不要工钱去给哪家做手艺,别人都做到了四十多块钱一天呢,想想,嗯,想想吧,能不答应吗?说实话,叫我是你们的德圣叔,我才稀罕呢?”

一会儿的沉默,但只在一瞬间,就像达到了极限,满屋里的人不约而同地,就像那一锅开水在同一时间里翻腾了开来,嚷嚷了一会儿后,都收敛了起来,便有几个声音众口一词:“既然德圣叔他老人家都愿意,我们又有什么不同意呢?”同时又有几个声音传过来:“什么时候开始动工呢,德圣叔?”

——“明天。”话音落处,德圣叔立马站了起来,像是一种宣誓的姿态似的,举起了手,看似要挥下来,但终于停在了半空中,僵在了那里,只在细心的人们耳里,传来了德圣叔急促的呼吸声。

四

会是一早开的,回来的时候,德圣婶的早饭都还未熟,就觉得,会开得很成功嘛。只一愣,便为自己所感觉到的这种成功找到了答案:难怪呢,不让大家吃一点亏,哪会有不成功的呢?

这么想着,也就从侧边处拖了一只板凳,坐稳了,又撩开了面前的围腰,掏出那个形影不离的塑料烟口袋，慢条斯理地办起烟来。德圣婶刚把饭上了甑，有了闲空，就把双手放在面前的围腰上抹了抹，问德圣叔道："乡亲们怎么说？"

"能怎么说？"德圣叔办烟的速度保持了一种惯性。说这话时，两片厚实的嘴唇也像他掐烟那只手，半天动一下。德圣婶也就知道，不会有什么更具体的答复了，很为男人的态度失望，但同时不太好的悟性又肯定了她的判断：一定没遇上什么麻烦，要不，老头子他……这时候，润梅回来了，润梅抬了一个篾丝编的小簸箕，里面是刚在滩河中洗来的菜。

走进灶房，放了小簸箕，便急急地奔到灶门口，将捂在煤灶门口的那块木板取了下来，便用双手牢牢地捂了上去。

那是一双娇小而嫩如葱苔的手，滩河的水质注定她会有那么一双手，不管季节也不管她润梅、冬梅、桂芳，德圣的女儿、德发的女儿总之是妹子在这儿便是水做的骨肉。

那一双手无论如何也捂不实灶门的，于是就有红红的火光映现润梅的脸上，顿时，就像天边遗落在这儿的一片晚霞，美丽而圣洁。

而不知什么时候，德圣叔已经在磕烟斗了，和着这韵律，有声音仿佛在另一个世界漠漠飘荡……"润梅，吃了……吃了早饭，你呢……去，去将贵发喊来，说是有一桩活路……"看着自己的独生女儿，想着终究是人家的人，也就那么的感伤着，吞吞吐吐地说。

"我不去。"全不管爹的脸上折叠着皱纹，也全不领会爹感伤的吞吞吐吐，就那么一句掷地有声的囫囵话。让爹去领会其中另一层含义。

那程序和常人无异，德圣叔似乎不相信自己的耳朵，死死地盯了一眼润梅后下意识地问："为哪样不去？跟爹说个颗数，我好歹是你爹，你跟我说。"

而润梅只看了一眼颇有怨气的爹，却不想跟爹说心里话，一扭头钻进了自己的房间。"咣"的一声撞上了门。

地震前的先兆。有泪就顺着德圣叔鼻梁上滚落下来。那一时刻，人就仿佛老一瞬间老了许多似的，缓重地从板凳上用手撑了膝部站了起来，跟随着到了润梅的闺房外，轻轻唤了声润梅后说："爹知道你不欢喜贵发，可爹……爹怕你……贵发手艺比爹其他徒弟强呢，人又老实，爹怕你……怕你今后找不到这种人呢，公在世的时候就说过'说千个不敌先那个'呢。"

有声音和着泪水的晶莹传了出来，仿佛用心的质地雕琢出来的："爹，我并不是嫌弃贵发,我只是不想今年就当人家媳妇。昨天我收到桂英姐的来信了,她说她过年之前要回来,回来叫我跟她一块儿去。"轻轻地一声抽泣后又说,"我去挣点钱回来,交给你们,减少你们些负担。"

"你要到广州去?"德圣叔心里一震.一句话冲口而出。就有潸然老泪再度盈了眼眶。谁也不知道是因为润梅的话感动呢还是激愤。

好半天的沮丧,才缓缓地喃喃地说:"哪儿活不了人啊——爹知道你怕走婆家那天,爹拿不出面子来,给你丢脸。——润梅,实话告诉你,爹当了四十多年的石匠了,给你挣不出个人前,也不会落在人后的。为哪样硬是要往广州跑哟。"

"爹,难道我能一辈子用你的钱?去我怎么都会去的,他贵发不愿等他就另找高门。"润梅的话没有劝解的余地。

"可是你的年庚都开给人家了。"德圣叔叹息着,又伸出他那满是皱纹的手抚了抚心,似乎能以此抚顺他那杂乱的心绪。

"我不管。"铁一般硬的语气。

五

第二天,照样开工。贵发也来了,是德圣叔叫一个徒弟去叫来的。

有些壮观,有些气派,七八个石匠散坐在河边,清一色的彪形大汉。"叮叮当当"的响声不绝于耳;有诗意,也有情趣,下面一条潺潺的小河川流而过,渴了,拥一捧彻骨的凉水,放进嘴里又吐出来;累了,捡一块石片打一个漂漂儿。而一些水鸟则专注地盯了一片水域,脚步却很逍遥地迈动着。发白的苇杆没精打采,偶尔一只绿得眩目的小鸟迢遥飞来,站在上面,只"唧"的一声又飞走了……

德圣叔没有执錾,他含着烟杆,从徒弟丛中走了过去,径直走到了贵发的跟前。等贵发察觉时,德圣叔已在贵发面前的一块石头上坐了下来。

德圣叔的心思很遥远,也很切近,望着贵发那一张憨实的脸,他便隐隐地感觉到将有悲剧在他头上降临。便有些于心不忍。觉得只要自己力挽狂澜就能够避免似的,而自己却逃避了这一责任,那双涩重的老眼遂模糊起来。

而河水仍潺潺地流,声音仍杂乱地响,一切都没有因德圣叔的沉重而失序。

于是终于有这么一天。

四爹站在了高高的田埂上,一阵子的话语过后,便走下了田埂,这时早有一个人将一条红绫子递了过去，四爹接在手中了，径直走到了德圣叔面前来，双手举了红绫子，代表了所有乡亲们的谢意和敬意，郑重地挂在了德圣叔的脖子上。

那时刻，人们的目光都落在了德圣叔的身上，连在石磡桥上拉着娘的手走来走去的孩子也停了脚步，咬了一个手指头，怔怔地盯了德圣叔。

便觉得过分了些，也别扭，便将四爹的盛意取下，折在了红绫子中，然后又塞进了对襟汗衫的衣袋里。

便从那天起，德圣叔就不单纯地是一锅水寨上的一个石匠了，仿佛全村人的救命恩人，人们以此自豪，逢人便讲他给一锅水的好处，他的名声也因此而传遍了方圆几十里，生意也日见地好了起来。人们说，不仅是佩服他的手艺，而且还佩服他的艺德。

六

按理说德圣叔该高兴的，可在德圣叔的脸上人们似乎看到几天的笑容，但随即黯淡下去，不复再见。却不会有谁去找答案的，这其中的原因只有德圣叔自己知道。多么让人不相信的一幕啊，那石磡桥刚建好的五天之上，对门王家桂英从广州回来了。

天，那还叫人吗？那眉毛，像不是长出来的，而是用一张黑纸剪出来之后贴上去的；那嘴唇，红得让德圣叔想起杀年猪时一群舔血的狗的嘴壳子。白无人样的一张脸，乱蓬蓬的一头头发，招招摇摇的。天，这还叫人吗？可这么一个在德圣叔看来人不人，鬼不鬼的小丫头，却让那些困在家中的正经闺女眼热得起血丝丝呢。润梅便是其中的一个。

有那么一夜，桂英回来的第一天晚上，德圣叔看出了润梅的反常，就空前地虎起了脸，恶狠狠地凶了一声："你要再敢说去广州一声，看老子不打断你的腿。翅膀硬了，不服人管了！"

也有那么一夜，桂英回来的第二天晚上。

德圣叔半夜里被老鼠的"吱吱"声吵醒了，便下意识地觉得隔壁女儿真切的鼾声没了，便着慌，急忙一捶板壁，喊了声："润梅！"急着又是一声"润——海——。"

没有应声甚至没有翻身的声音和梦呓，德圣叔顿时感觉到了什么，急忙一骨碌翻身起了床，掏出枕头下的手电，循着往石磡桥的路上追去，终于在一处田坳上借着半夜熹微的月光看到了一个身影走在石礅桥上。

德圣叔顿时就有了汹涌澎湃的情绪,急忙抬起一只袖子挡住了不绝如缕的泪珠珠。他想喊,但是他没有,润海在他眼中是一个乖女孩,在全寨人眼中同样是一个乖女孩,这一喊,他不知道今后知晓了这件事的乡亲会以怎样的眼光来看她;他想追,但他立即肯定了那只是一种奢望,于是,就那么怔忡地站者,任冰凉的风刀肆意剜割。

后来,德圣婶也赶来了,先将一件未及穿上的夹袄给德圣叔披上了,然后骂一声不争气的女儿,便搀着德圣叔往回走。

事实上,回屋刚睡不久,润梅也回来了,轻轻睡了下来,尽量没弄出声息,但德圣叔却知道她回来了。回来就好,德圣叔想,如果女儿能从此不提到广州去,他也就当这件事没有发生过,毕竟是自己的女儿,要让她的面子上挂得住,再说也懒得半夜三更兴师动众地问她什么。

第二天早上,德圣叔临时改变了主意,他觉得如果不把这事儿摊明,那可是一个不小的后患。

刚一问,润海便泪如泉涌:"爹,你就让我去一回吧,明年下半年我一定回来。我长这么大了,还不知道城市是什么样子呢,还没穿过自己挣钱买的衣服呢,我想要一辈子坐一回飞机,我去挣了钱,自己坐飞机回来……你知道的,贵发家三弟兄都长大成人了,我嫁过去后,就永远不会有出门的机会了。爹,你可怜可怜我吧。"

德圣叔终也不胜这回肠荡气的哭诉,便急急地走进另一间房,可声音仍很铿锵:"去是怎么都不能去的,你年庚都开给人家了,算是人家的人了,要么,等你们结婚了,你去问人家二老,省我操心。"

"不!结婚之前我一定要去,爹,这件事上我怕依不得你了。"润梅一字一顿地说。

"你敢!你敢!……老子手艺不做了……你去得成我算你狠!"德圣叔突然说出一句让人不明就里的话来,不过声音已明显地底气不足了。

七

一天夜里,人们都早早进入了梦乡。很深的夜。德圣叔翻了最后一次身,便坐了起来，抖索着手点亮了床头的煤油灯。借着光亮穿好了衣服，又将床下面的一包东西塞在腋下了，然后摸出枕头下面的手电，便蹑手蹑脚地出了门。

不一会儿，德圣叔已走在石墩桥的第四个桥墩上了，他站定在那上面，无限恋恋地看了两则湍急而清澈的流水。那流水在他手电的映射下，跳跃的波浪让他想起了润梅初生时的那一双晶亮的黑眼珠。他抽起了一支烟，烟上的火星燃旺时，他朝那河里的波涛无意识地吐了一口唾沫，然后，他蹲下了身子，将腋下那包东西拿了出来，放在石礅上了，用一块从岸边捡来的石头压住。

做完这一切后，他深吸了一口长气，突然他义无反顾地烧亮的烟卷靠近了一根导火索……

导火索点燃了，德圣叔急忙回身便走。

快到村口了，德圣叔的手电一下子扫到一个人身上——是润梅。背着一包行囊的润海。

彼此瞪着一双惊愕的眼睛对视着，却谁也说不出什么话来，只有泪水顺着各自的面颊流下来，谁也无法知道那泪水能诠释什么。

“轰——”一声巨响，久久地萦绕在滩河的河床上……

寻芳百年　奇葩正艳

——思南师范作家群作品集《百年文华》述评

黄尚霞

铜仁幼儿师范高等专科学校的前身是思南师范学校，这是一所历史悠久、文化底蕴深厚的中等师范学校。在几十年的历程中，新星文学社也应运而生并如火如荼地发展起来，成为一朵奇葩，鹤立于黔东文学领域。新星文学社的创作队伍越来越庞大，人才辈出，并自然形成了一个思南师范作家群。这支文学队伍的创作有一个基本的凝聚力：突出的民族性、地域性。同时，他们也有各自不同的创作风格，呈现出百家争鸣的景象。不管时代怎样变迁、读者的审美倾向如何改变，思师作家群依然坚守着文学的净土，建构着黔东文学的美好未来。

一、饱经风雨的文学发展历程

1919年，在美丽的乌江之滨，镶嵌了一颗璀璨的明珠——思南师范学校，那里曾是一代又一代思师人梦想开始的地方。每一个思师人都努力开拓进取，为学校的发展作出了巨大贡献。2012年，思南师范从乌江之滨整体搬迁到了锦江之畔，并升格改名为铜仁幼儿高等专科学校，在昔日的思师人和今日的幼专学子的心中，这里依然是他们心中的“明珠”。百年来，铜仁幼专一路风风雨雨地走来，学校的面貌日新月异，取得的成就也不计其数。从这所学校走出去的人大多数成了教育骨干，有的还成为其他部门的骨干、领导。

思南师范是一个文学底蕴深厚的地方。特别是1984年，杨德淮创办了新星文学社，取名为“新星”，是期望新星文学社像“星星之火，可以燎原”一样发展壮大起来。文学社成员不断增多，在“蜡烛精神”的指引下，新星文学社的薪火代代相传，继杨德淮之后，有十几个老师先后带领过文学社，文学社在稳步发展着。最近十几年，安元奎、田茂标接过薪火，继续发展壮大着新星文学社，每年都要向社会输送百余文学爱好者。这时期的新星文学社像一个光芒四射的太阳，用她强大的向心力将众多的文学爱好者汇聚起来相互学习与切磋。新星文学社的创作者用他们日渐成熟的笔触写出了许多优秀的作品，他们的作品得到了人们的肯定，有的甚至走出了贵州。新星文学社培育出了几十名出色的作家，黔东乌江流域各县的文联、作协成员多出自新星文学社。新星文学社发展到今天这样的盛况，是铜仁幼专的骄傲。但是，铜仁幼专并没有为此沾沾自喜，而是更努力地、精心地、不断地培育着千千万万的幼专学子，期待涌现出更多更优秀的作家。《百年文华》汇集了铜仁幼专特别是思师几代作家的优秀文学作品，同时见证了铜仁幼专文学的发展历程。

二、百家争鸣的文学创作队伍

一颗颗散居各地的星星发出的光和热或许不那么耀眼，《百年文华》将这些星星汇聚在一起，才猛地惊异，原来《百年文华》已经蔚然成林。纵观《百年文华》，这支创作队伍已初具规模地形成了老、中、青三级阶梯。老作家以杨德淮为代表，中年作家以田永红、安元奎、袁景波为代表，青年作家数不胜数，有刘照进、王晓旭、陈丹玲、安明泽、冯泽军、任敬伟、杨正治、马结华、张翊奇……还有许许多多的铜仁幼专在读学子正在积蓄力量准备着蜕变为有一定成就的作家。社会在向前发展，新星文学社的创作者在不断涌现，创作队伍在不断壮大，呈现出一幅前赴后继、欣欣向荣的景象。

《百年文华》中散文、诗歌、小说作品绚丽多彩，尤其值得骄傲的是在各个文体领域都有崭露头角之人，占了黔东文学的半壁江山。散文领域以杨德淮、安元奎、袁景波、刘照进、陈丹玲、安明泽、冯泽军、张翊奇、谢守文、朱国庆、李以盛、瞿爱红、甘伟、张进、陈述义等为代表，诗歌领域以杨德淮、王晓旭、任敬伟、杨正治、马结华、赵永康、邓仕雄、梁祖江、陈永祥、田茂标等为代表，小说领域以田永红、朱国庆、张翊奇等为代表。散文、小说、诗歌领域都有取得较高成就的作品,田永红的作品获得了全国第七届少数民族文学骏马奖等,安元奎的作品获得贵州省专业文艺奖等,刘照进的作品获得贵州省政府文艺奖等,王晓旭的作品获得贵州省专业文艺奖、尹珍奖等。还有的作品发表于国内一些知名的刊物,得到文学界的认可。总观各种文体创作,散文、诗歌领域的创作队伍很庞大,但是,小说创作队伍还显得势单力薄,缺乏散文、诗歌领域那种人才辈出的强劲发展势头,这稍稍有点遗憾,期待这支创作队伍尽快壮大起来。

铜仁幼专这支创作队伍不仅在黔东文学界名气很大,而且有几个作家在贵州文学界也小有名气,如刘照进、王晓旭、安元奎等,更为可喜的是,田永红的小说集《走出峡谷的乌江》部分篇目被翻译成日文在日本发表,他的学术论文多篇被编入国家多种文集,并获奖。

三、出类拔萃的文学创作风格

新星文学社的创作者们分布在黔东这块民族气息浓厚的土地上,他们依山傍水,用散文、诗歌或小说抒写家乡的山山水水、抒写家乡的风土人情,具有相同的地域特征和民族气息。无可讳言,思师文学是以乡土经验为基点,以地域文化相号召的,这是他们的基本凝聚力。他们的创作有某些相似之处:思想倾向和艺术风格上的地方色彩;与乡土文学系连着某种血缘关系;以特定地域的社会生活、风土人情为素材;对乡土和地域的炽烈情感。注重作品的地域色彩,这对每一个思师创作者来说,都是在有意识和无意识之间形成了一种稳态的审美价值判断标准。美国赫姆林·加兰曾精辟地指出:“显然,艺术的地方色彩是文学的生命力的源泉,是文学一向独具的特点。地方色彩可以比作一个人无穷地、不断地涌现出来的魅力”[1]P84—85。黔东地域色彩给了这些创作者无穷的创作源泉,尤其是雄浑的乌江给了他们巨大的创作力量。某些作家以独特的乌江文化为其主要的表现对象,目不旁骛,执着虔诚,历经文学大潮涨落而无改初衷。这种独特的文化景观,即使置放于全国的文学大格局中去加以审视,也是比较少见的。有的作家着力挖掘和热情吟唱本民族的民族风情、民族性格和民族精神,以诗样的语言集中表现本民族的整体艺术形象。表现地域色彩和民族特色是思师创作者们共同的创作追求,他们并不盲目踵随各种“主义”,而是坚守脚下的这片土地。

正是对地域文化和文学的痴迷与执着追求，他们才取得了一定的成绩，使思师文学在黔东有属于自己的一席之地。

思师创作者们有共同的创作特色，也有各自不同的创作风格。时代在变化，他们的人生阅历也不同，因此，其作品内容会与时俱进地随之改变，有的写文革的苦难，有的痛斥社会现象，有的写浪漫的情怀，有的写单纯的校园生活……他们的性格各不相同，其创作特色也不相同。有的性格豪爽，笔锋犀利；有的温柔似水，感情细腻，笔调舒缓……总之，不同的人生经历形成不同的创作领域，不同的思想性格形成不同的文风，《百年文华》汇集着不同创作风格的作品，犹如“百家齐放、百家争鸣”。

杨德淮开创了思南师范文学表达的先河，他用诗歌叙述了特殊年代的苦难。杨德淮《写在荒唐的年代》的一系列诗歌叙写人们不愿提及也不愿回忆的年代，在作品中，诗人对“文革”给人民造成的伤害进行了深刻地批判和反思，并且稍露锋芒，体现了他刚正不阿的文人风骨。岁月与特定的某一个人的个体遭遇拼接在一起，我们在一个人的身上，从小处可以看到他的生命轨迹，从大处可以看到一个变化着的时代烙在某个生命里的印痕。毫无疑问，这是在“品评一份美的涩果，是在沉痛的反思人类的文明何在，及其何以断裂与堕落。这无论对于美，还是对于人类来说，都不无裨益”[2]P631。杨德淮的诗歌《词义》和《生命》展现了其深邃的思想和独到的见解，他的作品中也有用舒缓的笔调借景抒情的描写，如：“我愿化为这漫天的白雪/一尘不染呵既素净而又纯洁/不理睬悬崖陡坎的阻隔/一直飘到你清寒凄冷的住宅”这首诗让我们看到了杨德淮有一种“浊淤泥而不染”和不畏艰难险阻的豪气，让人敬仰。

安元奎、田永红、袁景波等是继杨德淮之后的一代中流砥柱，他们的作品内涵丰富，颇有建树。安元奎的散文具有浓厚的文化气息、乡土气息，并且富含哲理。在物欲化、世俗化的浮躁世界中，他的散文没有任何功利色彩，而是执着地独抒性灵、挖掘乌江文化，如一股涓涓细流向人们娓娓道来，给人一种宁静而致远的感觉，引人深思，给人以启迪。隐石曾说过：“安元奎对先人走过的足迹的追寻似乎固执，却透出朝圣般的虔诚。他的散文实证了他写作的诚实坦然、襟怀的博稚正直。他的文字宁静、平和、优雅；自有一种内在的底气。”[3]正所谓文如其人，安元奎的散文让人看到一个中正、博雅的形象屹立在思师的文学史上。田永红的小说立足于土家族和乌江流域，着眼于土家族的社会生活与土家族地区的山川风物,他写乌江人、乌江风土人情,他的小说地域文化特征突出。田永红熟悉家乡的山水风貌,对生养自己的民族情有独钟,他将土家民族这些特有的农事习俗和节庆民歌有意识地揉进自己的小说,显示出土家人的古风习俗对生产、生活和文艺现象的强烈渗透,无不具有强烈的民族特色和浓郁的乡土气息。俄罗斯评论家杜勃罗留波夫曾说过:“衡量一个作家或者个别作品价值的尺度,我们认为是:他们究竟把某一时代、某一民族的(自然)追求表现到什么程度”[4]P358。从这个角度来看,田永红将土家族特色表现得淋漓尽致,他的创作是成功的。袁景波的文化随笔内容涉及诗词、书画、方言、风俗、生活感悟等,他以传统文化为主线,对中国文化的脉络进行了精心的梳理。他的叙述不温不火、不卑不亢,从容而儒雅,给人一种快乐而有收获的阅读享受。田茂标的诗歌想象丰富、托物言志、借景抒情,表达了丰富复杂的情感,呈现出浪漫主义情怀和盎然的诗意。

新星文学社中新崛起的第三代创作者正以不可阻挡之势蓬勃发展着,这支创作队伍庞大,作品颇丰。他们有敢于直面现实的勇气,同时又能穿越表层的喧嚣,进入生活的底层和人性的根部,进行全方位的观察,发现那个埋藏很深的人性之海的起伏涨落,进而描绘出它的丰富性、复杂性、原生态的真实性,揭示出社会人生的真谛。刘照进的散文注重对人的生存的终极意义的探索与思考,他在散文创作中,对生命的存在进行了理想化的猜测与思索,他用白描式的叙述,透露出对自然界的尊重与热爱、对他人的尊视、对社会的责任。一个成熟的作家,往往也是一个清醒的哲人,他对客观世界和人类自我的存在有着自己的认识和见解。刘照进在构筑他的文学世界的同时,也在对自己的价值观和世界观进行清理与诉说,从他的散文可以看到他对外部世界的认知与感受,足见他的成熟。被称为“印江四诗人”的末未、任敬伟、马结华、杨正治的诗具有典型的“后现代”创作美学倾向。末未擅于从小节着手,在细处用力,于浮想中恍悟,他依据着常见事物和现象又超出了常见事物与现象,没有停留于简单的就事论事、就现象谈现象,而是在发掘、在思考,很用心,也很用力。从他的诗作中,能看到他在有别于传统诗路的另一层面上的思索和实践。任敬伟诗歌的语体介于传统与现代之间,诗歌的题材大多是对于生存方式的书写。他的诗歌表面写一种状态,其实诗外之意意蕴深厚,有对于生命的关照与思考。马结华立足于地域写作,发掘地域文化精神。他游走于梵净山之间,感悟了很多人间真谛,一系列书写梵净山的诗歌用后现代的表现手法,融传统于现实的思考之中,写出人生的感慨,给人生命的启示。杨正治诗歌的最大特色就是口语化，他从人们日常司空见惯的语境里探索一种生命的存在方式，于冷静的叙述背后蕴藏着深刻的内涵。陈丹玲是思师中脱颖而出的很有潜力的女作家，她的散文质朴、柔软，散发着馨香。陈丹玲在岁月里或歌或吟，写乡邻街坊，写父母孩子，她依傍于岁月，依傍于不断厚积的生活阅历，在内心深处探索，感悟。她的文章中，随处可见其对生活的热爱和守候。她很努力地调动着心灵上的元子，感悟，感怀，感伤，将一些已经远去甚至已经模糊的东西从心灵深处掘出，打磨，抛光，上釉，不惜笔墨，试图捕捉住原模原样的东西。她从平淡的生活表层探密生命深处的神秘，想把内心的发现诉诸心灵，将一种完整的宁静美呈现给读者。思师的第三代创作者中还有许多优秀的人才，在此就不一一述评了。

以上列出的创作者都是迈出了思师校门并具有一定声望的昔日思师人，而今铜仁幼专依然秉承着昔日的文风继续培育着广大文学爱好者，在老师的循循善诱和不断的鼓励中，幼专的学子们正茁壮成长。相信在不久的将来，他们也会成长为有自己创作风格并卓有成就的作家。

作品风格的形成，在很大程度上受到诗人自身气质、性格、学识、修养等方面的制约。作家有什么样的品性，写作时就会产生什么样的情感，有了情感才会有作品。每个人的品性不同，作品的风格也不相同。正是这些独具个性的创作者和异彩纷呈的创作风格，使《百年文华》如一朵奇葩娇艳地开放着，让铜仁幼专（思南师范）因他们而骄傲。

四、灿烂辉煌的文学发展前景

时代的飞速发展带来了人们各种观念的大转变，人们变得浮躁、急功近利，享乐主义思想漫天飞舞。在这样的风气下，大多数人都钻营着怎样使自己“风风光光”、怎样享受物质给人带来的愉悦。然而，在这浮躁的世界，思师创作者们却能抛开世俗化的东西，安安静静地坐在书房里徜徉于书的海洋、思索人生的真谛、深情地抒发自己对底层的关爱、默默无闻地书写自己民族的地域的特征。他们的踪迹涉足的是自然山川风物，他们的视野关注的是底层民众。他们不追求文学时尚，不随波逐流，始终以自己的方式书写着自己对人生与社会的独特情感体验。他们守着清贫却享受着精神食粮的富裕，他们看似孤独，却能与文友、读者进行心灵的沟通。在别人的不解或嘲弄中,他们依然坚守在文学创作的净土上自娱自乐,享受着自己热衷的文学世界。

市场经济在我国社会各个领域的广泛迅速的推进与运行,使得消费主义的潮流冲击了包括文学艺术在内的各个社会领域,消费主义的欲望需求正在成为越来越多的人的生存目标和价值观念。在这种情况下,许多人的目光已从高雅文学转向了通俗读物,许多人已从思考人生意义转向感受开心和愉悦,许多人的文学审美心态发生了改变。但是,思师创作者们没有随波逐流地盲目地被时尚与流行所操纵、所裹挟、所吞没,他们没有刻意的哗众取宠的去迎合这种消费主义下的审美心态,而是执着地追求着纯文学的高雅。他们在乌江之畔、梵净山之中行吟,坚守着历史、社会、人生探索;他们倾听底层民众的心声,坚守着对底层民众的关爱精神。他们对纯文学的坚守正如著名作家铁凝在发表于2002年12月《文艺报》上的题为《悍卫人类精神的健康》一文中说的:"我愿意拥抱高科技带给人类所有的进步和幸福,哪怕它天生一种不由分说的'暴力'色彩。但我还是要说,巨大的物质力量最终并不是我们生存的全部依据,它从来都应该是巨大精神力量的预示和陪衬。作为一个写作者,我梦想着在物欲横流的生存背景下用文学微弱的能力捍卫人类精神的健康和心灵的高贵"。

文学的终极目标是为了提高人们的思想境界、道德良知和精神追求,对大众人生的生存境遇应该有终极关怀。思师的文学史上,文学创作有过低谷,也有过辉煌,不管是哪个阶段,这些文学爱好者依然执着地虔诚地寻找着心灵家园,他们凭借着一份对思师文学的美好憧憬坚守着、努力着。目前,新星文学社70后、80后、90后的文学爱好者们正围绕着他挥舞着铜仁幼专(思师)文学、黔东文学的大旗浩浩荡荡地前行。70后作家成熟、思想深邃,已成为黔东文学的中流砥柱;80后作家已经开始由一种青春写作向成熟的成年作家的写作过渡;90后作家即将亮相。70后、80后、90后的创作者通过不懈的努力,已经成为或即将成为黔东文学、贵州文学的中流砥柱。但是,稍稍有点遗憾的是,在思师的文学创作者中,女创作者远远少于男性,而且崭露头角的女性文学屈指可数,甚至在黔东文学界,女性文学也稍逊一筹。思师成功地升格为铜仁幼儿师专后,学校的学生结构发生了变化,女生人数占了很大比例。于是,学校又有了一个美好的憧憬:创立并培育一支高素质的女子创作队。或许实现这个梦想有一定的难度,但我相信思师人的韧性及不断攀登的执着精神,在通往目标的路上一定会看见她们虔诚的步伐，我相信这样的女子创作队将会成为黔东文学更有特色、更加耀眼的奇葩。铜仁幼专在憧憬着，铜仁幼专（思师）创作者也在憧憬着：铜仁幼专（思师）创作队通过自己高质量的作品打造出自己的文学品牌，就像那些标志性的作家群一样被文学界公认为铜仁幼专（思师）作家群。

结　语

百年来，铜仁幼专（思南师范）历尽千辛万苦地探寻文学的发展之路，在众人的努力下，新星文学社终于如星星之火一样漫延开来，越燃越旺，铜仁幼专（思南师范）文学终于如一朵奇葩开放在黔东地域上。《百年文华》记录下了铜仁幼专文学奇葩的阶段性成果，未来的成果会更丰硕。我们期待，这朵奇葩将会更艳丽地绽放在黔东文学甚至贵州文学领域上；我们期待，铜仁幼专涌现出像沈从文一样的文学大师，走向国内外。

参考文献

[1] 美国作家论文学[M]. 刘保端等译. 北京：生活・读书・新知三联书店，1984.

[2] 许志英，邹恬. 中国现代文学主潮：下册[M]. 福州：福建教育出版社，2001.

[3] 隐石. 用叙述追赶消褪的时间[J]. 铜仁师范高等专科学校学报，2006，(1).

[4] [俄] 杜勃罗留波夫. 杜勃罗留波夫选集[M]. 上海：上海译文出版社，1983.

黄尚霞（1980—　），女，贵州印江人，土家族，1999 年毕业于贵州省思南师范学校，2003 年本科毕业，2014 年硕士研究生毕业，研究生期间发表了 10 多篇学术论文，独立主持了两个校级课题，主要研究方向为民族文学、女性文学。现任职于铜仁幼儿师范高等专科学校。

图书在版编目(CIP)数据

百年文华:铜仁幼儿师范高等专科学校(思南师范)师生作品选/冉贵生主编.
—上海:复旦大学出版社,2015.11
ISBN 978-7-309-11627-4

Ⅰ.百… Ⅱ.冉… Ⅲ.中国文学-当代文学-作品综合集 Ⅳ.I217.1

中国版本图书馆 CIP 数据核字(2015)第 225310 号

百年文华:铜仁幼儿师范高等专科学校(思南师范)师生作品选
冉贵生 主编
责任编辑/查 莉 高丽那

复旦大学出版社有限公司出版发行
上海市国权路 579 号 邮编:200433
网址:fupnet@fudanpress.com http://www.fudanpress.com
门市零售:86-21-65642857 团体订购:86-21-65118853
外埠邮购:86-21-65109143
上海市崇明县裕安印刷厂

开本 787×1092 1/16 印张 20.25 字数 314 千
2015 年 11 月第 1 版第 1 次印刷

ISBN 978-7-309-11627-4/I·945
定价:58.00 元